1. Buch der Chroniken

Fengrin der Zwerg

Roman

Gian-Franco Messina

Impact Books
a division of KMG Music GmbH - Am Markt 1 – 47229 Duisburg

IMPACT BOOKS

Kapitel

Prolog

Nach fast dreißig Jahren ständigen Regens auf Balior trocknet das Land. Die Niederschläge gehen zurück und das Wasser zieht ab, um in den Seen, Meeren und Flüssen zu verbleiben.

Bäume wachsen, wo bis vor Kurzem noch Wellen gegen Klippen brandeten. Inseln werden erneut zu Bergen, und am Himmel strahlt bei Tage die Sonne wieder hell und golden und bei Nacht der Mond, kühl und weiß.

Fengrin, der Zwerg, verlässt seine Heimat, um seinen Onkel Fin´ zu besuchen. Auf seiner Wanderung kommt er an einen Wegweiser und beschließt, einen Umweg nach Osten in Kauf zu nehmen, um so berühmt und angesehen zu werden.

+ + +

1. Der Aufbruch

Fengrin trat vor die Holzhütte, in der er mit seiner Mutter Aibe und seinem Vater Knorr wohnte. Die Sonne strahlte ihm ins Gesicht, und bunte Flecken tanzten vor seinen fest zugekniffenen Augen.
Tief sog er die klare Waldluft in sich ein, die der Wind zu ihm herübertrug. Dann streckte er sich, rollte seinen Kopf in einer kreisenden Bewegung über die Schultern und blickte zufrieden ins Tal, das sich unterhalb der Hütte ausbreitete.
Sein Bart wallte leicht in den Böen und liebliches Vogelgezwitscher drang leise an sein Ohr.
Je weiter er hinab in den Wald blickte, desto jünger waren die Bäume, die er sah.
Hier oben an der Hütte waren sie gut dreihundert Jahre alt. Ganz unten im Tal standen die Jüngsten, just am Beginn eines Baumlebens. Keiner von ihnen war älter als elf!

In einhundert Jahren würde Fengrin dort unten vielleicht mit seinen Enkeln spazieren gehen, und dieselben Bäume herrschten dann groß und robust über das Tal. Die Hütte läge wieder inmitten eines richtigen Waldes.
Aber eine Hütte war das eigentlich gar nicht. Für eine dreiköpfige Zwergenfamilie stellte sie schon fast einen Palast dar. Nicht weniger als zehn Zwerge hoch und an jeder Seite 90 Zwergenellen lang. Das Dach reichte an zwei Seiten beinahe bis auf den Boden und schützte auf der einen das verbliebene Feuerholz des vergangenen Winters.

„Eigentlich ist ja noch Winter." Fengrin schaute nachdenklich auf das gestapelte Holz. Doch in diesem Jahr schien sich der Frühling früher als üblich auf den Weg gemacht zu haben. Eigentlich sollte zu dieser Jahreszeit noch Schnee liegen und *eigentlich* sollte man

im Hartung nicht ohne Handschuhe und dicke Jacken vor die Tür treten.
Irgendwie und wie auch immer: Es war Frühling. Weder Eis noch Schnee zu sehen. Der Winter schien den Kampf gegen die Sonne erst einmal aufgegeben zu haben. Die Vögel sangen, und hier und da hatten sich erste Insekten aufgemacht, ihre Mitlebewesen zu peinigen.

Obwohl Fengrin bereits 34 Jahre alt war (oder *erst,* wenn man bedenkt, dass Zwerge damals leicht zweihundert Jahre alt wurden), sollte der kommende erst der zehnte Sommer in seinem Leben werden. In Fengrins Erinnerung war die Welt fast immer nass und neblig, diesig und kalt. Fast stündlich regnete es.
Jahr für Jahr, Tag für Tag, Tropfen für Tropfen. Mal hagelte es, mal drang feiner Niesel- oder Sprühregen durch Kleider und Ritzen, mal goss es wie aus Kübeln, dann wieder fielen dicke Tropfen schwer und rund vom Himmel. Nur äußerst selten hörte es ganz auf zu regnen. Und selbst dann niemals länger als für ein paar Stunden. Nässe und Dunst waren ständige Begleiter der Wesen auf Balior.

Die Sonne hatte Fengrin lange nur als fahle, blassgraue Scheibe hinter einem dicken, dunkelgrauen Wolkenvorhang gekannt. Den Mond sah er das erste Mal mit sieben, Sterne sogar erst mit neun Jahren. Das einzige helle Licht am Nachthimmel seiner Kindheit war das rote Glühen der Feuerspitze. Mal stärker, mal schwächer pulsierte es tief im Süden des Landes. Seine Mutter hatte ihm damals erklärt, dass immer, wenn das rote Glühen des Berges stark und hell zu sehen sei, jemand irgendwo auf Balior eine gute und selbstlose Tat vollbracht hatte.
Manchmal glühte es für Wochen nicht oder nur sehr schwach, und Fengrin versuchte dann für seinen Vater noch mehr Holz zu hacken, noch mehr Torf zu stechen oder seiner Mutter noch mehr Beeren und Wurzeln aus

dem kleinen alten Wald hinter der Hütte mitzubringen. Manchmal half es, manchmal nicht. In späteren Jahren erkannte er aber, dass seine vermeintlich guten Taten nicht wirklich selbstlos waren, er mit all dem Holz und den Beeren nur das vertraute Rot der Feuerspitze zurückholen wollte. Er musste einsehen, dass sich der Berg nicht so leicht beschwindeln ließ.

Auf seine Frage hin, warum die Welt so grau und feucht, so blass und kühl sei, hatte ihm sein Vater erklärt, es habe eines Tages im Herbst angefangen zu regnen und seitdem einfach nicht wieder aufgehört. Es musste wohl drei oder vier Jahre vor Fengrins Geburt gewesen sein.
Die Zwerge hier oben im Berg befürchteten damals, es käme zu einer Sintflut wie zu Zeiten des „Erun Epos“. Misstrauisch beobachteten sie einander, ob nicht irgendwer heimlich eine Arche erbaute, und oft kam es zu bösen Streitigkeiten.
Zwar wurde das Land Stück für Stück überflutet, doch hatte sich der Pegel nach neun oder zehn Monaten eingependelt, und das Wasser stieg nicht weiter.

Fengrins Eltern kannten die Welt also noch trocken und warm. Sie berichteten ihm von Sonne und Mond, von Ebenen, so weit, dass ein Zwerg Wochen brauchte, um sie zu durchwandern. Fengrin sog all diese Geschichten förmlich in sich ein. Ein Land, das so flach und so groß war wie das Meer? Unglaublich!
Immer wieder bettelte er bei seinen Eltern um Geschichten aus der Zeit vor dem Regen. Aus der Zeit, als die kleine Insel, auf der sie gelebt hatten, noch eine Bergspitze inmitten eines riesigen Waldes gewesen war. Als man nicht mit Booten, sondern auf Ponys oder zu Fuß Freunde und Verwandte besuchte. Als nicht jeden Tag Fisch und Pilze auf dem Mittagstisch landeten.
Oft hatte er sich ausgemalt, wie es wäre, wenn er *vor* dem Regen gelebt hätte. Die Clans weit und breit sprachen nicht einmal mehr von Regen, sondern von einer Flut. Der „Großen Flut“ sogar.

Was hätte er nicht alles tun können in einer Welt ohne dieses verdammte Wasser! Stundenlang saß er vor dem Kamin in seiner Kammer und malte sich aus, wie er neue Länder entdeckte und die seltsamen Wesen aus den Geschichten seiner Eltern mit eigenen Augen sah. Elben und Menschen, Mazarane und Zentauren. Meist schlief er darüber ein und träumte sich weit fort durch Zeiten und Räume.

Plötzlich, eines Morgens, hörte es auf zu regnen!
Fengrin würde diesen Morgen wohl niemals vergessen. Er war erwacht und hatte sofort gespürt, dass etwas anders war als sonst. Im ersten Augenblick konnte er nicht einmal ergründen, was es war. Er horchte, doch nichts war zu hören. Angestrengt lauschte er in die Stille. Nichts. Absolut nichts.
Dann fiel es ihm auf: Stille! Das erste Mal, seit er denken konnte, regnete es morgens *nicht*! Kein Klopfen der Regentropfen, die auf das Schindeldach der Hütte trommelten. Kein Rauschen in der Regenrinne neben seiner Schlafkammer. Es war ruhig!

Fengrin bekam Angst. Was sollte das bedeuten? Warum regnete es heute Morgen nicht? War es überhaupt Morgen? Fengrin schlüpfte aus dem Bett. Er rannte zum Fenster, stieß die schweren Läden auf und blickte nach draußen. Es war Morgen! Und was für ein Morgen! Was war nur mit der Sonne passiert? Hell und gelb strahlte sie ihm entgegen. Tränen traten in seine schmerzenden Augen. Wo waren die Wolken? Was war das für ein leuchtendes Blau?
Fengrin rannte die Treppe hinunter nach draußen.
Seine Mutter breitete die Arme aus und lachte. „Sieh nur Fengrin, der Himmel ist zurück.“
„Das also ist der Himmel“, dachte Fengrin.

In den folgenden Tagen waren seine Eltern und die Zwerge der umliegenden Inseln sehr aufgeregt. Eine Zeit zwischen Hoffen und Bangen begann. Würde es trocken

bleiben? Und wenn, wann würde es dann wieder regnen? Und wäre ein Dauerregen nicht besser als eine andauernde Trockenheit? Diese und andere Fragen gingen den Zwergen durch den Kopf.
Es blieb trocken!
Zwar regnete es seit jener Zeit im Zwergenland hin und wieder, aber immer nur kurz oder gerade richtig.

Das alles war nun über zehn Jahre her. Morgen feierten die Zwerge den ersten Tag im elften Jahr nach der großen Flut. Die Welt hatte sich verändert. Nach und nach eroberte die Natur sich das vom Wasser freigegebene Land zurück. Bäume begannen ihr langes Leben und Blumen wuchsen auf der fruchtbaren Erde.
Die ersten Händler aus den Ländern weit im Süden besuchten die Zwergenclans und tauschten ihre Waren gegen das Gold und Silber, die Schnitzereien und das Schmiedewerk der Zwerge. Nachrichten aus ganz Balior trafen ein, und die Welt war plötzlich um so vieles größer als früher.

Fengrin griff sich seinen Stab und stapfte los. Er hatte versprochen, seinen Onkel Fin´ auf der anderen Seite des Tales zu besuchen. Er hoffte, am frühen Abend dort einzutreffen. Sie wollten zusammen das große Fest zum Ende der Flut im Dorf Erlenhof besuchen. Fengrin freute sich auf die Musikanten, das gute Essen und den Wein, der zu solchen Anlässen in Strömen floss. Und auf das Bier! Wie lange hatte er jetzt schon kein Erlenhofer Dunkel getrunken?
Fin´ war sein Lieblingsverwandter, abgesehen von seinen Eltern natürlich. Er war immer zu Späßen aufgelegt und hatte trotz seiner einhundertundelf Jahre nichts als Flausen im Kopf.

Fengrin passierte den groben Holzzaun, der das Ende des Grundstücks seiner Familie markierte. Er schlenderte an der alten Bootsanlegestelle vorbei, die

jetzt groteskerweise hoch über den Wipfeln der Bäume in den Himmel zeigte und langsam verrottete.
Dann bog er nach Norden in den Waldweg ein. Ein ausgewachsener Mensch hätte wohl über die meisten Bäume hinwegsehen könne, Fengrin überragten sie aber fast um eine Länge. Nach etwa drei Stunden machte er Rast an einer Kreuzung. „Herrlich, dieses Wetter", dachte er und genoss die wärmenden Sonnenstrahlen auf dem Gesicht.
Neben einem Wegweiser stand eine Eichenbank vor einem kleinen runden Tisch. Beides sehr einfach und schmucklos, doch es erfüllte seinen Zweck, und die Bank war angenehm bequem. Die Sonne stand nun deutlich höher als am Morgen und verbreitete eine gerade noch angenehme Temperatur.

Fengrin suchte Brot und Käse aus seinem Rucksack. Zwischendurch genehmigte er sich einen großen Schluck Wein aus seinem Schlauch. Er ließ sich Zeit und genoss sein Mahl. Nachdem er den Rest Brot wieder verstaut hatte - Käse war keiner mehr übrig -, zündete er sich seine Pfeife an. Er rollte seinen Mantel zusammen, steckte ihn unter seinen Kopf und streckte sich auf der Bank aus.
Der Zwerg kam ins Grübeln. „Wegweiser", dachte er, und blickte auf den, der hoch über ihm gegen den Himmel stach. „Wegweiser sind eine komische Sache. Die Leute, die sie aufstellen, brauchen sie doch gar nicht. Und ist eine Weisung nicht so etwas wie ein Befehl? Muss man also einem Wegweiser folgen?"
Fengrin las, was auf dem Wegweiser stand. Tief zog er an seiner Pfeife. Unmerklich schweiften seine Gedanken ab. Zum Erlenhof ging es nach Norden, dort wohnte sein Onkel Fin´. Zum Meer nach Westen und im Süden lagen die Inseln, nein, die Berge, in denen er mit seinen Eltern lebte.
Hatte sich in den letzten zehn Jahren niemand auf den Weg nach Osten aufgemacht? War noch niemand aus dem Osten an diesem Wegweiser vorbeigekommen und

hatte ihn vervollständigt? Zwar zeigte der Wegweiser auch nach Osten, doch gab es zu dieser Richtung keinen Hinweis.
Fengrin klopfte seine Pfeife aus und kniff die Augen zusammen. Ohne weiter darüber nachzudenken, raffte er sein Bündel und schlug den Weg nach Osten ein. Ob es Neugierde oder tief in ihm schlummernde Abenteuerlust war, konnte er später nicht mehr sagen, jedenfalls sollte diese Entscheidung nicht ohne Folgen für ihn und die Geschichte des Landes bleiben. Und ob er schon in jenem Moment oder erst am Ende seiner Reise „Fengrin der Wanderer“ war, blieb bei den Geschichtsschreibern Baliors stets umstritten.

Ob er überhaupt den Weg gen Osten gegangen wäre, hätte er geahnt, was alles auf seiner Reise passieren würde?

Von alledem wusste Fengrin zu diesem Zeitpunkt jedoch nichts. Er war entschlossen, diesen Weg zu gehen, bis er etwas gefunden hatte, was es wert war, seinen Platz auf dem Wegweiser zu erhalten. Lange konnte es ja nicht dauern, dachte Fengrin. Frohen Mutes pfiff er ein kleines Lied vor sich hin. Er war bester Stimmung und voller Tatendrang. Nach etwa einer Stunde wurde der Weg holprig und verschwand sogar hier und dort unter Felsen oder Geröll. Es würde wohl mühseliger werden, als Fengrin zuerst vermutet hatte. Trotzdem war er zuversichtlich, bald auf eine Quelle, einen Gedenkstein oder sogar auf eine Burg der Elben zu stoßen.
Irgendetwas musste es doch geben, wofür es sich lohnte, nach Osten zu gehen.

Weiter und weiter bahnte sich Fengrin seinen Weg durch den immer dichter werdenden Wust aus Gestrüpp und Geröll. Doch er traf auf nichts und niemanden. Hier schien nach der großen Flut kein Zwerg auch nur einen Fuß auf den Boden gesetzt zu haben.

Trotzdem: Die warme Luft wehte lau um seinen Kopf, und je weiter er ging, desto fröhlicher und vielstimmiger sangen die Vögel um ihn herum.
Auch wurde das Land immer farbenprächtiger. Seine Stimmung war trotz der bislang erfolglosen Suche bestens. Einige Tiere huschten in das Dickicht und beobachteten den Zwerg erstaunt, denn niemals zuvor hatten sie etwas Ähnliches gesehen. Neugierig folgte ein Hase seinem Weg und begleitete ihn ein Stück – allerdings in gebührendem Abstand.

Langsam schien der Wald um ihn herum wieder lichter zu werden. Dann erblickte Fengrin zwischen den Ästen der Bäume hindurch etwas Unglaubliches. Mit weit aufgerissenen Augen und wie angewurzelt stand er da. In der Ferne erstreckte sich ein Blumenteppich, so weit wie ein Ozean. Bis zum Horizont nichts als Blumen, Blumen und noch mehr Blumen. In allen Farben leuchteten sie. Und ihr Duft wurde vom Wind bis hin zu ihm getragen. Süß und anziehend schmeichelte er seiner Nase.
Fengrin überlegte. „Blumenmeer – ein Blumenmeer ist doch ein schöner Grund, in eine Richtung zu gehen."
Zufrieden betrachtete er seinen Fund aus der Ferne, und da er der Finder war, stand es auch ihm zu, dieser wogenden Blütenpracht einen Namen zu geben. „Fengrins Blumenmeer" oder besser „Fengrins wundervolles Blumenmeer" wäre ein passender Name.
Er malte sich aus, wie viel Lob und Anerkennung er bekäme, wenn er zu seiner Familie zurückkehrte und ihnen von seiner Entdeckung berichtete. Sicher wäre er schon bald ein angesehener Zwerg.

Wie die Natur sich nur derart viele und prächtige Farben ausdenken konnte? Zufrieden kraulte sich der stolze Entdecker am Bart. „Ja, dann und wann lohnt es sich, etwas zu riskieren und in die Fremde zu gehen. Was hätte nicht alles passieren können!"

Ihm fiel auf, dass es eventuell nötig sein würde, die Geschichte der Entdeckung von Fengrins wundervollem Blumenmeer etwas auszuschmücken. Keine fünf Stunden hatte der Umweg nach Osten gedauert. Nichts Aufregendes war ihm widerfahren. „Hm, eventuell habe ich auf meinem Weg hierher ja einen harten Kampf mit einem Wolf gehabt. Ach was, *ein* Wolf? Es waren gut und gerne zwanzig, nein, besser: dreißig Wölfe!"
Ja. So wollte er es zukünftig dem geneigten Publikum berichten.
Doch dann fiel Fengrin ein, dass er Wölfe nur aus den Geschichten seines Vaters von vor der Flut kannte und nicht einmal wusste, wie groß so ein Wolf denn wirklich werden konnte. Wie hoch war die Anzahl der Wölfe, die ein Zwerg, realistisch gesehen, bewältigen konnte? Natürlich ohne sich großartig dreckig zu machen. Was war, wenn Wölfe in Wirklichkeit nur faustgroß und flauschig waren? Wenn er stolz behauptete, mit dreißig, faustgroßen Wollbündeln gekämpft zu haben?
Nein, Wölfe waren für eine Heldengeschichte doch nicht geeignet. Er musste etwas anderes finden.

Lange grübelte Fengrin hin und her und stapfte dabei immer stetig nach Osten. Bis es zu dunkel war, um noch weiterzugehen. Fengrin sah sich verwundert um. Schon schob sich der Mond satt und gelb hinter den nachtblauen Wolken hervor, und er hatte nicht einmal bemerkt, dass er inzwischen schon mitten in dem gewaltigen Blütenmeer stand.
Er war den ganzen Tag gewandert. Das Fest in Erlenhof war bereits in vollem Gange. Sein Onkel Fin´ würde sich sorgen.
Fengrin hatte sein Ziel erreicht, er hatte etwas gefunden, wofür sich der Weg wirklich lohnte. Wie schön es hier war. Wie unbändig der Duft. Gerade jetzt zur Abendstunde verströmten die Blüten ihn noch intensiver. Wenn diese Pracht erst einmal bekannt würde, kämen hunderte Zwergenfamilien an freien Tagen, um hier zu picknicken und zu feiern. Eventuell

könnte man sogar eine Schänke eröffnen. Er wollte Fin´ sobald als möglich von dieser bestimmt recht einträglichen Idee berichten.

Der Zwerg sog tief die Luft ein. Hier, inmitten der Blumen, würde er die Nacht verbringen und noch vor Morgengrauen zu seinem Onkel nach Erlenhof aufbrechen. Bis dahin wollte er aber noch diese Pracht und diesen Duft genießen.
Er steckte seinen Stab in den Boden, knotete sein Bündel am oberen Ende fest (dies zum Schutz vor Ameisen und anderem Krabbelzeug), breitete seinen Mantel auf der Wiese aus und legte sich hin. Zufrieden schaute er in die Sternenpracht dieses lauen Frühlingsabends. Er fiel in einen tiefen Schlaf.

Fengrin träumte. Von Wein und Honig, von Sommer und Sonne, von freundlichen Wölfen, etwa zwergengroß, die mit ihren Zungen über sein Gesicht schlabberten, von nicht allzu großen Riesen – und von Blumen. Von vielen, vielen Blumen.
Dann trat seine Mutter an sein Bett und schüttelte ihn.
„Noch nicht", grummelte Fengrin und drehte sich zur Seite, doch das Schütteln und Rütteln hörte nicht auf. Widerwillig und müde, als hätte er tagelang nicht mehr geschlafen, hob er den Kopf. In seinen Traum mischten sich erste klare Gedanken: Seine Mutter? Hier?
Langsam und zäh erlangte er die Kontrolle über seine Gedanken zurück. Es war noch Nacht. Der Mond hatte sich verabschiedet, auch die Sterne waren allesamt erloschen.
Fengrin fröstelte ein wenig, obwohl es gar nicht richtig kühl war. Er richtete sich auf und stockte. Etwas lag über ihm. Beinahe wäre er in Panik verfallen. Doch gerade rechtzeitig erkannte er, dass es gar nicht mehr Nacht war, sondern dass er unter einer dicken Wolldecke gelegen hatte.

Aber das Schütteln, das er bis jetzt nicht einordnen konnte, war noch da. Er blickte sich um. Niedrige Holzwände, einige Tonkrüge, ein Sack.
„Ein Karren! Ich liege auf einem Karren." Über ihm blinzelte eine schwache Sonne durch die vergilbte dünne Wagenplane.

Mit einem Schlag war er vollkommen wach. Er saß im Laderaum eines großen Karrens, der langsam seinen holprigen Weg nahm. Fengrins Herz pochte schnell. Er fragte sich, wie er auf diesen Karren gekommen war und wie lange er bereits geschlafen hatte. Wer hatte ihn hierhergelegt? Und zu welchem Zweck?
Neben ihm lag sein Bündel, seinen Mantel hatte man ihm als Kissen unter den Kopf geschoben. Zumindest schien es so, als wollte man ihm nichts Böses.

Doch gerade, als Fengrin sich vollkommen aufrichten wollte, wurde die hintere Plane des Wagens mit einem Ruck beiseite gerissen und ein riesiges Untier sprang auf ihn zu. Ein tonloses Krächzen entfuhr dem armen Zwerg. Er blickte wie gebannt auf die mächtigen spitzen Zähne. Groß und weiß prangten sie in einem grauenhaften Maul. Und dann dieses Geräusch! Aus der Kehle der Bestie drang ein fürchterlicher Laut, etwa wie das Muhen von Kühen, nur kürzer, dunkler, rauer und furchteinflößender.

Fengrin trat der Angstschweiß auf die Stirn und er zitterte. Er griff nach seinem Bündel in der Hoffnung, sein Messer oder seinen Stab zu erreichen, doch zu spät. Das Monster machte einen Satz auf ihn zu, drückte ihn mit einer seiner dicken Pfoten zu Boden, und zäher Geifer tropfte aus seinem Maul auf Fengrins Gesicht. Der Zwerg war der Ohnmacht nahe. Es war aus und vorbei.

Der Zwerg war außerstande, sich zu verteidigen, wie gelähmt vor Angst. Dann zog das Tier qualvoll langsam

seine riesige raue Zunge über Fengrins Wangen. Einmal, zweimal. Schlapp, schlapp, schlapp.
Bah, das wurde zu viel! Gefressen zu werden, war eine Sache, aber das hier war entwürdigend, selbst für einen kleinen Zwerg!

Fengrin wollte gerade laut protestieren, als der Wagen hielt.
Eine knorrige, doch freundlich klingende Männerstimme erklang von draußen. „Komm, Dicker, komm her. Ist er aufgewacht?“
Die Bestie, die wohl auf den Namen Dicker gehorchte, schlabberte Fengrin noch einmal über die Augen und sprang mit einem großen Satz aus dem Wagen.
„Dicker“, dachte Fengrin. „Zahnmonster oder Schleimkübel, Felltier oder, ja oder Wolf wäre passender.“
Das Monster war ein Wolf! In Fengrin mischten sich nun gut ein Dutzend Gefühle. Mit weit weniger Angst als Neugier, doch nicht ohne eine große Portion Ärger wischte Fengrin sich den Sabber aus dem Gesicht. Gerade als er fertig war, wurde die Plane ein weiteres Mal zur Seite geschoben.
Fengrin zuckte zusammen, er hatte der Stimme nach einen alten Zwerg erwartet. Doch vor ihm stand ein Riese. Einer wie der aus seinem Traum, ein kleiner Riese eben.

„Guten Tag, Herr Zwerg. Bitte, hab keine Angst. Grautier tut dir nichts. Im Gegenteil, er hat dich gefunden.“
Fengrin runzelte die Stirn. Aber das Lächeln des alten, kleinen Riesen räumte die letzte Angst aus seinen Gedanken. In den wasserblauen Augen seines Gegenübers lag etwas, dem man einfach vertrauen musste. Sein weißes Haar wehte im Wind, ebenso sein langer, weißer Bart.
Grautier sprang wieder zu ihm in den Wagen und schlabberte weiter durch sein Gesicht.

„Er mag dich“, lachte der Alte, der – wie Fengrin vermutete – ein Mensch war.
„Toll!“, dachte sich Fengrin. „Er mag mich ...“
Ohne weitere Erklärungen verschloss der Mann die Plane wieder, und kurz darauf holperte der Wagen weiter. Ab und an rief der Mann etwas zu Fengrin hinein, erwartete aber anscheinend gar keine Antwort.

Fengrin hatte inzwischen herausgefunden, dass Grautier sofort aufhörte zu schlabbern, wenn man ihn hinter den Ohren kraulte. So kraulte und kraulte er den Wolf weiter und weiter. Immer dann, wenn er gerade aufhörte, stupste Grautier ihn heftig mit der Nase an, und wenn das nicht half, zog der Wolf ihm wieder im ewig gleichen Rhythmus die lange Zunge durch das Gesicht!
Irgendwann schmerzten Fengrin aber die Finger und er konnte beim besten Willen nicht mehr kraulen. So saß er im Schneidersitz, die Arme vor der Brust verschränkt, und ertrug in stoischer Zwergengelassenheit den feuchtrauen Liebesbeweis des Tieres.

In der Gewissheit, dass über kurz oder lang auch diese Fahrt zu Ende gehen würde, summte er leise vor sich hin. Stunden zogen ins Land ...

Am frühen Abend erreichten sie eine Blockhütte. Sie war aus dicken schweren Holzstämmen errichtet, und ihr nur leicht geneigtes Dach bestand aus Blumen und Gras.

Es hatte sich merklich abgekühlt, obwohl es immer noch zu warm für den Hartung war. Fengrin stieg aus dem Wagen, half dem Mann, das geduldig wirkende Pferd auszuspannen, und trug einige der Dinge aus dem Wagen in das Haus. Säckchen mit Kräutern, kleine Amphoren, ein Bündel Reisig und etliche Kästchen, die allesamt fest verschlossen waren.

Fengrin hätte zu gern gewusst, was wohl in ihnen war, doch traute er sich nicht, den Alten danach zu fragen.
Im Inneren der Hütte war es angenehm warm und gemütlich. Ein einziger großer Raum beherbergte ein Bett, einen großen Schrank, einen Tisch und zwei Stühle. Allesamt aus Holz gezimmert und ohne jede Zier, eher auf Funktionalität als auf Schönheit ausgerichtet.

An der Wand hingen Regale voll mit Büchern und Tongefäßen. In der Mitte knisterte leise ein kleines Feuer. Darüber hing ein Kupferkessel, in dem sich das Farbenspiel der Flammen spiegelte. Rote Tonfliesen bedeckten den ganzen Boden. Als seine Augen sich an das schwache Licht gewöhnt hatten, entdeckte Fengrin im Halbdunkel einer Ecke eine Eichentruhe mit schön gearbeiteten Beschlägen.

Der Mann wies ihm einen Platz auf einem, zumindest für den Zwerg, riesigen Stuhl an einem ebenfalls übergroßen, einfachen Tisch zu.

Fengrin kletterte hinauf und setzte sich. Sein Kinn reichte gerade bis zur Tischkante. Der Alte reichte ihm ein Kissen, auf das sich der Zwerg setzen konnte, und Fengrin fühlte sich nun etwas wohler. Auf dem Tisch standen eine Karaffe und zwei Becher.
Der Mann schöpfte aus dem Kessel Suppe, verteilte sie auf zwei tiefe Schalen und stellte sie, eine vor Fengrin und die andere vor den noch leeren Stuhl, auf den Tisch. Er holte noch etwas Brot und Käse dazu und sah Fengrin aufmunternd an. „Iss nur mein Freund, iss!“
Sie begannen zu essen.

Bis jetzt hatte der Mann noch keine Anstalten gemacht, Fengrin zu erklären, was passiert war und wieso es passiert war. Inzwischen war der Zwerg sich nicht einmal mehr sicher, wann es passiert war.

Der Alte sah wohl Fengrins Fragen, oder zumindest konnte er sie erahnen. Er lächelte. „Später, junger Zwerg. Später werde ich dir alles erklären. Doch lass uns nun essen und trinken.“ Er blinzelte Fengrin zu und kaute weiter.
Der Wein war köstlich, ja er war sogar besser als der berühmte Wein aus Erlenhof. Und so süß, dass man nicht einmal Honig dazugeben musste. Die Suppe aus Wurzeln und Gemüse war würzig und doch mild. Mal schmeckte sie herzhaft, dann wieder fast süßlich, nur, um beim nächsten Löffel dann leicht sauer zu erscheinen. Fengrin konnte sich nicht erinnern, jemals etwas Ähnliches gegessen zu haben. Immer wenn er von seiner Schale zu dem Mann blickte, lächelte dieser ihn an. Er hatte wohl selten Besuch, und die offensichtliche Zufriedenheit des Zwerges schien ihm Freude zu bereiten. Stumm mampften sie ihr Abendbrot.

Als sie fertig waren, entzündeten sie ihre Pfeifen, und Fengrin erfuhr, was geschehen war. Grautier rollte sich neben dem Stuhl, auf dem der Zwerg saß, zusammen und seufzte leise vor sich hin.
„Nun, mein kleiner Freund, ist es an der Zeit, die Fragen, die sich stellen, zu beantworten. Erst einmal: Mein Name ist Turidin. Die Menschen nennen mich auch Turidin der Wächter. Die Zwerge nennen mich auch den Immerwährenden.“
Turidin suchte nach einer Reaktion in den Augen des Zwerges, doch Fengrin hatte bis heute noch keinen dieser Namen gehört. Er brachte Turidin auch nicht mit den ältesten Liedern und Sagen der Zwerge in Verbindung.
Der Immerwährende hob kurz die Brauen und fuhr fort: „Unser vierbeiniger Freund hier heißt, wie du bereits weißt, Grautier oder Dicker. So rufe ich ihn jedenfalls. Er kommt dann und wann, um mich zu besuchen, bleibt ein paar Tage und verschwindet dann wieder in Richtung der alten Gräber im Norden. Er ist der Fürst

aller Wölfe und intelligenter als manch Wesen auf zwei Beinen."
Grautier stellte die Ohren auf und beobachtete die beiden aufmerksam.
Fengrin nickte höflich und stellte sich ebenfalls vor: „Ich bin Fengrin, Knorrs Sohn. Aus dem Gebirge, das früher einmal vom Zwergenwald umgeben war." Dann warf er noch ein: „Und hoffentlich bald wieder umgeben sein wird."
Turidin lächelte, nickte sanft und erzählte weiter: „Wie gesagt, es war Grautier, der dich inmitten des Schlafblumenfeldes gefunden hat. Anscheinend hast du dort fast eine Woche gelegen. Du wärst nicht der Erste und wirst nicht der Letzte sein, der seiner tückischen Schönheit erliegt."
„Schlafblumen?", fragte Fengrin. „Was zum Bartfloh sind denn Schlafblumen?"
„Ich weiß noch nicht so recht, was sie sind oder woher sie kommen. Fest steht, dass sie erst nach der Flut gewachsen sind und dass du der Erste bist, den Grautier oder ich zwischen ihnen noch lebend gefunden haben. Meist finden wir nur Kadaver oder Knochen, manchmal auch nur noch Kleidung oder Waffen."
Fengrin schluckte. „Dann haben die Blumen mich schläfrig gemacht, um mich zu töten? Und Grautier hat mich gerettet? Warum ist er nicht eingeschlafen?"
„Die Blumen, oder besser gesagt: das Feld, lebt. Es ist ein Wesen. Es denkt, ja, ich glaube sogar, dass es jagt. Und besonders hat es das Feld auf Menschen und Zwerge abgesehen. Tiere lässt es meist in Ruhe, Elben haben wir auch noch nicht gefunden, aber ...", Turidin atmete schwer, „Zwerge, viele Zwerge und Menschen. Je mehr von ihnen aus dem Süden und Westen hierher kommen, desto mehr finden wir tot auf dem Feld."
„Was ist mit dir Turidin warum lässt es dich passieren? Du bist auch ein Mensch."
Turidin schwieg. Die Stille kam für Fengrin plötzlich und unerwartet. Grautier seufzte.

Da lachte Turidin, erst leise, kaum hörbar glucksend, dann immer lauter und lauter und zum Schluss hielt er sich den Bauch vor Lachen. Tränen traten aus seinen Augen. Kopfschüttelnd stand er auf und räumte ab.
„Ein Mensch, hast du das gehört, Grautier? Ein Mensch!“
Fengrin fragte sich, was so komisch an seiner Feststellung gewesen war. Dieser Mann sah aus wie sein Vater ihm Menschen immer beschrieben hatte. Gut doppelt so groß wie ein Zwerg, aber nicht breiter in den Schultern. Etwas feingliedriger an den Armen und Händen. Fengrin sog an seiner Pfeife und runzelte die Stirn. Schlafblumen, tote Zwerge, ein jagendes Feld. Seine Gedanken kreisten.

Turidin kam zurück an den Tisch und zündete eine Kerze an. Es musste eine richtige Kerze aus Bienenwachs sein. Keine Öllampe, die mit Öl aus dem stinkenden Fischtran befeuert wurde, wie sie Fengrins Mutter im Winter aufstellte. Fengrin blickte in die Flamme.
„Ich bin kein Mensch, Fengrin. Ich habe nur gelacht, weil ich schon so lange in dieser Gestalt stecke, dass ich selber einen Moment überlegen musste, wer ich bin.“ Turidin seufzte.
„Was bist du dann?“
Turidin hob den Kopf und blickte den Zwerg stumm und unergründlich an. In seinen Augen glaubte Fengrin für einen Wimpernschlag die Tiefen der Zeit erblickt zu haben, nur für den Bruchteil einer Sekunde blitzten sie auf. Lief in seinen Pupillen die Geschichte Baliors vom Jetzt bis hin zum Anfang rückwärts.
Der Alte flüsterte: „Ich bin der, der beinahe seit Anbeginn der Völker auf Balior wandelt. Der Sohn des Lichtes. Der Bruder des Besiegten und des Verlorenen. Ich bin der Vater des Erneuerers - Wanderer durch Zeiten und Welten. Metas’ und Erloins Wacht. Ich bin: Turidin der Wächter.“

Und mit einem Mal war es dumpf und finster um sie herum und Fengrin sah und hörte nichts. Außer das Pulsieren des Blutes in seinem Kopf. Fengrin starrte mit offenem Mund auf den Alten.
Dann, nur ein Zwinkern später, war alles wie vorher. Die Kerze spendete ihr warmes Licht, die Flammen im Kamin loderten auf, Turidin stopfte seine Pfeife und betrachtete Fengrin. Güte und Weisheit lagen wieder auf seinem Antlitz.
Fengrin war tief beeindruckt.
Der Alte entfachte seine Pfeife und erklärte weiter: „Alles Leben auf Balior, sei es menschlich oder elbisch, zwergisch oder orkisch, unterliegt ständig der Wahl zwischen Gut und Böse. Immer gemessen in den Waagschalen der jeweiligen Rassen. Beides, Licht wie auch Schatten, hat seine Berechtigung in der Welt. Über allem wachte der Schöpfer. Nach der Genesis gerieten die Kinder des Allvaters in Streit und verfeindeten sich unversöhnlich!"
„Calior und Namses", flüsterte Fengrin.
Turidin nickte.
„Calior misstraute Namses und bestimmte die ersten Weisen und Wächter: Metas, Erloin und mich, Turidin.
So teilte der Schöpfer die dreiundzwanzig mit Leben erfüllten Planeten des Universums unter ihnen auf. Sie sollten sie in seinem Namen verwalten. Doch einer, ganz am Rande der ersten Galaxie, blieb übrig. Auf diesem nun liegt der Kontinent Balior. Deine Heimat. Dann legte er sich zur Langen Ruhe.
Ein perfektes Gleichgewicht. In späteren Zeiten schickte der Namses Boten zu den Völkern der Elben, um sie zu verwirken. Lange brauchte er, bis er die Saat des Zweifels in die Köpfe einiger Elben säen konnte. Doch es gelang ihm schließlich. So teilte sich das Volk der Elben. Einige erkannten zwar die böse Absicht hinter Namses Worten, jedoch wollten sie nun Unabhängigkeit und entfernten sich so weiter und weiter vom Schöpfungslicht, bis eines Tages der erste Mensch aus ihrer Mitte geboren wurde. Frei im Willen, doch ohne

das Licht der ersten Stunde, das die Elben noch durchströmt. Bis heute spüren einige Menschen, dass etwas in ihren Seelen fehlt, dass sie etwas verloren haben, für immer.
Unwissend gefährdete der Namses mit seinem Tun das Gleichgewicht der Kräfte in dieser Galaxie, ja sogar im ganzen Universum. Er gefährdete damit jede, sogar seine eigene Existenz. Doch ist er blind vor Habgier und taub vor Ehrgeiz. Es herrschte nun offener Krieg.
Leider griff der Namses auch heimlich in die Geschichte auf Balior ein. Mit fatalen Folgen! Er war es, der die ersten der riesigen Dunkel- oder Schwarzdrachen und später die ersten der Orks erschuf. Die verschlagenen Trolle und die einfältigen, riesenhaften Oger!“

Die Größenangaben über die Schwarzdrachen beeindruckten Fengrin am meisten. Turidin behauptete, sie maßen oft zehn Längen vom Kopf bis zur Schwanzspitze und waren mindestens so schwer wie sechzig erwachsene Zwerge. Selbst sitzend und mit eingezogenen Flügeln waren Drachen nicht weniger als vier Längen hoch! Und sie lebten nicht selten 5000 Jahre, wenn nicht länger.

So beschloss auch Calior, der ältere Bruder, den einige Zwerge auch Huldenkird nennen, einzugreifen um das Gleichgewicht im Ganzen zu erhalten. Er nahm sich der verlorenen Rasse, den Menschen, an. So wurden die Menschen unsere Hoffnung und Calior ihr Führer.
Später schuf er die Zwerge. Und diese übrigens hier auf Balior. Die Zentauren und nicht zuletzt die Mazarane erschuf Calior vereint mit seiner Mutter, der Natur.
Der Namses sah dies und erkannte, dass er einen Fehler begangen hatte: Er hatte sich mit allen verfeindet. Lediglich Chaos, seine Mutter, blieb ihm verbunden.
Darum bin ich hier, Fengrin. Und das immer wieder, beinahe seit Anbeginn des Lebens auf Balior. Ich habe viele Namen und viele Gesichter. Mal reise ich durch

das Land, mal lasse ich die Zeit an mir vorbeiziehen. Doch immer beobachte ich das Treiben der Dunklen.
Und dieses Feld voll prächtiger Schönheit und übler Tücke scheint mir die neueste Ausgeburt der dunklen Seite zu sein. Fast immer meidet der Namses den direkten Konflikt, verbirgt sich hinter Masken und lauert im Hinterhalt.“

Fengrin erfuhr noch viel über die Welt, auf der er lebte, die um so vieles größer und bunter war, als die kleine Insel, auf der er mehr als sein halbes Leben verbracht hatte. Turidin erzählte Stunde um Stunde, von Darag bis zur Flut, und ehe Fengrin sich versah, war es tiefe, schwarze Nacht. Draußen in der Dunkelheit heulte ein Wolf. Grautier spitzte die Ohren, erhob sich, stieß die Tür auf und lief in die Nacht.
„Danke, Grautier!“, rief Fengrin ihm noch hinterher. Doch Grautier war bereits mit den Schatten verschmolzen und verschwunden. „Es ist an der Zeit, zu Bett zu gehen, Fengrin. Wir können morgen weiterreden, nun lass uns schlafen.“
Fengrin klopfte seine Pfeife aus, und obwohl er fast eine Woche geschlafen hatte, merkte er, wie sich eine angenehme, natürliche Müdigkeit in seinem Körper breitmachte. Turidin wies ihm einen Schlafplatz aus Decken und Fellen zu. Nur einige Minuten später schlummerte Fengrin tief und fest.

Turidin stand an einem Fenster der Hütte und starrte in die Nacht. Unzählbar viele Sterne prangten am Himmel, und nur hier und da zog ein Wolkenfetzen in blassem Lila über den Horizont. Er blickte auf Fengrin und flüsterte: „Du wolltest Abenteuer, Fengrin? Du bist schon mittendrin!“ Dann lächelte er und wandte sich wieder den Sternen zu. Fledermäuse jagten über das Land. Die Sterne flimmerten klar und schön.

Es war der sechste Hartung des Jahres 11 nach der großen Flut.

2. Neue Freunde

Am nächsten Morgen erwachte Fengrin schon früh. Gerade rechtzeitig, um noch die letzte Rotfärbung des Himmels beim Sonnenaufgang zu sehen. Er stand auf und ging nach draußen. Weder von Turidin noch von Grautier war eine Spur zu entdecken. Er betrachtete die Hütte und die Landschaft, in der sie errichtet war, genauer. Die Bäume ringsum waren alt und knorrig. Fast konnte man meinen, sie hätten Gesichter. Dicke, knubbelige Nasen und runde große Augen. Bis hierher war die Flut also nicht gekommen. Ein roter Stein mit hübscher weißer Maserung erweckte sein Interesse. Er hob ihn auf und packte ihn in seine Tasche. Er wollte den Stein seiner Mutter schenken, wenn er wieder zu Hause am Berg war.

Er ging um das Haus herum. In einem kleinen, windschiefen Stall stand das Pferd, das gestern den Wagen gezogen hatte. Fengrin trat ein und betrachtete den Raum. Licht strömte durch die Ritzen der Bretterwände. Es roch angenehm nach frischem Stroh. Das Pferd schnaubte zufrieden und steckte seinen Kopf tief in einen Sack mit Hafer oder Kleie, der an der Wand hing.

Neben der Box, in der das Pferd stand, war eine zweite, gefüllt mit Schilden und Waffen, Helmen und Harnischen. Fengrin dachte sich, dass dies wohl die Dinge seien, die Grautier und Turidin in den letzten Jahren im Schlafblumenfeld gefunden hatten. Er trat näher an das Pferd heran und streichelte es am Hals. Aus großen, treuen Augen blickte es ihn an.

Dann wandte sich Fengrin der zweiten Box zu und betrachtete die Waffen und Rüstungen. Eine Axt, der Größe nach zu urteilen von einem Zwerg, erweckte seine Neugier. Ehe er sich versah, zog er sie aus dem Haufen mehr oder weniger geordneter Kriegswerkzeuge. Mit einem lauten Poltern krachte der obere Teil des Stapels zusammen. Das metallische Scheppern dröhnte durch den Stall. Das Pferd erschrak und wieherte unruhig.

Fengrin beruhigte es. „Ist doch schon gut, Pferd. Keiner will dir etwas Böses. Ganz ruhig."
„Er heißt Schnaub", erklang die Stimme Turidins hinter Fengrin.
Fengrin drehte sich um. Am Stalltor stand Turidin, in einer Hand seine Pfeife, in der anderen einen Korb mit Pilzen, Beeren und Früchten.
„Guten Morgen", begrüßte Fengrin seinen Gastgeber und blickte verlegen auf das Chaos, das er im Stall angerichtet hatte.
„Mach dir wegen der Sachen keine Sorgen. Die können wir später wieder aufräumen. Komm jetzt, lass uns frühstücken."

Fengrin folgte ihm zurück in die Hütte. Auf dem Tisch stand eine Kanne mit dampfendem Eicheltee, Brot und Käse, ein Krug Milch und Honig, ein Topf mit Butter und eine Schale mit Zucker. Dazu legte Turidin noch die Früchte und Beeren. Fengrin setzte sich an den Tisch.
„Iss nur, Junge iss."
Fengrin langte zu. Das Essen war einfach, doch gut. Wie bereits am vorigen Abend fiel Fengrin auf, wie unterschiedlich die einzelnen Sachen schmecken konnten. Zum Beispiel schmeckte das Brot, wenn man es mit Honig aß, nach Mandeln, wenn man aber Käse dazu aß, schmeckte es nach Kräutern. Fengrin war fasziniert. Er fragte sich, wie es schmecken würde, wenn er dieses Brot mit Honig und Käse gleichzeitig essen würde. Gäbe es dann ein Mandelkäsehonigkräuterbrot?
Wieder schien Turidin seine Gedanken zu erraten. „Fürchterlich, dann schmeckt es fürchterlich." Er verzog übertrieben sein Gesicht, dann lächelte er. Turidins Augen strahlten fröhlich, und er zwinkerte dem Zwerg zu.
Fengrin musste lachen. Er goss sich noch etwas Tee ein und verzichtete auf derart kulinarische Experimente.

Den ganzen Tag über verbrachten die beiden gemeinsam. Sie räumten den Stall auf, setzten sich auf

eine kleine Bank abseits der Hütte und Turidin begann Fengrin von den geheimnisvollen, bärenhaften Mazaranen zu berichten. Wie sie sich zu Beginn der Flut in die Berge des westlichen Barogs zurückgezogen hatten. Über ihre sagenhafte Kraft und Schnelligkeit. Und über ihre festen Regeln im Umgang mit der Natur und ihren Bewohnern. Ihre Unerbittlichkeit im Krieg und ihre Loyalität Freunden gegenüber. Mehr als ein Mazarane ließ in der Geschichte sein Leben für einen Freund, doch sollte man sie niemals hintergehen oder über die Maße reizen, ihre Rachsucht war sprichwörtlich. Schon im Kindesalter wurde ihnen beigebracht, dass eines über allem stehe: Ein Auge für ein Auge, ein Fell für ein Fell.
Sie waren über tausend Jahre die Wächter der Heilquellen des Weisen Metas gewesen, die einst im Alierwald sprudelten. Die Mazarane nahmen diese Aufgabe sehr ernst, und nur die Besten aus ihrer Mitte wurden zu den Großwächtern, die diese Quellen Tag um Tag, Jahr ein Jahr aus, bewachten.
Immer wieder versuchte der Namses Macht über den Born zu erringen, doch welche seiner Diener er auch schickte, jedes Mal schafften es die Mazarane, die Quellen und das westliche Barog zu halten. Oft unter großen Verlusten.
Nicht für eine Stunde in der Geschichte des Landes waren sie einem anderen als Calior geweiht. Pilger und Kranke aus ganz Balior kamen hierher, um zu beten oder Heilung zu erlangen. Später, als der Namses die Quelle durch einen üblen Trick versiegen ließ und Metas selbst, nun für Jahrhunderte, in den ewigen Schatten des Nimdarak verbannte, wurden die Mazarane zu den Wächtern von Mittelbalior und speziell zu den Wächtern des tieferen Barogs. Die Orks hielten in jenen Tagen den Rest des Gebirges.
Der Schöpfer, der Erste, der Allvater, hatte den Plan des Namses erkannt und seinem älteren Sohn Calior aufgetragen, koste es was es wolle, drei besondere Orte auf Balior zu schützen: die Feuerspitze, wo einige

Mazarane bis zur Flut lebten, die Rodiorberge im Osten, in denen heute die Zentauren leben, und den Teil Baliors, der später den Namen Zwergenberge und Zwergenwald trug. Der Erste musste das Gleichgewicht wieder herstellen, wenn er nicht eine Katastrophe für alles Leben riskieren wollte.
Die Mazarane konnten ihren Freund und Führer Metas bis heute zwar nicht aus seinem dunklen Gefängnis befreien, schlimmer, es nicht einmal finden, doch zumindest verhinderten sie weiterhin, dass dieses, ihnen schutzbefohlene Land dem Namses zum Opfer fiel.
Erloin nun, der dritte Sohn Caliors, erlosch in einem erbitterten Kampf an der Seite der ersten Zwerge aus Hovel und Waldmark auf immer und unwiderruflich, als er sich dem Namses stellte. Auch die Titanin Arde fiel an diesem Tag.
„Die Zeit der ersten Wächter und Weisen neigt sich, Fengrin. Ich bin verbraucht und müde, ich muss die Aufgabe schon bald weitergeben. Metas wird es ähnlich ergehen. Wenn er in seinem Kerker erlischt, bevor er errettet wird und seine Bestimmung überträgt, ist es so gut wie aus für unsere Sache. Die Zeiten sind schwer."

Fengrin hörte dem Alten gespannt zu. Die Sonne verschwand bereits hinter dem Horizont, blutrot und wie mit einem Pinsel verwischt, als Turidin sich erhob und zurück in sein Haus ging.
Fengrin wusste nun viel mehr über das Land, vor allem über das Barog, das nach den Orks wieder den Schwarzdrachen in die Hände fiel, und wo zur Zeit wohl eine Pattsituation zwischen den Lichtdrachen und den Mazaranen auf der einen und den Schwarzdrachen auf der anderen Seite herrschte. Er wusste, dass Metas, ähnlich wie Turidin, kein Wesen Baliors war. Und er wusste, dass die Welt mehr Gefahren barg, als er sich in seinen schlimmsten Gedanken ausgemalt hatte.
Lange noch saß der Zwerg alleine auf der Bank vor dem Haus, beobachtete das Firmament und überlegte sich,

was zu tun sei. Er konnte nicht denselben Weg zurück nehmen, den er gekommen war. Und wenn er nordwestlich schwenken würde, um so das Schlafblumenfeld zu umgehen, bedeutete das einen Umweg von fünf Tagen, nur um zu seinem Onkel nach Erlenhof zu gelangen. Er beschloss, nach Südosten zu gehen.

Beim Abendessen teilte er seine Entscheidung Turidin mit. Der gab ihm noch viele Ratschläge und empfahl ihm eine Route, die zwar nicht am schnellsten, aber am sichersten sei. Zu steil erhoben sich die Zwergenberge im Süden, als dass ein einzelner Zwerg sie hätte bezwingen können. Fengrin solle sich so lange ostwärts halten, bis er an einen großen Fluss käme. Dort solle er dem Fluss entgegen seines Stromes nach Süden folgen und dann, am zweiten Tag, wieder nach Westen schwenken. So würde er in etwa vier Tagen wieder zu Hause bei seiner Familie sein, ohne die gefährliche Route durch die Berge nehmen zu müssen.

Früh gingen die beiden schlafen und früh weckte Turidin Fengrin. Die Nacht lag noch still über der Hütte und nur weißer Frühnebel kündigte vom baldigen Erwachen des Tages. Die Hütte war kalt und düster. Lediglich um die Kochstelle herum drängte das Feuer die Kälte und die Dunkelheit zurück. In eine Decke gewickelt setzte sich Fengrin in den Schein des Feuers und wärmte seine Füße. Turidin brachte ihm einen Becher Minztee und langsam wich die Müdigkeit aus Fengrins Gliedern.

Etwa eine Stunde später verabschiedeten sich die beiden voneinander, nicht ohne das Versprechen abzugeben, sich irgendwann einmal wiederzusehen. Turidin übergab Fengrin noch einen kleinen Rundschild aus Holz mit Metallbuckel und die Zwergenaxt, die Fengrin tags zuvor aus dem Stapel der Rüstungen und Waffen gezogen hatte. Fengrin spürte ihr angenehmes

Gewicht, bewunderte ihre Balance. Wenn er eine Waffe führen konnte, dann eine Axt!
„Ich hoffe, du wirst sie nicht allzu oft benutzen müssen, lieber Fengrin.“ Mahnend hob der Alte seinen Zeigefinger. Sein Blick durchdrang Fengrin bis in sein Innerstes.
Der Zwerg steckte die Axt in seinen Gürtel und schnallte Schild und Rucksack auf seinen Rücken. Dann reichte er Turidin die Hand und brach auf.

Es war Vormittag, und Schwalben glitten über die Wiesen, um nach Käfern und Fliegen zu jagen, die sich, geweckt von den Strahlen der stündlich an Kraft gewinnenden Sonne, immer zahlreicher aus den Böden und Spalten erhoben. Der Zwerg wandte sich gen Osten. Die Sonne schien warm auf sein Gesicht und bunte Schmetterlinge tanzten um ihn herum. Ein Wetter wie für ihn gemacht. Fengrin ging ein paar hundert Längen, drehte sich noch einmal um, doch sein neuer Freund, das Haus, ja selbst der Stall und die kleine Bank waren verschwunden!
Fengrin lächelte. „Kein Mensch“, wiederholte er leise die Worte des Alten. Er winkte hinüber zu dem Bäumen, wo bis eben noch die Hütte seines neuen Freundes gestanden hatte. Dann setzte er seinen Weg fort. Anfangs noch mit leicht beklommenem Herzen, aber Schritt für Schritt wurde ihm leichter, gefiel ihm die Idee seiner kleinen Reise besser. „Reisen“, dachte er sich immer wieder, „reisen, wie ich es schon als Kind wollte.“

Als die Sonne ihren höchsten Stand bereits überschritten hatte, kam er an einen Hain aus Laubbäumen, die hier schon vor der großen Flut gewachsen waren. Er setzte sich in ihren Schatten, um ein wenig zu rasten und sich zu stärken. Turidin hatte seinen Schlauch mit dem seltsamen Wasser gefüllt, und der Zwerg genoss den Wohlgeschmack des kühlen Nasses. Dann stopfte er sich eine Pfeife und rauchte,

zufrieden und satt. Er stellte sich seine besorgten Eltern vor und ein wenig Trauer umwehte sein Herz.
Beinahe wäre er eingenickt, oder hatte er bereits geschlafen? Fengrin hätte es nicht sagen können, doch schreckte er hoch, als er ein Geräusch hörte. Er schlüpfte hinter den Baum, an dem er lehnte, und lugte hinter dem dicken Stamm hervor.
Ein Mensch kam direkt auf ihn zu. Groß und breit, mit blonden, langen Haaren. Fengrin erschrak über die Wunde im Gesicht des Mannes. Sie begann oben auf der Stirn und nahm ihren Weg nach unten über die Wange. Sie schien noch nicht besonders alt zu sein und eher breit als tief. Auch blutete sie nicht. Einige der Haare des Mannes waren noch mit Blut verklebt und fielen strähnig auf seine Schultern. Fengrin duckte sich weiter hinter den Stamm.
Der Mensch sah trotz der Wunde weder böse noch hinterhältig aus, doch zog der Zwerg es vor, sich versteckt zu halten.
Der Mann ging schnell, er rannte fast, und blickte sich wieder und wieder um. Er wirkte angespannt, beinahe gehetzt. Fengrin bemerkte, dass er weder Schwert noch Axt mit sich führte, lediglich einen großen, schmucklosen Schild aus Holz und einen dicken Knüppel. Seine Kleidung war grauweiß und grob. Bis auf eine silberne Spange, die seinen Umhang über der Schulter zusammenhielt, konnte Fengrin keinen Zierrat erkennen.

Nun war der Mensch nur noch wenige Längen vom Versteck des Zwergs entfernt. Fengrin hörte Hufschläge und sah, wie der Mann zusammenzuckte.
Fengrin pochte das Herz bis hinauf zu seinem Kopf. Seine Beine begannen vor Anspannung zu zittern. Was sollte er tun? Der Mann suchte nach Deckung, und wählte dafür genau den Hain, in dem auch er sich verborgen hielt. Er machte zwei Sätze und sprang kopfüber hinter einen Busch, der nur eine oder zwei Längen neben seinem Versteck lag.

Einen Atemzug später trabten die Pferde heran. Es waren drei. Auf ihnen saßen Reiter, ebenfalls Menschen, nur wirkten sie düster und verschlagen. Sie verlangsamten das Tempo und verteilten sich. Fengrin sah zu dem Mann in der Deckung hinüber. Auch dieser bemerkte jetzt den Zwerg. Fengrin sah ihn an und nickte leicht. Der Mann nickte zurück und richtete seinen Blick wieder auf die Reiter, die immer noch nahe den Bäumen auf und ab ritten. Einer der ihren lenkte sein Ross auf den kleinen Wald zu.
Fengrins Herz raste. Sein Atem beschleunigte sich und seine Hände wurden feucht und schwitzig. Was sollte er tun? Sein Gegenüber schien sich aus gutem Grund vor den Männern zu verstecken, dafür sprach auch die Wunde. Doch Fengrin war kein Krieger. Er hatte in seinem Leben noch niemanden verletzt oder gar getötet. Sicher, er konnte, wie fast alle Zwerge, mit einer Axt einen Apfel spalten, auch wenn der gut zwanzig Längen entfernt lag. Aber was hieß das schon? Hier jagten drei finstere, wahrscheinlich kriegserfahrene Gestalten einen fast Unbewaffneten. Sie sahen nicht so aus, als ob sie sich auf eine lange Diskussion einlassen würden.

Der Kerl, der sein Pferd auf den Wald zu gelenkt hatte, hielt nun eine Länge vor dem Busch. Sein Pferd schnaubte laut. Fengrin schloss die Augen. „Nur kein Geräusch oder eine unbedachte Bewegung jetzt“, dachte er.
Der Mann, der sich mit ihm hinter dem Busch versteckte, griff fester um seinen Knüppel, so fest, dass seine Knöchel weiß hervortraten, doch hielt er sich weiterhin verborgen. Fengrin sah, wie er immer heftiger atmete, wie sich sein Brustkorb hob und senkte. Plötzlich sprang er aus dem Dickicht, geradewegs auf den Reiter zu. Er schlug ihn mit dem Knüppel unter den Kiefer. Den Reiter hob es aus dem Sattel und er knallte fluchend zu Boden. Schon war der Mensch mit der Narbe über ihm und schlug mit dem dicken Stab immer wieder auf den am Boden Liegenden ein.

Vier-, fünfmal krachte der Stab auf die Stirn und die Nase des Reiters.
Die anderen beiden Menschen bemerkten den Kampf und preschten auf den Gejagten los. Sie johlten lauthals und drückten ihren Pferden die Fersen in die Flanken. Der Mann mit der Narbe ließ von seinem bewusstlosen Gegner ab, hielt nun seinen Schild mit der Linken vor die Brust, mit der Rechten schwang er den Knüppel hoch über seinen Kopf.
Die Reiter hingegen richteten ihre Speere wie Lanzen gegen den Mann. Fengrin wollte schon die Augen schließen, doch als der erste Reiter den Mann erreicht hatte, tauchte dieser geschickt unter dem Speer hinweg und schlug dem Angreifer mit seinem Stab hart in die Nieren.
Ein Schmerzensschrei hallte durch die Luft, doch hielt sich der Reiter im Sattel.
„Vorsicht!", entfuhr es dem Zwerg, denn der zweite Verfolger setzte bereits zum Stoß gegen den Narbigen an. Verdutzt drehte sich der erste Reiter herum, sah den Zwerg und hielt, den Speer gesenkt, auf Fengrin zu.
Nun wusste der Zwerg, was zu tun blieb. Mit einem gut platzierten Wurf schleuderte er die Axt auf den Angreifer. Sie traf in dessen linke Schulter. Dieses Mal fiel er!
Vor Schmerzen stöhnend, wälzte sich der Getroffene am Boden. Fengrin lief auf ihn zu und zog die Axt aus der Wunde.
Wie der Mensch mit der Narbe den dritten Reiter zu Boden ringen konnte, das hatte Fengrin nicht sehen können. Jedenfalls sah er nun, wie der Mann über den Reiter gebeugt immer wieder mit der Faust in sein Gesicht schlug, bis auch dieser bewusstlos liegen blieb. Dann erhob er sich und wischte sich ein Gemisch aus Blut und Schweiß aus dem Gesicht. „Danke!", rief er und kam auf den Zwerg zu.
Fengrin hielt die Axt in seiner Hand und betrachtete den Menschen. „Nicht so schnell, Mensch. Komm mir nicht zu nahe!"

Der Mann hielt inne und legte die Stirn in Falten. „Was wollten diese Männer von Euch und wer seid Ihr?“

Breitbeinig, die Arme verschränkt, blickte der Mann auf den Zwerg. Er lächelte verschmitzt. In seinen klaren blauen Augen lag ein Schimmer der Belustigung. „Man nennt mich Rodegart Beredorn. Diese und fünf weitere Männer nahmen mich und meinen Bruder Donbrut gefangen. Es sind Halunken, die sich als Sklavenjäger verdingen. Ich konnte mich vor drei Tagen, als wir östlich des Vogelsees lagerten, von meinen Fesseln befreien. Ich verlor jedoch den folgenden Kampf und rannte zum See. Ein anderer Gefangener ergriff die Chance des Tumults und rannte mir nach, doch seine Hände lagen noch in Ketten. Ich befürchte er ist ausgerutscht und auf die Felsen geprallt. Durch einen Sprung in den See, nahe der Stelle, wo der Fluss auf ihn trifft, konnte ich ihnen entfliehen. Wie durch ein Wunder ertrank ich nicht. Das Gewässer trug mich, obwohl die Strömung eigentlich entgegengesetzt fließt, nach Süden, wo der Fluss über Stromschnellen stürzt. Mich aber trug das Wasser sanft an die andere Uferseite. Drei von den Sklavenfängern verfolgten mich, mussten aber erst zur nächsten Furt reiten. Seither versuche ich, eine Siedlung zu erreichen, um Waffen und Getreue zu finden, um meinen Bruder zu befreien. Heute Morgen fand ich diesen Schild in einer zerfallenen Baracke, doch leider weder Schwert noch Axt dazu.“
Fengrin glaubte diesem Beredorn. Er steckte die Axt in seinen Ledergürtel und sagte: „Mich nennt man Fengrin, Knorrs Sohn. Ich komme von dem Ort, der vor der Flut Zwergenberg hieß. Ich freue mich, dem richtigen Mann in diesem Kampf beigestanden zu haben.“ Er verneigte sich kurz, stapfte auf Rodegart zu und reichte ihm die Hand.
Die drei am Boden Liegenden indes begannen sich erneut zu rühren. Rodegart und Fengrin blickten sich kurz an und nahmen den Sklavenjägern die restlichen Waffen ab. Viele waren es nicht. Dann nahmen sie ein

langes Seil vom Sattel eines der Pferde und banden die drei an einem Baumstamm fest.
Rodegart Beredorn wollte erfahren, wie die Komplizen der Reiter mit seinem Bruder verfahren wollten. Er hätte ihnen die Finger einzeln gebrochen oder ihnen glühende Kohlen in die Münder gesteckt, so voller Hass war er auf seine Häscher. Fengrin fand diesen Haufen allerding eher bemitleidenswert, er überredete ihn eine humanere Folter zu probieren, eine wie sie die Zwerge anwandten. Sie nahmen etwas Salz und rieben es in die Münder der Halunken. Dann warteten sie etwa drei Stunden.
In dieser Zeit saßen sie an einem Baum gegenüber den Gefangenen, aßen von Fengrins Proviant und rauchten Pfeife. Rodegart war begeistert von dem Tabak, den der Zwerg ihm bot, obwohl seine Pfeife durch die Abenteuer der letzten Tage nicht mehr ganz in Ordnung war genoss er ihn sichtlich. Fengrin bewunderte die schön geschnitzte Pfeife des Menschen, deren Kopf eine Sonne zierte. Wenn man sie entzündete, glomm die Glut sachte und die Sonne strahlte in wunderschönen Schattierungen von Orange bis hin zu Karmesin.
Fengrin erzählte nun auch seine Geschichte.
Rodegart hörte aufmerksam zu.

Schließlich befragte Fengrin die Gefangenen nach dem Verbleib ihrer Komplizen und ihren Vorhaben. Keiner der drei sprach. Sie grinsten den Zwerg nur verächtlich an. Rodegart wollte bereits zu seinem ersten Plan zurückkehren und griff nach der Hand eines Gefesselten, als Fengrin mit den Wasserschläuchen der Gefangenen vortrat. Nun ritzte er die Schläuche ein ganz kleines bisschen an. Vor den Augen der Durstenden tropfte das Wasser zu Boden. Es versickerte sofort. Mit großen Augen verfolgten die Gefangenen den Weg jedes einzelnen Tröpfchens, wie es aus dem Schlauch heraustrat, seinen Weg an der schmutzigen Oberfläche des Leders nahm, um dann von ihm abzufallen und im Staub des Bodens zu versickern.

Keine zwei Minuten später brach der Erste das Schweigen: „Nach Süden wollten wir, verkaufen wollten wir sie, an die Orks aus der kalten Wüste, unsere ...“
„Wir treffen uns in drei Tagen am Rande der Rodiors ...“, ergänzte der Zweite hastig.
„Wir wollten versuchen, einen Zentauren zu fangen, der Ork zahlt besondere Prämien für sie“, warf der Dritte ein.
„Orks“, dachte Fengrin und hörte den Gefangenen nicht weiter zu. Er kannte diese Wesen nur aus Geschichten seines Vaters. Groß und muskelbepackt. Kühne Krieger, die, wenn sie einmal in ihren Blutrausch verfielen, nur durch den Tod zu stoppen waren. Erbfeinde der Zwerge! Grün war ihre Haut, und gewaltige Schneidezähne ragten aus ihrem Maul. Bis zu vier Mal so groß wie ein Zwerg konnten sie werden, und sie waren noch gefräßiger als ihre größeren Vettern, die gelbhäutigen Oger.

„Ich weiß genug.“ Rodegart riss Fengrin aus seinen Gedanken. Er packte einige Sachen aus den Taschen der Gefangenen auf ein Pferd und machte Anstalten, aufzubrechen.
„Und die drei hier?“, fragte Fengrin.
„Die kannst du behalten, wenn dir der Sinn danach steht. Ich muss los, um vor den anderen Halunken am Berg zu sein. Ich hoffe nur, dass mein Bruder noch lebt, Fengrin, Knorrs Sohn.“ Er überlegte kurz. „Möchtest du mich nicht begleiten? Willst du mir, dem du heute das Leben gerettet hast, nicht helfen, auch das Leben meines Bruders zu erhalten? Und denk an den alten Zwerg!“
Fengrin fühlte sich geschmeichelt. Dieser große, verwegen aussehende Mensch bat ihn um Hilfe. Er spürte, wie er leicht errötete. Hatte er nicht immer Abenteuer gewollt? Hatten seine Eltern nicht immer gepredigt, dass es eines jeden Zwerges Pflicht sei, zu helfen. Hatte Turidin ihm nicht erzählt, dass die Zwerge

von Calior zu Wächtern bestimmt waren. War es nicht seine Aufgabe, einem Hilfesuchenden beizustehen?
Noch bevor er all seine Gedanken zu Ende denken konnte, hörte er sich sagen: „Es ist mir eine Ehre, Rodegart Beredorn, dich zu begleiten."
Fengrin erschrak beinahe, als er verstanden hatte, was genau er gerade versprochen hatte. Aber nun gab es kein Zurück mehr. Er würde den Menschen begleiten. In das Land der Zentauren.
Gemeinsam packten sie Waffen, Nahrung und die Schuhe der drei Gefangenen auf ein weiteres Pferd, lockerten die Fesseln und ritten davon. Mit etwas Geschick könnten die drei sich nun innerhalb einer Stunde befreien. Beredorn hätte sie lieber getötet, der Zwerg hingegen hielt eine solche Handlung für unzwergisch und erinnerte Rodegart daran, dass die drei es ohne Schuhe und Essen, lediglich mit drei leckenden Wasserschläuchen, ohnehin sehr schwer hätten, in bewohntes Gebiet zu gelangen.
Beredorn schüttelte den Kopf und murmelte etwas wie: „Was auch immer dich glücklich macht, Zwerg."

Die Sonne verschwand langsam hinter den Wolken des aufziehenden Abendhimmels. Schon schob der Mond sich bleich und blass über den Horizont. Schwalben durchstoben die Luft und suchten ihr Abendessen.
Die beiden Gefährten lenkten ihre Pferde nach Osten und preschten los. Fengrin, der bei weitem kein so erfahrener Reiter war wie Rodegart, hatte Mühe ihm zu folgen.
Eine laue, nach Sommerblumen duftende Luft wehte um ihre Köpfe. Fengrin sog sie tief in sich ein. Unweigerlich musste er an seine Erfahrung mit dem Schlafblumenfeld denken und erschrak. Dann aber lächelte er und genoss den Duft. Einige Vögel sangen ihre Melodie, hießen die Nacht und ihre Geschöpfe willkommen. Hier und da zogen bereits die ersten schwarzblauen Nachtwolken von Westen her auf, und der Wind wehte ab und an in Böen. Eine junge

Landschaft zog an ihnen vorbei. Keiner der Bäume oder Sträucher hier war älter als zehn Jahre. Wie anders musste das Land vor der Flut ausgesehen haben.

Es war bereits Nacht, als sie endlich nach einem Rastplatz Ausschau hielten. Groß und rund, gelb und satt prangte der Mond über ihren Köpfen. Fast hätte man meinen können, ihn mit einem gewagten Sprung zu erreichen. So nah und schön hatte Fengrin ihn noch nie gesehen.
Seit ihrem Aufbruch hatten sie kaum miteinander gesprochen. Rodegart war zu sehr in den Gedanken an seinen Bruder verhaftet. Fengrin ließ ihn in Ruhe und fand seine Freude an der Betrachtung der Landschaft. So schön sie auch war, er konnte die Düsternis, die auf Rodegarts Gesicht lag, gut verstehen. Schließlich machte auch er sich Gedanken über seine Familie. Spätestens in einer Woche wollte er wieder zu Hause bei seinen Lieben sein und ihnen alles erklären. Und es würde viel zu erzählen geben, denn schon jetzt hatte er ein weiteres Abenteuer bestanden. Eines, das er nicht einmal ausschmücken musste. Welcher Zwerg hatte je mit nur einer Axt drei - besser zehn - riesige, böse Menschen bezwungen? Wer konnte behaupten, ganz nebenbei einem Menschen - besser einem Königssohn der Menschen - das Leben gerettet zu haben? Und welcher Zwerg war jemals so selbstlos gewesen, auf all das Gold und Silber zu verzichten, das man ihm als Belohnung angeboten hatte? Ja, wollte man ihn nicht gar zum Ratgeber bei Hofe in Fragen der ...
Hart traf der herabhängende Ast Fengrins Kopf. Der Zwerg wurde von seinem Pferd geschleudert und landete ein Stück weiter auf dem harten Boden. Bitterliche Flüche sandte er gegen die Drake, deren Ast den Zwerg aus dem Sattel gehoben hatte.
Rodegart lachte. Das erste Mal heute lachte er aus voller Kehle. Und auch Fengrin lachte, obwohl sein Kopf und auch sein Hintern schmerzten und er sich gewünscht hätte, einen Helm und ein Kissen zu besitzen.

„Wenn du schon mal liegst, können wir auch hier rasten", spottete Rodegart.
Fengrin murmelte noch einige recht unfreundliche Verwünschungen gegen den Baum und half dann Rodegart, ein Lager für die Nacht zu errichten. Sie entfachten ein Feuer und nahmen von den Vorräten, die sie den Sklavenhändlern abgenommen hatten.

Bald darauf entzündeten sie ihre Pfeifen, und Rodegart berichtete Fengrin, wie er und sein Bruder in die Hände der Halunken geraten waren. „Wir stammen aus den Nordbergen und sind letzten Monat, zwei Jahre, nachdem sich das Wasser bei uns endgültig zurückgezogen hat, aufgebrochen, um das neue Land zu erkunden. Unsere Böden sind nicht so wie früher. Nichts gedeiht mehr so prächtig wie einst. Der Boden ist zu matschig, zu feucht. Nicht einmal das Gras wird grün. Alles, was man pflanzt und sät, wird wässrig und fad. Mein Bruder Donbrut und ich machten uns also auf, um für uns neues, urbares Land zu erschließen. Als wir an die Sandklippen kamen, gerieten wir in einen Hinterhalt. Die Halunken überwältigten uns fast kampflos.
Unter ihren Gefangenen waren noch ein Zwerg mit Namen Quam und ein Mensch, der sich Arium vom Rotland nannte. Alle lagen in Eisen, nur mich fesselte man mit Seilen. Ich denke, sie hatten nicht mit besonders großer Beute gerechnet. Eigentlich ein kläglicher Haufen Dummköpfe!" Rodegart schüttelte den Kopf.
„Am Vogelsee konnte ich mich, wie ich schon sagte, befreien. Es kam zu einem kurzen aber heftigen Kampf. Ich rettete mich mit einem Sprung in den See.
Mein Bruder und der Zwerg befinden sich immer noch in der Gewalt der Händler. Ich hoffe nur, dass sie ihnen nun kein schlimmeres Leid angetan haben. Morgen sollten wir Rodior erreichen. Gemeinsam werden wir es diesen Burschen schon zeigen. Was meinst du, Fengrin? Du stehst mir doch bei, oder? Fengrin?"

Der Zwerg hatte dem Menschen gar nicht richtig zugehört. Er war in Gedanken bei seiner Familie, die sich sicherlich sorgte. Er murmelte zustimmend, doch hatte er nicht recht verstanden, was Beredorn von ihm erwartete.
Rodegart erahnte die Sorgen seines Begleiters und rollte sich stumm in seine Decke ein. Er war zuversichtlich, seinen Bruder spätestens übermorgen aus den Fängen der Sklavenhändler zu befreien.

Die erste Sternschnuppe des neuen Jahres fegte von Westen her über den Himmel und schien den beiden den Weg weisen zu wollen. Das Feuer knisterte leise, und während auch Fengrin einschlummerte, fiel ihm auf, dass das Knistern von Feuer und das Fallen von Regen sehr, sehr ähnlich klangen. Immer tiefer glitt er in einen ruhigen, traumlosen Schlaf.

Es war die Nacht zum neunten Hartung des Jahres 11 nach der großen Flut.

3. Die Befreiung

Donbrut lag wach. Seine Handgelenke schmerzten, und langsam rieben die Eisenschellen die Haut wund. Er dachte an seinen jüngeren Bruder. Sie sahen sich zum Verwechseln ähnlich, nur trug Donbrut sein Haar kürzer. Sie waren auch fast identisch gekleidet, nur wirkten Donbruts Kleider ein wenig verschlissener.
Er blickte in den Himmel und bemerkte eine Sternschnuppe, die von Westen her geradewegs auf ihn und seine Begleiter zuzufliegen schien.
Ob seinem Bruder die Flucht geglückt war? Ob er dem Vogelsee überhaupt lebend entstiegen war? Rodegart war stark und geschickt, doch ein miserabler Schwimmer. Donbrut jedoch wollte die Sternschnuppe als gutes Zeichen werten und schloss die Augen. Zwei seiner Peiniger hielten Wache. Sie tranken Wein, der seinen süßen Gestank nach billigem Fusel bis hierher verbreitete. Neben ihm lag der Zwerg Quam. Er hatte sich in seinen Mantel geschlagen und schlief. Nur dann und wann drang ein leises Schnarchen an Donbruts Ohr.
Quam war, wie man sich einen Zwerg vorstellte. Sein altes, wettergegerbtes Gesicht sah aus wie die Landkarte des Baroggebirges. In seinen Augen konnte man eine gesunde Portion Humor, aber auch List erkennen. Quam trug eine dunkelgrüne Hose aus weichem Filz und ein graues Wams. Darüber hatte er einen ebenfalls grauen Mantel geworfen. Er sprach nicht viel, doch wenn er etwas sagte, dann hatte es Gewicht.
Etwas abseits lagen auch die anderen Sklavenhändler und schliefen. Ihr Anführer, den die anderen den Schinder nannten, war einer der beiden am Feuer Sitzenden. Er hatte Rodegart die Peitsche quer über das Gesicht gezogen. Auf ihn hatte Rodegart es am meisten abgesehen.
Der Mann trug einen Arm in einer Schlinge, noch immer schimmerte frisches Blut durch den Verband. Donbrut lächelte. Sein kleiner Bruder war sehr geschickt mit

dem Messer. Nur einen Wimpernschlag schneller und Schinder wäre tot gewesen. Ein Stich ins Herz. So hatte er nur eine Fleischwunde über dem linken Ellbogen. Diese Dilettanten hatten sie nicht einmal richtig nach Waffen durchsucht. Was für ein Haufen.
Um Arium tat es ihm leid. Sein Körper lag tot, kalt und feucht in einem Schlammloch am Rande des Sees. Aber lieber im Kampfe fallen, als den Rest des Lebens im Staub zu kriechen.

Die drei Sklavenhändler, die seinem Bruder verfolgten, waren noch immer nicht zurückgekehrt. Auch das wertete er als gutes Zeichen. Hätten sie ihn erwischt, wären sie sicherlich schon wieder zu ihren Kameraden gestoßen. Rodegart war zäh und gefährlich. Wie gefährlich würden diese Strauchdiebe schon bald merken.

Fetzen des Gespräches der beiden Wachen drangen an sein Ohr. Sie wollten also tatsächlich einen Zentauren fangen, um ihn im Süden an die Orks zu verschachern. Sicherlich wäre einer der großen, kräftigen Pferdemenschen gut zehnmal so viel wert wie ein Zwerg oder ein Mensch. Donbrut glaubte jedoch nicht, dass es diesem Haufen gelingen würde, auch nur in die Nähe eines Zentauren zu gelangen. Gut, ihn und seinen Bruder hatten sie überrumpeln können und auch das nur, weil sie zu unaufmerksam und zu naiv gewesen waren. Die Brüder waren bei anbrechender Nacht in einer Schlucht nahe den Sandklippen den Händlern in die Hände gefallen. Donbrut machte sich deswegen schwere Vorwürfe, aber auch auf einem Hügel oder in einem Wald war eine solche Übermacht nicht leicht zu bezwingen. So hatten sie es vorgezogen, sich kampflos zu ergeben und abzuwarten, ob sich eine Gelegenheit zur Flucht ergäbe.
Da saßen sie und warteten auf ihre Kameraden. Wenn sein Bruder unverletzt und munter aus dem See gestiegen war, dann würde er die Verfolger mit hoher

Wahrscheinlichkeit töten. Rodegart konnte nur mit einem Stein bewaffnet einen Mann mit einem Wurf vom Pferd holen. Und wenn er eine richtige Waffe ergatterte …

Eine Eule riss Donbrut aus seinen Gedanken. Er blickte in die Baumkrone über ihm und bemerkte zwei große Augen, die gelb und glasig in die Nacht starrten. Er wickelte sich enger in seinen Mantel und schloss seine Augen. Er musste abwarten. Langsam schlief er ein.

Ein Tritt gegen sein Schienbein weckte ihn unsanft. Der Schinder, der seinen Namen zu Recht trug, stand über ihm und grinste. Ihm fehlten bereits sämtliche Vorderzähne. Lediglich ein kleiner Stumpen, der einmal ein Zahn hätte gewesen sein können, stach aus dem Unterkiefer hervor.
„Los, du fauler Sack, komm hoch! Oder soll ich dir Beine machen?“ Spucke sprühte bei jedem Wort aus dem zahnlosen Mund.
Donbrut blickte auf. Langsam erhob er sich. Das war nicht einfach, da er durch die Ketten behindert seine Hände nicht benutzen konnte. Auch war der Schmerz in seinen Handgelenken über Nacht schlimmer geworden.
Schinder hielt einen Wasserschlauch über Donbruts Kopf und ließ ihn leer laufen. Er hatte seinen Arm aus der Schlinge genommen, doch war dieser noch nicht wieder uneingeschränkt beweglich.
Das Wasser war die einzige Möglichkeit für Donbrut, bis zum Mittag etwas zu trinken zu bekommen. Hilflos versuchte er, möglichst viel des Wassers in seinen Mund zu bekommen. An richtiges Essen war seit dem Tag ihrer Gefangennahme nicht zu denken. Die Sklavenfänger gaben jedem der Gefangenen mittags und abends je einen Kanten Brot. Das musste für den Tag genügen. Lediglich einige Beeren hatte er gestern Mittag bei einer Rast gefunden und gegessen, wahrlich keine großartige, aber eine willkommene Abwechslung.

Etwa eine Viertelstunde später setzte sich der Zug in Bewegung. Vorneweg Schinder und ein Mann, den sie Ucher nannten, hager, mit stark hervorstehenden Augen und einem faltigem Hals, glich er einer ausgemergelten Kröte. An Uchers Pferd waren die beiden Gefangenen angekettet. Hinter Donbrut und Quam ritten die anderen Sklavenhändler. Trosta, ein feiger Sadist. Nummer 2 auf der Liste der Brüder Beredorn, Rudel, der wohl für die niederen Arbeiten wie Kochen und Abwaschen zuständig war, und Uri, der die Eigenart besaß, ständig aufzustoßen. Begleitet von Uris Rülpsen und dem dumpfen Geräusch der Pferdehufe auf dem Gras, wandte sich der kleine Tross weiter nach Osten. Die Sonne stand kurz vor ihrem Zenit, als die Gruppe hielt.

Etwa zu diesem Zeitpunkt erreichten Fengrin und Rodegart das Nachtlager der Händler. Rodegart blickte sich um, suchte nach einem Zeichen, einem Hinweis, den ihm sein Bruder hinterlassen haben könnte. Doch er fand nichts. Zumindest war anhand der Spuren gut zu erkennen, dass die beiden Gefangenen lebten und noch eigenständig gehen konnten.

„Sie sind uns etwa sechs Stunden voraus. Aber sie sind langsam, da mein Bruder und der Zwerg laufen. Wir können einen Bogen um sie schlagen und ihnen eine Falle stellen. Was meinst du Fengrin?“

Der Zwerg nickte schweigend. Er war nicht begeistert davon, eventuell einem anderen das Leben zu nehmen, doch sah er es als seine Pflicht an, Rodegart zu helfen. Und der Handel mit Zwergen und Menschen schien ihm über die Maßen ungehörig und schlimm. Ja, er wollte diesen Sklavenjägern das Handwerk legen. Er wollte Rodegarts Bruder befreien, aber dann wollte er nach Hause. Zurück in das überschaubare Leben, das ein Zwerg in den Zwergenbergen leben konnte.

Sie ritten weiter, kamen durch einen jungen Frühlingswald, durch dessen Blätterdach an zahllosen

Stellen die hellen Strahlen der Sonne stachen. Es roch nach Moos und Pilzen, feuchtem Holz und Tannenzapfen. Ein Sprung Rehe jagte erschrocken über eine Lichtung und verschwand hinter einer Kuppe. Der Wald war noch jung. Doch schon jetzt konnte man absehen, dass dies einmal ein prächtiger Wald würde, in dem viele Tiere eine Zuflucht fänden.

Nach einer halben Stunde wandten die zwei sich nach Nordosten, um einen Bogen um die Verfolgten zu schlagen. Etwa drei Stunden später hörten sie die Stimmen von Schinder und Ucher. Leise wehte der Wind sie von Süden zu ihnen herüber. Fengrin und Rodegart bogen nun wieder nach Süden, um vor die Verfolgten zu gelangen.

Schinder prügelte auf Ucher ein. Dieser hatte sich auf den Boden gekauert und hielt seine Hände schützend vor Kopf und Gesicht.
Schinder schrie: „Halt endlich dein schnodderiges Maul, du Unglücksrabe. Wir ziehen jetzt weiter nach Osten und wir werden einen Zentauren fangen! Und du wirst deine Aufgaben erfüllen oder ich hänge dich an den nächsten Baum. Hast du mich verstanden?“ Die letzten Worte sprach er im selben Rhythmus, in dem er mit seiner Peitsche auf den am Boden liegenden Ucher einschlug.
„Ja, ja, hab ich“, wimmerte der Geschlagene, und in seiner Stimme lag eine Mischung aus Angst und Trotz.

Ucher hatte in den letzten Tagen immer wieder auf die große Gefahr hingewiesen, die zu bestehen, zumindest aber zu befürchten sei, wenn man so nahe an das Gebiet der Zentauren käme. Fast hatte er sich geweigert, weiter an Rodior heranzureiten. Als sie dann aus dem jungen Wald geritten kamen und sich in der Ferne die grünen Kuppen der Berge gegen den Himmel abzeichneten, war er geradezu hysterisch geworden. Immer inniger hatte er auf Schinder eingeredet, bis

diesem der Kragen geplatzt war und er Ucher mit einem Tritt vom Pferd stieß, auf ihn sprang und wie besinnungslos auf ihn eindrosch.
Die anderen und die Gefangenen beobachteten dieses Schauspiel, die einen mit Furcht und die anderen mit Schadenfreude. Das war wirklich ein trauriger Haufen.
Endlich ließ Schinder von Ucher ab, der sich vor Schmerzen am Boden krümmte. Keiner der Kameraden trat an ihn heran oder machte sonst wie Anstalten, ihm zu helfen.
„Los du Feigling, steig auf, ich will weiter." Verächtlich blickte Schinder auf Ucher herab, rollte mit den Augen und stieg wieder aufs Pferd.
Ucher, an dessen Sattel immer noch die Gefangenen hingen, brauchte nun ein Ventil, um seinem Ärger Luft zu machen. Er schwang sich aufs Pferd und gab ihm die Sporen. Das erschrockene Tier bäumte sich auf und raste los. Die ersten Längen konnten Donbrut und Quam noch mitlaufen, aber dann stürzte erst Quam, der mit seinen kurzen Beinen nicht Schritt halten konnte, dann Donbrut. Ucher zog sie noch fast hundert Längen hinter sich her. Schinder gebot ihm Einhalt und Ucher stoppte das Pferd.
Mühsam rappelten sich Quam und Donbrut wieder auf. Die Sklavenhändler brachen in schallendes Gelächter aus. Solcher Spaß gefiel ihnen. Dann ging es weiter.

Der Zwerg spuckte Gras aus und zitterte am ganzen Körper. Er war alt, beinahe einhundertachtzig Jahre, und das ist auch für Zwerge ein hohes Alter. Ihn hatten die Halunken beim Holzfällen am Rande des Nordlandes gefangen. „Glaubt ihr nicht, dass wir gesund mehr wert sind als verletzt oder gar tot?", rief er, während sie hinter dem Pferd her trotteten.
Schinder legte den Kopf zur Seite, die Gruppe hielt wieder. Er antwortete bissig: „Und du, Zwerg, glaubst du nicht, dass du, wenn du dein dummes Maul nicht hältst, bald eher verletzt oder tot als gesund bist? Wenn wir den Zentauren fangen, werden wir euch sowieso

töten. Ein Zentaur ist mehr wert, und er bedarf auch mehr Aufmerksamkeit. Ich glaube nicht, dass wir dann für die paar Kröten, die wir für einen alten Zwerg und einen Menschen bekommen, euch auch noch mit durchbringen werden!"
Der Zwerg kniff die Augen zu und antwortete: „Wenn der Zwerg nicht so alt wäre, wäret ihr bereits tot. Und wenn ihr so mutig seid, dann kämpft doch einmal Mann gegen Mann mit dem Zwerg." In Quams Augen trat ein gefährliches Funkeln. Pure Mordlust blitzte in ihnen auf.
Wind spielte mit den dichten Zweigen der Büsche, die sie umgaben. Schinder sah das Funkeln und blieb für einen Augenblick wie versteinert sitzen. Ein Schauer lief über seinen Rücken. Es war nur kurz, doch selbst die unsensiblen Kameraden Schinders bemerkten etwas wie Angst oder Erschrecken an ihm. So kannten sie ihren Anführer nicht.
Der Zwerg blickte immer noch starr auf den Reiter. „Was ist, Schinder. Hat dich der Mut verlassen?"
Stille.
„Nein, Zwerg, ich habe nur darüber nachgedacht, wie ich dich töten werde." Das war eine Ausrede und bei weitem eine der schlechtesten, die Donbrut je gehört hatte, doch was hatte Quam nur vor? Auch Ucher und Trosta konnte dieser Satz nicht überzeugen. Uri und Rudel zumindest lachten laut und dreckig.
Quam richtete sich auf, stellte sich breitbeinig hin und spottete weiter: „Feige und hinterhältig bist du, Schinder. Hast du überhaupt schon mal einen Kampf ehrlich bestritten? Kannst du überhaupt etwas anderes, als andere Leute hinterrücks zu erschlagen oder zu entführen? Du bist nichts und du kannst nichts!"
Das war für Schinder zu viel. Zwar hatte der Zwerg Recht, offene Konfrontation lag ihm nicht, aber nun musste er etwas tun. Er konnte vor seinen Männern keine derartigen Anfeindungen ungestraft lassen. Der Zwerg musste bestraft werden!

Schinder drehte sein Pferd, stieg ab und schritt auf den Zwerg zu. Quam blieb ruhig und ohne Anzeichen von Furcht stehen.
Der leichte Wind wurde stärker und böig. Die Pferde der Sklaventreiber wurden unruhig. Gleichzeitig schob sich eine Wolke vor die Sonne und ließ es merklich dunkler und kühler werden.
Schinder baute sich vor dem angeketteten Zwerg auf, zog seine Peitsche und holte aus. Der harte Lederriemen klatschte auf Quams Schulter. Der Zwerg rührte sich nicht. „Na komm schon, das kannst du besser!" spottete Quam. Wütend holte Schinder erneut aus, doch dieses Mal warf sich der Zwerg zu Boden. Die Wucht des in die Leere gehenden Schlages warf Schinder herum und mit ausgestreckten Armen stand er vor Rodegart, der wie aus dem Nichts aufgetaucht war. Erstarrt blieb Schinder stehen, sein Mund öffnete sich, doch kein Laut kam über seine Lippen. Er starrte auf Rodegart und flüsterte: „Du?"
Rodegart blickte ihn finster an. „Ich!" Er rammte ihm sein Messer bis zum Anschlag in den Magen.

Das alles dauerte nur Sekunden. Und während Schinder lautlos erst auf seine Knie, dann bäuchlings auf den Waldboden fiel, begriffen die verbliebenen Sklavenhändler die Situation.
Leises Röcheln drang aus Schinders zahnlosem Mund. Uri preschte los, auf Rodegart zu, die Waffe erhoben. Doch schon nach wenigen Längen grub sich eine Axt in seinen Arm.
„Nicht so schnell!", rief eine Stimme hinter ihnen. Es war Fengrin.
Die restlichen Sklavenhändler gerieten nun in Panik. Ucher, an dessen Pferd noch immer Quam und Donbrut hingen, schlug seine Fersen in die Flanken des Tieres, er wollte fliehen. Doch Quam und Donbrut waren vorbereitet. Sie zogen gemeinsam mit aller Kraft an den Seilen, an denen sie hingen, und Ucher fiel mit seinem Sattel und der Satteldecke rücklings zu Boden. Sein

Pferd galoppierte allein davon. Ehe er sich aufrichten konnte, waren Quam und Donbrut bereits über ihm und drückten ihn zu Boden.
Trosta versuchte zu flüchten. Er war bereits einige Längen weit gekommen, als Rodegarts Speer sich qualvoll durch seinen Rücken den Weg in seinen Bauch suchte. Tot sackte er auf seinem Pferd zusammen, das weiter in Richtung Osten galoppierte.
Nun hob Rudel seine Hände und bettelte um Gnade. Auch Ucher ergab sich.

Die Wolke gab die Sonne wieder frei und erneut strömte angenehme Wärme durch Land und Wald.
„Gut gemacht, Quam!“, rief Rodegart. „Besser hätte es nicht klappen können.“
„Kleinigkeit. Gut, dass diese Bande so blind und taub ist.“ Er schüttelte den Kopf.

Rasch banden sie die noch verbliebenen Pferde fest, fesselten Rudel und Ucher und sammelten die herumliegenden Waffen ein. Die Leichen legten sie abseits unter einen Baum und bedeckten sie mit Steinen. Erst danach fielen sich die Brüder in die Arme.
„Danke, Rodegart, ich habe gewusst, dass du es schaffst, auch wenn Vater immer behauptet, dass du eher tief als weit schwimmen kannst.“
„Beinahe hätte er auch Recht behalten, aber ich konnte mich retten.“
„Wer ist dein Begleiter?“
„Das ist Fengrin, Knorrs Sohn. Er hat mir bereits bei den anderen Halunken geholfen. Nur musste ich sie auf seinen Wunsch hin wieder laufen lassen.“ Rodegart grinste.
„Du hast was?“
„Sie laufen lassen“, warf Fengrin ein. „Sie hatten sich ergeben und waren unbewaffnet. Man darf niemanden töten, der wehrlos ist.“
„Das ist richtig“, mischte sich nun Ucher ein. „Gefangene darf man weder töten noch foltern. Das

gehört sich nicht unter zivilisierten Menschen und Zwergen.“ Um das zu bestätigen, nickte er eifrig mit dem Kopf.
Quam, der nahe bei dem Baum, an dem Ucher und Rudel gefesselt waren, stand, lachte auf. Er gab Ucher einen mehr oder weniger leichten Schlag mit der stumpfen Seite eines erbeuteten Schwertes auf den Kopf. „Wir werden sehen, was wir mit euch machen, aber hofft nicht auf zu viel Gnade, ihr Halunken.“ Kopfschüttelnd steckte der Zwerg das Schwert in seinen Gürtel.

Sie entfachten ein Feuer und trugen die Vorräte sowie die restliche Beute zusammen. Außer einigen Waffen fanden sie Münzen aus Süd- und Ostbalior, Brot und Schinken, Mandeln und Honigwaben. Eine Karte von Balior vor und eine nach der großen Flut. Etwas Zeichenkohle und Pergament. Viele Ringe und Ketten, außerdem eine Empfehlung an den orkischen Sklavenhändler Hel´. Quam fand in einer Satteltasche noch eine Salbe, die nach den Aussagen der beiden Gefangenen gut für Wunden und Wundstellen sei. Sie leistete Donbruts Händen und Fengrins Hintern gute Dienste.
Als es darum ging, wie mit den Gefangenen zu verfahren sei, stimmten Rodegart und Donbrut für eine schmerzlose Exekution. Quam hingegen schlug vor, sie an den Ork zu verkaufen und dieses Geld, zusammen mit dem Erlös für die Pferde und den Schmuck, auf die vier Gefährten zu verteilen. Das bittere Klagen der Gefangenen aber erweichte sein Herz, und so stimmte er Fengrin zu, der sie ohne Waffen und Pferde zurücklassen wollte.
Keine ungefährliche Angelegenheit, bedachte man, dass sich gerade im Frühling, falls man den Aussagen der Gefangenen trauen konnte, haufenweise Fänger auf die Jagd nach Sklaven machten, um für die Märkte in Orkturem oder Orkfesta Ware zu beschaffen. So beschlossen sie erst nach langem Disput, die Schurken

ohne Waffen und Pferde und mit nicht mehr Nahrung als für drei Tage auszusetzen.

Im Schein des Feuers studierte Quam die erbeuteten Karten. „Das Land hat sich nach der Flut gar nicht so sehr verändert, wie ich immer angenommen habe“, rief er den anderen zu. „Die Inseln Legas und Geteria scheinen verschwunden zu sein, doch eine neue riesige Insel ist wohl an ihrer Stelle im Nordosten aufgetaucht, Rotland nennt man sie. Bisher gibt es nur einige kleine Menschendörfer auf ihr: Sycos, Rotenlanden und Viderus. Auch haben der Verduvil und der Braunbaum die Flut überstanden. Überall gründen sich neue Siedlungen der Menschen: Lazerum, Luzium, Ronk und so weiter.“ Quam schaute zu Rodegart und Donbrut. „Wenn euer Volk so weiterwächst, drängt ihr uns Zwerge noch von der Landkarte!“ Donbrut schaute nun ebenfalls auf die Karte. Die Namen der neuen Städte erregten seine Aufmerksamkeit. Lazerum ...
„Keine Sorge, Quam, in den Städten, in denen ein Beredorn seine Heimat findet, werden Zwerge, zumindest aufrichtige, wie ihr beide, immer einen Freund finden, das verspreche ich dir.“
„Danke aber ich will nicht eines Tages Gast im eigenen Land sein, Freund Beredorn.“ Besorgt über die vielen Neugründungen der Menschen studierte der Zwerg weiter die Karten und Anmerkungen.
„Was wollen die Orks und Oger nur mit all diesen Sklaven?“, fragte Fengrin halblaut in die Runde. Eigentlich hatte er die Frage mehr gedacht, als dass er sie hätte aussprechen wollen, aber nun erwartete er auch eine Antwort.
Das Feuer knisterte leise, und außerhalb seiner Reichweite wurde es merklich kühler.
„Irgendeine arge Sache wird es schon sein. Diese grünen Biester schrecken ja vor nichts zurück. Es würde mich nicht wundern, wenn sie es waren, die diesen erbarmungslosen Regen herbeigerufen haben. Denn diesen Karten nach liegt das Orkland noch wie eh und

je in der Hochwüste Bash. Nicht nur das, der Morchelsumpf, in dem die Oger hausen, scheint mir sogar noch gewachsen zu sein.“

Stille lag über dem kleinen Lager, und langsam brannte das Feuer herab. Die vier Freunde schlummerten nacheinander ein, und auch ihre Gefangenen schliefen bald tief und fest.

Vogelgezwitscher am frühen Morgen weckte Fengrin. Er schälte sich aus seinem Mantel und sah, wie auch Quam und Rodegart sich langsam zurück in die Realität gähnten.
Fengrin schrie auf. „Donbrut und die Gefangenen sind fort. Er wird sie doch nicht hinter unserem Rücken ...?“
„Nein, wird er nicht“, fiel ihm jemand ins Wort. Hinter Fengrin stand Donbrut mit den Gefangenen, die beide Arme voller Brennholz hatten. „Er wollte nur etwas Holz sammeln gehen, und da dachte er sich, diese beiden Strauchdiebe könnten ihrem Leben einen Sinn geben und arbeiten.“
„Entschuldigung“, murmelte Fengrin.
„Dafür nicht“, lachte Donbrut und wies die Gefangenen an, das Holz neben dem Feuer aufzuschichten.

Im Nu brannte das Lagerfeuer wieder hell und klar, und nur wenig später hing ein kleiner Topf mit Wasser über den Flammen.
„Ich habe ein ganzes Feld mit Weißminze gefunden!“, jubilierte Donbrut und griff in seine vollgestopften Manteltaschen. „Im Nordland wäre ich jetzt ein gemachter Mann.“
So saßen sie um das Feuer. Nachdem sie gegessen hatten, kauten sie Minze oder rauchten Pfeife. Weißminze macht den Kopf klar und regt Körper und Geist an. Sie wächst selten, und ihre hohe Beliebtheit gerade bei Menschen und Zwergen treibt den Preis in die Höhe.

„Wohin brecht ihr nun auf?“, fragte Quam in die Runde. „Wenn ich es mir recht überlege, ist dies die letzte Möglichkeit für mich alten Zwerg, eine anständige Reise zu tun und die neue Welt zu erforschen. Ich glaube, ich werde einen Brief nach Hause senden und noch ein paar Wochen durch das Land ziehen.“

Rodegart hingegen erklärte, dass sein Bruder und er weiter nach einem guten Stück Land Ausschau halten und erst dann in die Nordberge zurückkehren wollten, um ihr Hab und Gut und selbstredend ihre Familie zu holen. Gerade Donbrut wartete darauf, endlich ein eigenes Stückchen Land zu besitzen, um Anesia, die Tochter des Bauern Spannheim, zu seiner Frau zu machen.

Fengrin saß da, hörte auf die Worte der anderen und schwieg. Schwieg so lange, bis Quam ihn direkt ansprach. „Was ist denn mit dir, Fengrin? Willst du uns gar nicht erzählen, was deine Pläne sind?“

„Meine Pläne? Ha! Mein Plan war es, auf dem Weg zum Fest ein klitzekleines Abenteuer zu bestehen und als gefeierter Zwerg wieder nach Hause zu kommen. Nie im Leben wollte ich einen Menschen verletzen oder gar töten.“

„Und kehrst du heute noch zurück?“, wollte Rodegart wissen. „Du kannst gern mit mir und Donbrut durch das Land ziehen. Auf dem Rückweg in die Nordberge bringen wir dich dann zurück zu deiner Familie.“

„Eigentlich bin ich wirklich schon so weit von zu Hause weg, dass ich mehr Sinn im Weiter- als im Zurückgehen sehe!“

Quam erhob sich. „Wisst ihr, vielleicht sollten wir ja noch ein Stück unseres Weges gemeinsam gehen. Und vielleicht sollten wir ja noch einige Abenteuer zusammen erleben. Was meint ihr?“

Sie stimmten ab, und alle waren dafür, noch in dieser Stunde in das Land der Zentauren aufzubrechen.

Quam nahm ein Stück Pergament und Kohle und schrieb einen kurzen Brief an seine Familie, die sich bestimmt große Sorgen machte:

Zehnter Hartung 11

Liebe Jalise, liebe Kinder!
Mir geht es bestens. Ich wurde von Menschen, genauer von Sklavenfängern der Orks gefangen. Doch nun bin ich frei und habe mich entschlossen, noch eine Weile mit meinen neuen Freunden zu reisen. Sorgt euch nicht, ich bin bestimmt bald wieder da.
Alles Liebe,
Quam, Ragars Sohn

PS: Hinter der dicken Eiche liegt der letzte Beutel mit Münzen vergraben, holt ihn euch, wenn es euch an etwas mangelt.

Dann wickelte er den Brief in ein großes Blatt und malte vorsichtig seine Adresse darauf:

An:
Jalise, Wieduwies Tochter
Am Rotenfurtenweg 1
Nördlicher Zwergenwald

Fengrin staunte nicht schlecht, als Quam nun den Blattumschlag nahm und zusammen mit einer Handvoll Brotkrumen auf die Astgabel einer Birke legte.
„Das ist die Birken-Luftpost, per Taube. Immer noch die sicherste Möglichkeit, einen Brief zu verschicken!“
Die beiden Menschen schmunzelten und glaubten an einen Scherz des Zwergs, doch keine zehn Minuten später flatterte eine schwarze Taube auf die Birke zu und pickte die Körner auf. Dann griff sie mit ihren Krallen das Blatt und flog nach Norden. Die Menschen waren baff.

Fengrin fragte Quam, ob auch er einen solchen Brief schreiben könne.
„Aber sicher, Fengrin. Kennst du die Birken-Luftpost etwa nicht?“
Fengrin hatte noch nie etwas davon gehört. Es musste sich um eine Erfindung der Waldzwerge aus den Ebenen handeln. Sie waren berühmt, nein, eher berüchtigt für ihren Erfindungsreichtum. Nur hatte Fengrin nie etwas von einer wirklich nützlichen Erfindung der Waldzwerge gehört. So soll einmal einer der ihren einen Schirm erfunden haben, der besonders rundlich und klein war, um die Tropfen in Tropfsteinhöhlen abzuhalten. Ein anderer wieder erfand gar eine Flöte, die keinen Ton von sich gab, um niemanden zu stören. Und erst letztes Jahr hörte Fengrin von einem, der es geschafft hatte, Tomaten größer als eine Zwergenfaust zu züchten. Nur schmeckten diese Früchte leider nach Wasser - im besten Fall. Angeblich sei der Erfinder nach diesem Fehlschlag mit seiner ganzen Sippe in die Waldlosen Ebenen im Nordwesten gezogen, das Niederland am Seichtmeer.
Die Birken Luftpost schien jedenfalls zu funktionieren, und Fengrin machte sich daran, einen Brief an seine Eltern zu schreiben.
„Nicht mehr als 444 Buchstaben und Zahlen oder Zeichen dürfen es sein, Fengrin“, mahnte Quam, „Adresse Extra!“.

Fengrin schrieb:

10. Hartung 11

Lieber Vater, liebe Mutter!
Ich lebe und mir geht es gut! Ich habe neue Freunde gefunden und bin auf den Weg nach Osten. Sorgt euch nicht und seid nicht böse.
Bitte kümmert euch darum, dass an den Wegweiser bei der Bank der Schriftzug „Fengrins Schlafblumenfeld

sehr, sehr gefährlich!“ kommt, ich habe es entdeckt und mir steht es zu, es zu benennen!
Bleibt ihm fern. Es ist tückisch!
Ich vermisse euch sehr, Grüße F.

PS: Vergesst das Schild nicht!

An
Knorr und Aibe
Auf dem Berg, der einmal eine Insel war
Zwergenberg Nord

Genau 444 Zeichen wurden es. Ihr könnt sie gern nachzählen.

Er wickelte den Brief ein, legte ihn auf die Astgabel einer Birke und streute Krumen darauf.
Diesmal dauerte es nur wenige Sekunden, bis eine dicke weiße Taube sich niederließ, erst die Körner pickte und dann mitsamt dem Brief nach Westen verschwand.

Sie verpackten ihren Proviant und die Beute auf vier Pferde. Die anderen trieben sie fort. Dann lockerten sie die Fesseln der Gefangenen, gerade so, dass sie sich in einer oder zwei Stunden befreien konnten. Gemeinsam ritten sie los. Sie durchquerten die Furt und kamen nebeneinander reitend auf die große Ebene, die zwischen dem Wald und den im Osten aufragenden Bergen lag.

Überall sprossen rote und lilafarbene Blumen mit unzähligen kleinen Blüten. Der Wind zupfte zaghaft an den Pflanzen und warf Muster in den Blumenteppich. Steine und Geröll kündeten vom nicht allzu langen Rückzug des Meeres aus diesem Teil des Landes. Hier und da konnte man sogar deutliche Spuren vom Meer und seinen Bewohnern finden: Muscheln und Seeigelschalen lagen mancherorts herum, und am Nachmittag kamen sie sogar an einem Anker vorbei. Ein

abgerissenes Tau baumelte noch an einem Ende. Die Vier hielten an und betrachteten den Fund genauer. Etwas Unpassenderes als diesen Anker inmitten der Ebene hätte es kaum geben könne. Der Form nach schien er zu einem Boot der Menschen zu gehören. Schnörkellos und nur der Bestimmung dienend, ein Schiff zu halten.
„Es muss schon ein gewaltiger Sturm getobt haben, um so ein Tau zu zerreißen." Rodegart betastete die Trosse. Sie war auf jeden Fall gerissen und nicht zerschnitten worden.

Die Sonne hatte sich hinter grauen Wolken versteckt, und ein heftiger Frühlingsschauer überraschte die Gefährten. Nass bis auf die Haut ritten sie auf ihren Pferden durch den Regen. Ihre Kapuzen tief ins Gesicht gezogen, mussten sie ein fast unheimliches Bild abgeben. Keiner sprach. Nur das Prasseln des Regens und die Platschgeräusche, die die Pferdehufe verursachten, waren zu hören.
Fengrin begann sich zu fragen, warum er überhaupt mitgekommen war. Die beiden Menschen hatten einen Grund. Sie suchten Land für ihren Clan. Der alte Quam hatte einen Grund. Er wollte das neue Land bereisen, solange es sein Alter noch zuließ. Aber er, Fengrin, war jung, er könnte in hundert Jahren noch aufbrechen, um die Länder Baliors zu erkunden. Vor allem aber könnte er im Sommer aufbrechen. Was wäre, wenn dieser viel zu frühe Frühling plötzlich wieder ein Winter würde? Dann müsste er bei klirrender Kälte tagelang durch Schnee und Hagel reiten.
Fengrin hielt seinen Kopf gesenkt und überließ es seinem Pferd, sich einen Weg zu suchen. Er hing seinen immer trüber werdenden Gedanken nach.

„Hey, Fengrin, träumst du?"
Fengrin schreckte hoch. Er blickte eilig nach links, dann nach rechts. Weder sah er Rodegart noch Donbrut und erst recht nicht Quam. Er drehte sich um. Hinter

ihm saßen die drei auf ihren Pferden und lachten. Sie hatten einige Längen hinter ihm gehalten und deuteten nun auf eine Stelle, die irgendwo vor Fengrin liegen musste. Der Zwerg drehte sich wieder um und blickte nach vorn. Keine zehn Längen vor ihm erhob sich das Wrack eines gewaltigen Schiffes. Und es war nicht das einzige, überall lagen größere und kleinere Schiffe, manche fast unversehrt, einige nur noch in Trümmern. Man sah große Langboote, die wohl einst von Zwergen gesteuert wurden. Dann wiederum sah man kleine wendige Schiffe oder solche, die fast rund waren, so wie die Orks sie bauten. Die ganze Senke, an deren Rand sie sich befanden, war voll von Wracks der Elben, Zwerge, Orks und wahrscheinlich auch von Völkern, deren Namen der Zwerg nicht einmal erahnte.
Keines aber war derart gewaltig wie das, vor dem Fengrin stand. Nicht weniger als sechzig Zwerge hoch und über vierzig in der Breite lag es vor ihm. Ein ganzer Zwergenstaat hätte darin leben und arbeiten können.
Fengrin stand vor Staunen der Mund offen. Er lenkte sein Pferd nach Osten, um die Länge des Schiffes zu ergründen. Ob dies die Arche aus dem Erun Epos war?
Das Schiff musste mehr als einhundertachtzig Zwerge lang sein. Etwa auf halber Strecke hielt er an und betrachtete die Verzierungen an der Bordwand. Dann wollte er zurück zu den anderen reiten. Gerade, als er sein Pferd wendete, löste sich mit einem unheimlichen Knarren eine der Bohlen hoch über seinem Kopf und krachte laut und mit großer Wucht direkt neben ihm auf den Boden. Fengrins Pferd stieg und seine drei Begleiter waren wie starr vor Schreck. Ein dumpfes saugendes Geräusch erklang, als sich der Balken in den nassen Boden bohrte.
Sie blickten hoch hinauf zu der Stelle, an der sich das Holz gelöst hatte. Nichts! Kein Schatten war zu sehen, kein Gegner zeigte sich. Alles lag still und verlassen da.
Keiner der Vier glaubte an einen Zufall, doch gab es nicht den geringsten Hinweis auf eine böse Absicht oder gar einen Anschlag auf Fengrins Leben.

Sie berieten sich. Es wurde langsam dunkel und in einem der Wracks könnten sie geschützt vor dem Regen die Nacht verbringen. Sie beschlossen also tiefer in die „Senke der Tausend Schiffe“, wie Quam diesen Ort später nannte und ihn unter diesen Namen in die Karte einzeichnete, zu reiten.
Es war wie in einer Stadt. Es gab breite Straßen und enge Gassen. Hohe „Häuser“ und kleinere „Hütten“. Doch es blieb dabei: Keines der Wracks reichte in Größe und Mächtigkeit an den Riesen heran, an dem sie noch immer längsseits vorbeiritten.

Langsam suchten die Pferde auf dem graslosen, matschigen Boden ihren Weg. Einmal stieg Donbrut ab und tauchte seinen Finger in eine der Pfützen. Er probierte mit der Zungenspitze den Tropfen. „Das ist Meerwasser“, sagte er und verzog das Gesicht.
Ungläubig sahen sich die vier an. Wie konnte zehn Jahre nach dem Rückgang der Flut noch Salzwasser aus dem Boden sickern? Der Regen, der in Strömen vom Himmel fiel, war eindeutig Trinkwasser! Ratlos und stumm stiegen auch die anderen von ihren Pferden. Ein heller Blitz leuchtete auf und Donnergrollen durchbrach die Stille.
Die vier Freunde standen frierend und nass, ratlos und bedrückt mitten auf dem riesigen Schiffsfriedhof. Ein beklemmendes Gefühl griff nach ihren Herzen, und manch einer wäre jetzt lieber an einem anderen Ort gewesen.
Das Wasser begann, die Senke zu füllen, und hier und dort bildeten sich bereits kleine Bäche. Der Wind fegte in heftigen Böen durch die Gassen der Geisterstadt, ließ die Gerippe der Schiffe knarren und quietschen. Der Mond löste die Sonne schneller als üblich in ihrem Dienst am Himmel ab. Es war, als hätte der Namses selbst die Regie übernommen. Hoch über ihren Köpfen wehten die zerschlissenen Fahnen der einst stolzen Schiffe, die hier ihren Platz zum Vermodern gefunden

hatten. Stumme Zeugen einer Geschichte, die niemand außer ihnen hätte erzählen können.

Weit im Süden, in der nördlichen Wüste Bash, in einem aus Fels erbauten Vorposten aus dem letzten Krieg, saß zur selben Zeit eine Gestalt an einem Feuer und las. Sie durchstöberte alte Schriftrollen und Bücher und lauschte dem Regen, der gegen die Wände klatschte. Ab und an legte sie ein Buch nieder, um über das Gelesene nachzudenken oder etwas Holz auf das Feuer zu schichten. Vorsichtig blätterte sie mit ihren massiven grünen Fingern in den morschen Seiten. Dann, ermüdet durch die Lektüre und das monotone Prasseln des Regens, schlief sie ein. Langsam erloschen die Flammen im Kamin und nur die Glut pulsierte noch in der Dunkelheit.

4. Eine Nacht im Nebel

Das Feuer qualmte vor sich hin. Und obwohl Quam all sein Können aufbrachte, wollte es nicht recht brennen. Doch zumindest spendete es etwas Licht und Wärme.
Unter einem auf dem Kopf stehenden Zwergenlangboot hatten sie Unterschlupf gefunden. Man konnte noch die prächtige Bemalung an Bug und Heck erkennen: Drachen und Höhlen, Seeungeheuer und Schätze. Das Boot war, soweit erkennbar, unversehrt.
Rodegart und Donbrut waren sofort in das Innere des Schiffes geklettert und suchten nach etwas Brauchbarem. Eine Flasche Wein etwa, oder eine wertvolle Waffe.
Fengrin saß am Feuer und stierte in die Glut. „Was hier wohl passiert sein mag“, fragte er Quam.
„Ich weiß es nicht, mein Junge. Ich habe noch niemals von diesem Ort gehört. Ich habe noch nicht einmal von einem Krieg, der während der Zeit der Flut stattgefunden hat, gehört. Wie viele Schiffe mögen hier wohl liegen?“
„Hunderte! Und von allen möglichen Völkern. Einige sehen aus wie unsere Schiffe, andere wie die der Menschen. Wieder andere gleichen Schildkröten oder Walen. Und dann ...“, Fengrin stockte. „Hast du bemerkt, dass nirgends auch nur ein Schädel oder Knochen zu finden ist? Nicht die Spur eines Mitglieds der Besatzung. Nur die hölzernen Gerippe der Schiffe.“
Quam verschränkte die Arme vor dem Bauch. Er hatte seine Kapuze tief ins Gesicht gezogen und stand nah beim Feuer. Wildes Geflacker tanzte über sein Gesicht, und Licht und Schatten gaben seinen Zügen ständig neue Formen. „Ich bin froh, wenn ich hier wieder raus bin und die Sonne auf mich scheint. Dies ist kein besonders guter Ort für die Nacht!“ Quam ging ein paar Schritte bis zur Längsseite des Wracks. Dann blickte er in die Nacht. Der Regen prasselte ihm auf die Kapuze und aufs Gesicht. Die Wärme, die eben noch seine Haut berührt hatte, wich der Kälte des Schauers. Er musste

die Augen zusammenkneifen, um überhaupt etwas zu sehen.
Das gekippte Wrack bildete eine Art Höhle und hielt den Regen ab. Über sich hörte er dumpf die Stimmen der Menschen, die sich, mit Fackeln bewaffnet, ihren Weg durch das Dunkel im Bauch des Schiffes bahnten. „Diese Menschen", dachte Quam. „Neugierig wie nur was." Kopfschüttelnd ging er zurück zum Feuer.

Etwa zehn Längen über den Zwergen stolperten Rodegart und Donbrut durch das unheimlich wirkende Schiff. Überall lagen Truhen und Tische, Stühle und Schränke kreuz und quer auf dem Boden, der einmal die Decke gewesen war. Scherben von Tellern und Tassen stapelten sich in einer Ecke. Doch dafür, dass das Schiff auf dem Kopf stand, hielten sich die Verwüstungen noch in Grenzen.
Im hintersten Raum, der einmal die Heckkabine des Kapitäns gewesen sein musste, kamen sie an eine verschlossene morsche Tür. Donbrut trat kräftig zu und die Tür zerfiel in mehrere Teile. Es drang etwas Licht durch einige Fenster in der Kajüte. Hier drin waren die Möbel gepolstert und ein richtiges Bett stand neben der Tür. Eigentlich hing es eher unter der Decke. Viele der Großmöbel waren fest mit dem Boden verbunden, um sie und das Schiff bei Sturm zu schützen. Trotz des Durcheinanders konnte man die einstige Pracht der Kapitänskajüte gut erahnen. Rodegart war beeindruckt von den schönen Schnitzereien und den bunten Glasfenstern.
Sie hangelten sich durch die Tür zum Boden hinunter. An der gegenüberliegenden Wand fanden sie eine kleine Eichentruhe, die mit einem dicken Schloss versehen war. Neben der Truhe lag ein kleines Skelett, wohl das eines Zwergs. Die vermoderte Kleidung ließ auf den Kapitän des Schiffes schließen. Sie blickten sich kurz an. Donbrut schob vorsichtig das Skelett von der Truhe. Rodegart klemmte sich die Truhe unter den Arm, und sie machten sich auf den Weg zurück ins Freie.

Sie hatten fast die Luke, durch die sie eingestiegen waren, erreicht, da fiel ihnen eine Klappe über ihnen auf, die sie beim Eintreten übersehen hatten. Rodegart stellte die Kiste auf den Boden, stieg darauf und versuchte den Riegel der Klappe beiseite zudrücken. Langsam und ächzend gab der Riegel nach. Schweiß perlte von Rodegarts Stirn. Die Klappe sprang auf. Ein Sturzbach aus vermoderten Kochen und Schädeln fiel auf den armen Rodegart herab, der nicht wusste, wie ihm geschah. Mit einem Schrei sprang er beiseite und sah mit rasendem Herzen, seinen Rücken an eine Wand gepresst, auf den Knochenberg, der sich vor ihm auftürmte. Immer mehr dieser Teile eines grausigen Puzzles schichteten sich vor ihm auf. Er war starr vor Schreck. „Was zum Henker ist das?“, zischte er seinem Bruder zu.
Donbrut, der in einiger Entfernung stand, antwortete: „Ich weiß es nicht, bei Calior! Ich will es gar nicht wissen. Los, lass uns verschwinden.“ Kaum hatte er das ausgesprochen, flüchtete er auch schon zurück ins Freie.
Rodegart griff nach der Kiste und folgte ihm auf dem Fuße.

Atemlos kamen sie zur Lagerstätte.
„Was ist euch denn begegnet?“, stichelte Quam. „Der Klabautermann?“
Rodegart blickte den Zwerg finster an. Ihm war nicht zum Scherzen zumute. „Nein, aber wir wissen jetzt zumindest, was dieser Besatzung widerfahren ist. Jemand hat sie in den Schiffsbauch eingesperrt …“
„ … und den Kahn dann versenkt“, ergänzte Donbrut. „Ein schreckliches Ende.“
„Waren … waren es Zwerge?“, fragte Quam.
„Macht das einen Unterschied?“, warf Fengrin ein.
„Die armen Hunde. So möchte ich eines Tages nicht sterben.“ Quam stand auf und ging auf das Loch in der Decke zu, durch das man das Wrack betreten konnte.

Mit einem geschickten Satz erreichte er einen Balken und zog sich an diesem in das Schiffsinnere.

Zwerge sehen im Dunkeln besser als Menschen. Auch ohne Fackel sah Quam den Haufen Skelette. Er war froh, nicht mehr Licht mitgenommen zu haben. Er schritt auf die Gebeine zu und kniete sich hin. Quam zog einen Schädel aus dem Stapel und betrachtete ihn lange. Was war hier nur geschehen? Langsam drehte er den Schädel in seinen Händen. Dann legte er ihn vorsichtig wieder an seinen Platz und begann ein Gebet zu sprechen.

Es war die Stunde, bevor der Mond der Welt am nächsten ist, als der Zwerg zurück zu den anderen kam. „Es waren Zwerge“, sagte er und setzte sich stumm ans Feuer. Nach einer Weile zog er etwas unter seinem Mantel hervor. „Seht, was ich gefunden habe.“ Quam zeigte ihnen ein schön geschmiedetes Schwert, auf dem ein Drache eingraviert war. „Es lag bei den Knochen.“ Es war ein Schwert der Größe nach für Zwerge geschmiedet.
Die Freunde bestaunten die Waffe, doch war der Hunger stärker als ihr Interesse für diese, wenn auch überwältigende, Schmiedekunst.
Fengrin reichte etwas Brot herum, doch Quam schüttelte nur den Kopf. Rodegart hatte sich in seinen Mantel gerollt und saß abseits. Er kaute deutlich hörbar an dem Brot. Donbrut stand auf und brachte Quam die Truhe, die sie in der Kajüte gefunden hatten. „Es ist an dir oder Fengrin, sie zu öffnen“, sagte er leise. „Wenn ihr es wünscht, bleibt sie verschlossen und wir legen sie zurück.“
Quam blickte auf und hob die Brauen. „Ich glaube nicht, dass der, dem sie einmal gehörte, etwas dagegen hätte, wenn wir sie öffnen. Vielleicht erfahren wir ja, was hier passiert ist. Vor allem wann es geschehen ist.“
Quam nahm sein neues Schwert und hieb mit einem Schlag das Schloss von der Truhe.

Fengrin und Rodegart waren ebenfalls herangetreten und beobachteten die Szene.
Langsam öffnete Quam den Deckel. Ein warmes Licht drang aus der Kiste, wurde kurz heller, dann erlosch der Glanz so langsam wie kristallisierender Atem im Winter.
Im Inneren war die Truhe ganz mit blauem Tuch ausgeschlagen. In der Mitte lag ein Amulett an einer schweren Kette. Der Anhänger zeigte einen Mond und eine Sonne gleichzeitig am Himmel.
Unter dem Amulett fand Quam ein Pergament auf dem geschrieben stand:

„Dies ist ein Schlüssel, vor tiefster Finsternis liegt sein Sinn. Das Schloss dazu oben, rot ist der Weiser, das strahlende Ende und der nächste Beginn!“

Quam las die Worte laut und andächtig vor. Der Mond schob sich weiter über den Horizont. Bald würde die erste Stunde des neuen Morgens schlagen. Ein Wolf heulte durch die Nacht, Wind spielte mit den morschen Hölzern der Schiffe. Der Regen ließ nach, und die vier beschlossen, ein wenig zu schlafen.

Fengrin übernahm die erste Wache. Er saß mit dem Rücken an dem, was wohl einmal der Mast des Schiffes gewesen war. Er blickte starr ins Feuer und ließ in seinen Gedanken die letzten Tage noch einmal Revue passieren. Lange dachte er an Turidin und Grautier.
Müdigkeit überkam ihn. Er musste sich stärker konzentrieren, um nicht einzuschlafen. Doch mit jeder Sekunde wurden seine Augen schmaler, schwanden seine Bedenken ein bisschen mehr.
Dann schreckte er wieder auf. „Schlafen“, dachte er, „nur ganz kurz schlafen. Oder zumindest die Augen ausruhen.“
Der Zwerg hatte eine Idee. Er könnte abwechselnd erst das linke, dann das rechte Auge schließen und so zumindest etwas Erholung erlangen. Gesagt, getan,

Fengrin schloss sein rechtes Auge. Kurz darauf öffnete er es wieder und schloss dafür das linke. Doch es fiel ihm von Wechsel zu Wechsel schwerer, das jeweils geschlossene Auge wieder zu öffnen. Irgendwann blieben beide Augen zu und Fengrin schlief ein!

Der Wolf heulte wieder durch die Nacht, wie zum Zeichen, dass die Wache nun schlief. Ansonsten rührte sich kein Wesen auf dem Friedhof der Schiffe. Minuten vergingen. Fengrin schnarchte inzwischen zufrieden vor sich hin. Das Feuer brannte langsam herab, und immer weiter kroch die Dunkelheit aus den Ecken des Lagerplatzes. Hätte Fengrin nicht tief und fest geschlafen, so hätte er eine seltsame Erscheinung über einer der Pfützen am Rande des Lagers beobachten können. Milchig, fast durchsichtig kreiste ein Nebel über der Wasserlache, in etwa so, wie Wasser in einem Abfluss verschwindet, nur dass der Nebel nicht weniger, sondern mehr und mehr wurde. Die Pferde wieherten leise. Scharrten.
Gleichmäßig in der Bewegung und stetig an Masse und Konsistenz zunehmend waberte das Dunstgebilde über dem Wasser. Und nicht nur dort. Überall rund um das Kopf stehende Schiff waren diese Wirbel zu beobachten. Einige schon größer, andere noch klein und unscheinbar. Doch alle wuchsen stetig.
Hätte Fengrin nicht geschlafen so hätte er seine Freunde warnen können. *Hätte.* Doch die vier schliefen tief und fest.
Wie wahr ist es doch: Der Schlaf ist der kleine Bruder des Todes. Schon schälten sich aus den Nebeln Gestalten. Hier erkannte man einen Arm, dort ein Bein. Hier ragte ein Ohr heraus, dort eine Nase. Alles verlief vollkommen geräuschlos. Leise wie Schnee, der auf den Boden fällt, krochen die Nebel aus den Wassern.
Das Feuer war bis auf wenige Flammen, die noch schwach um das klamme Holz züngelten, herabgebrannt, als die erste Gestalt mit Kopf und Beinen, Armen und Torso aus dem Nebel schlüpfte.

Ohne einen Laut von sich zugeben, schwebte sie eine Hand breit über dem Boden. Ein Ork!
Fahl und bleich wie ein kalter Herbstnebel verharrte er dort, wo er entstanden war. Es erschienen immer mehr dieser Geisterwesen zwischen den Schiffen.

Fengrin zuckte unruhig im Schlaf. Es war, als hörte er eine Stimme rufen: „Wach auf, Fengrin! Gefahr! Gefahr!"
Immer noch verharrten die Gestalten schwebend auf ihren Plätzen. Neben Orks auch einige Trolle. Und sogar ein dicker Oger.
Fengrins Schlaf wurde nun noch unruhiger. Auch die Pferde stampften und rissen an den Riemen.
Die Geisterwesen reckten sich, versuchten sich zu bewegen, doch zäh wie Sirup waren ihre Bewegungen. Zu lange hatten sie in der Erde geruht. Gewartet. Gelauert.
Fengrins Unterbewusstsein versuchte mit aller Macht, den Zwerg zu warnen.
Dann schaffte der erste, der bleichsüchtige Nebelork, einen ersten mühsamen Schritt. Unendlich langsam setzte er einen Fuß vor den anderen.
Auch bei den meisten anderen der unheimlichen Erscheinungen nahm die Beweglichkeit nun deutlich zu.
Fengrin schrie. Die Pferde rissen sich los und galoppierten davon. Mit den Vorräten und dem erbeuteten Gepäck. Die anderen schreckten aus ihrem Schlaf.
Fengrin riss die Augen auf und blickte sich um.
Kaum konnte er glauben, was er sah! Er kniff die Augen zusammen und starrte fassungslos in die Düsternis. Der Hufschlag der flüchtenden Pferde verstummte in der Nacht. Überall um das Lager herum standen Orks, Oger und Trolle. Sie trugen Krummsäbel und Harpunen, Dolche und Enterhaken.
„Die Besatzung der Totenschiffe!", schrie der Zwerg.
Rodegart sprang auf und griff sein Schwert. Auch Quam und Donbrut stürzten herbei und wurden sich mit Schrecken der Gefahr bewusst.

Näher und näher schlichen die Geister. Mit jedem Herzschlag zog sich der Kreis um die vier Gefährten enger. Als die Angreifer den Lichtkreis des Feuers erreicht hatten, hielten sie inne. Nur gut eine Länge trennte die Freunde vom Feind.
Rodegart hieb mit dem Schwert gegen einen der Nebel, doch zischte die Klinge durch den Geisterkörper hindurch. Lediglich eine leichte Nebelfahne zog die Waffe hinter sich her.
Immer noch drang kein Laut aus den Reihen der Geisterarmee. Quam ging einen Schritt auf die Wesen zu. Einen Schritt zu weit! Ein Geist packte ihn an der Kehle und wollte ihn tiefer ins Dunkel schleifen. Verzweifelt versuchte Quam, aus der Umklammerung des Geistes zu entfliehen. Er stemmte sich mit all seiner Kraft gegen den Feind. Ein kräftezehrendes Hin und Her begann. Der Zwerg merkte, dass der Geist merklich schwächer wurde, je näher er ihn ans Feuer zog, doch schaffte er es nicht, die Hand, die seinen Hals so fest umklammerte, abzuschütteln.
Rodegart eilte ihm zu Hilfe. Er umfasste den Zwerg von hinten und riss ihn mit einem starken Ruck aus der Klaue des Orks. Rücklings fielen die beiden neben das Feuer. Fast wäre Quams Bart Opfer der Flammen geworden.
„Das Feuer schwächt sie!“, schrie Donbrut.
Die vier drängten sich dichter um die verlöschenden Flammen. Die Trolle versuchten, mit ihren langen Armen nach den Gefährten zu greifen, sie vom Feuer wegzuziehen. Doch noch waren die Flammen zu stark.
Verzweifelt blickte sich Fengrin um, suchte nach Holz, um dem Feuer neue Nahrung zu geben. Doch der Stapel mit dem Brennholz lag zu weit weg. Er befand sich dort, wo bereits die Dunkelheit herrschte und die Geister regierten. Fengrin starrte in die Flammen. Wie lange würden sie noch brennen? Zwanzig Minuten, vielleicht eine halbe Stunde?
Ein Arm zischte aus dem Dunkel hervor. Donbrut sah ihn, nahm sein Schwert und hieb auf ihn ein. Der Arm

sank langsam, wie eine Feder schwebend, zu Boden. Der Armstumpen wurde zurück in die Nacht gezogen, und das leicht zuckende, abgetrennte Stück verflüchtigte sich, je weiter es sank.
„In der Dunkelheit werden sie so greifbar, dass wir sie treffen können!“, sagte Donbrut.
„Ja, aber in der Dunkelheit sind es so viele, dass wir nicht die geringste Chance haben“, antwortete Rodegart.
Und wahrlich: Hunderte waren es, und hätten die vier Freunde erahnt, wie viele Feinde im Dunkeln auf sie lauerten, der Mut hätte sie wohl verlassen.

Immer mehr Arme kamen aus der Dunkelheit. Grabschten und stocherten. Wie wild hackten und hieben die vier auf die suchenden Hände der Orks und Trolle ein. Sie wussten nicht, ob den Nebelwesen die Gliedmaßen nachwuchsen oder ob nur die Verletzten verschwanden und sich neue, unversehrte Krieger nach vorn drängten? Kein Ende war zu erkennen. Je mehr sie schlugen und hackten, desto mehr Hände griffen nach ihnen.
Und dann diese unerträgliche Stille. Die ganze Armee der Geisterwesen war in etwa so laut wie Rauch, der aus einer Pfeife steigt. Nur dann, wenn sie es schafften, einen Arm oder ein Bein in der Dunkelheit außerhalb des Lichtscheins abzutrennen oder zu verletzen, zischte es leise, als spucke jemand in eine Flamme.

„Das Feuer ist gleich aus!“, rief Fengrin laut. Aufgeregt nahm er die kleine Eichentruhe und warf sie in die Flammen.
„Das Amulett liegt noch drinnen!“, schrie Rodegart und versuchte, die Kiste aus dem Feuer zu ziehen.
„Vergiss es, du wirst dich nur verbrennen. Lass Gold Gold sein und denke an dein Leben“, sagte Quam.
Sekunden später flackerte das Feuer wieder hell und strahlend. Die Truhe stand in hellen Flammen und die Nebel wurden zurückgedrängt.

Donbrut blickte in die Runde. „Das ist nur ein kurzer Aufschub, Freunde, wir müssen uns etwas überlegen."
„Das Holz von diesem morschen Kahn ist zu nass. Das Gleiche gilt für unsere Kleider", antwortete Rodegart.
„Was sollen wir tun? Die Flammen werden schon wieder schwächer!" Quam schüttelte den Kopf. „So ein Unglück!"

Außer den Stimmen der Freunde und dem Heulen des Windes war kein Laut zu hören. Die Nebel lauerten am Rande der Dunkelheit. Sie wussten, dass es nur eine Frage der Zeit war, bis sie ihre Opfer erhaschen würden. Grimmige Fratzen starrten auf die Zwerge und Menschen, und man hätte meinen können, ihr Gelächter zu spüren.

„Es hat keinen Zweck." Niedergeschlagen ließ Fengrin die Arme sinken. „Wir werden das hier nicht überleben."
„So leicht geben wir nicht auf. Steh auf, Fengrin, und kämpfe wie ein Zwerg! Was uns bleibt, ist unsere Haut so teuer wie möglich zu verkaufen." Quam hatte sich aufgerichtet, und in seine Augen regte sich ein wütendes Glitzern. Sie funkelten regelrecht.
Das Feuer flackerte noch ein letztes Mal auf. Die Dunkelheit eroberte den Platz zurück. Mit ihr kamen die Nebel wieder näher.
Ein besonders großer Troll ergriff Fengrin am Arm und wollte ihn zu sich ziehen. Quam sah dies, nahm seine Klinge und schlug den Nebelgeist mitten durch. Die beiden Teile verharrten in der Luft. Langsam, sehr langsam, löste sich der Troll auf, und die Teile seines Körpers wurden vom Wind zerweht. Fengrin fiel zu Boden und sah, wie sich die letzten Fetzen des Trolls auflösten. Dann rappelte sich der Zwerg zögernd auf. Doch er sah keinen Sinn im Kämpfen, nicht gegen diesen Gegner. „Es ist hoffnungslos", seufzte er, ließ die Arme hängen und Schild und Axt fallen. Die letzte Glut pulsierte träge im Dunkeln. Mit gesenktem Kopf und

geschlossenen Augen erwartete er sein Ende. Tränen rannen über sein rußverschmiertes Gesicht.
Anders die Brüder Beredorn. Sie stachen mit allem was sie hatten auf die Nebel ein. Drängten sie zurück. Doch wie lange konnten die beiden noch genügend Kraft mobilisieren?
Quam verteidigte sich und Fengrin. Sein Schwert richtete großen Schaden in den Reihen der Nebel an. Doch schon stand er mit den Stiefeln in der Glut des Feuers und immer neue Feinde schälten sich aus der Nacht.

„La sperantum mora ultime!“, erklang es in Balipal, der alten Sprache. „Die Hoffnung stirbt zuletzt!“ Laut und hart donnerten die Worte durch die Nacht.
„Turidin!“, schrie Fengrin auf. Hoffnung legte sich auf sein Gesicht.
Wild schwang Turidin einen Stab. Knorrig und verwachsen, aus Mooreiche gefertigt. An seiner Spitze war eine Scheibe eingefasst, die eine Sonne und einen Mond gleichzeitig darstellte. Aus diesem Zeichen strömte goldenes Licht, hell und klar. Und Turidin bahnte sich seinen Weg durch die zurückschreckenden Feinde.
Etwas Gewaltiges, Übernatürliches lag in dem Licht, denn wann immer es einen der Nebelgeister berührte, verpuffte dieser sofort. Nichts blieb zurück.
Einem Berserker gleich wütete der alte Turidin in den Heerscharen des Nebels und nichts als die Flucht konnten sie dem entgegensetzten.
„Rafft eure Bündel und kommt mir nach. Lange kann ich diese Kraft nicht aufbringen. Schlimm genug, dass ihr gerade diesen Schrecken herbeigerufen habt!“
Fengrin und seine Begleiter packten ihre Sachen zusammen und stellten sich dicht neben Turidin, suchten Schutz unter dem goldenen Lichterschein. Donbrut stocherte mit dem Schwert in der Glut des erloschenen Feuers herum, fand das Amulett und

fischte es heraus. Dann schritten die fünf vorsichtig durch die Gasse, die die Nebelwesen ihnen ließen.
Fengrin war mehr als mulmig zumute. Seine Knie zitterten. Gebannt starrte er auf die Feinde, die ihnen böse und wütend aus dem Dunkeln entgegenstarrten. Die Lichthaube, die aus Turidins Stab strömte, schaffte so etwas wie einen Tunnel. Denn an manchen Stellen waren die Nebel nicht nur neben, sondern auch über ihnen, derart dicht gedrängt stand der Feind. Wenn Turidin nicht mehr genügend Kraft hätte ... nicht auszudenken.

Schon sah Fengrin im Gesicht des Alten deutlich die Ermüdung. Auch der Gegner schien das zu bemerken. Einige besonders mutige Feinde wagten sich bereits wieder verdächtig nahe an die Fliehenden heran. Manche berührten respektlos das Licht, doch bezahlten sie ihre Dreistigkeit mit dem Verlust eines Arms oder gar ihrer Existenz.
Donbrut und Rodegart gingen seitlich, Rücken an Rücken schritten sie hinter Turidin her. Fengrin hatte sich dicht neben den Alten gestellt, und fast wäre der Zwerg in den Falten des Umhangs des Weisen versunken. Quam bildete die Nachhut und ging rückwärts. Er hielt seine Waffen bereit und die Augen offen.
So erreichten die Fünf das Ende der Senke, in der die Wracks der Schiffe ruhten. Das Leuchten aus der Scheibe am Stab des Alten wurde schwächer und warf nun noch gerade so viel Licht ab, dass sich die Freunde in die Gesichter blicken konnten.
Die Nebelwesen folgten ihnen nicht.
Herzlich und glücklich, Fengrin sogar mit Tränen in den Augen, bedankten sich die vier bei ihrem Retter. Sie stellten sich vor und beschlossen, das Lager aufzusuchen, das Turidin in einem Hain unweit der Senke errichtet hatte.
Die Brüder Beredorn spürten, dass dieser Mann etwas Besonderes war. Quam ahnte sogar, wer dort vor ihnen

stand. Welche mächtige Gestalt aus den Legenden der ersten Tage um Darag und Hovel, dem ersten Dorf der Zwerge.

Tapsend kamen Schritte auf sie zu. Man hörte deutlich das Spritzen von Wasser, das sich in den Pfützen überall auf der Ebene gesammelt hatte. Bald erkannten sie einen Schatten.
„Ein Wolf!“, rief Donbrut und zog sein Schwert.
„Halt, es ist Grautier“, sagte Fengrin und kniete sich in den Matsch, um den Wolf zu begrüßen.
„Und auch dieses Mal war er es, der mich gerufen hat, Fengrin. Du verdankst ihm nun zum zweiten Mal dein Leben! So wie ihr alle ihm euer Leben verdankt.“
Grautier indes schlabberte Fengrin durchs Gesicht.
Turidin murmelte etwas, sagte aber dann: „Menschen. Ihre schnellen Zungen und ihre schnellen Klingen haben in der Geschichte wahrlich genug Unheil angerichtet!“
Donbrut steckte seine Waffe wieder in die Scheide.
Turidin blickte alle außer Fengrin nacheinander streng und prüfend an. „Am besten ihr legt die Waffen ab!“ Seine Stirn lag in tiefen Falten. Kaum merklich schüttelte er immer wieder den Kopf. „Ich habe euch erwartet, lange schon. Doch hätte ich nicht gedacht, euch gerade in Menschen und Zwergen zu finden. Folgt mir!“ Dann sagte er etwas leiser und mehr zu sich selbst: „Elben, ja, Zentauren natürlich, auch Mazarane. Ts, Zwerge und Menschen ...“

Der Regen hatte ihre Kleider bereits durchweicht, als sie an das kleine, provisorische Lager kamen. An vier Bäumen befestigt hing ein großes Wachstuch etwas über einen Mann hoch in der Luft. Darunter war es angenehm trocken und warm. Die Glut eines Feuers knisterte ruhig vor sich hin, und ein ansehnlicher Haufen Holz lag säuberlich aufgeschichtet zur Rechten. An einer Kette baumelte ein Kupfertopf von einem Ast, darin köchelte eine angenehm duftende dicke Suppe.

Etwas abseits stand Schnaub, Turidins Pferd. Nicht angebunden wartete es auf seinen Herren.

Die Fünf setzten sich um das Feuer herum, Turidin verteilte Suppe in Holzschalen und fingerte noch warme, selbst gebackene kleine Brote aus einem Tongefäß.
Fengrin saß neben Grautier und kraulte ihm den Nacken. Der Wolf rollte sich zusammen, und fast hätte man meinen können, er schnurre.
Donbrut und Rodegart waren wenig begeistert, so dicht bei einem wilden Wolf von solch einer Statur ihre Waffen ablegen zu müssen, aber Turidin bestand darauf. Keine Waffen sollten in dieser Nacht an dieser Lagerstatt getragen werden.

Sie aßen von dem Brot und tranken den Sud aus allerlei Wurzeln und Gemüse. Doch ein jeder von ihnen hätte später geschworen, etwas anderes gegessen zu haben. Quam behauptete, er habe einen köstlichen Borgebaumwurzeleintopf gegessen, einen, der seiner Frau alle Ehre machen würde. Donbrut bestand darauf, in seinem Becher habe sich nichts als die bekömmlichste Käsesuppe befunden, die ihm jemals vorgesetzt worden sei. Rodegart hingegen schwor Stein und Bein, es hätte Rübenbrühe mit Kräutereinlage gegeben, und zwar von einer Raffinesse, die man sonst südlich des Nordlandes nicht finden könne. Fengrin versuchte erst gar nicht zu ergründen, was er dort in seinem Becher hielt. Es war warm und lecker.

Nach dem Essen entzündeten einige ihre Pfeifen, andere wiederum kauten auf etwas Minze, gemischt mit Kräutern und Körnern, die ihnen Turidin reichte.
„Nun, meine Freunde“, begann Turidin, „es ist wohl kein Zufall, dass wir uns hier und in diesen Zeiten treffen. Denn die Welt, wie ihr sie kennt, ist im Wandel. Der letzte Akt beginnt. Für euch und eure Nachfahren eine Ewigkeit, für andere nur eine Episode in der ganzen Geschichte. Immer habe ich euch in der Gestalt von

Elben erwartet. Doch ich bin nun sicher, dass ihr es seid, auf die ich wartete.“
„Wir sind wer?“, fragte Donbrut.
Quam warf ihm einen strengen Blick zu und schüttelte den Kopf. Donbrut verstummte und Turidin fuhr mit einem Seufzer fort. „In einem Moment zwischen der Zeit trat Calior zu mir und weihte mich in seine Pläne für dieses Land ein. Nur vage, doch genug, um zu wissen, was zu tun sei, wenn es an der Zeit wäre. Wichtige Aufgaben sollten auf vier Wesen Baliors warten. Vier Auserwählte. Von Elben ging ich aus, doch erkenne ich in dieser Stunde, dass Calior, weise und voraussichtig, die Rasse der Erwählten zu verbergen wusste, selbst vor mir.“
Die Brüder Beredorn warfen sich einen verständnislosen Blick zu. Sie waren einfache Menschen aus den Nordlanden. Sie kannten weder alte Sagen noch die Lieder der Zwerge. Ihr Leben richtete sich nach den Zeiten für Saat und Ernte oder dem Meer. Ihre Welt war klein. Die anderen Völker kamen darin kaum vor. Sicher wussten sie von den Zwergen und Elben aber so hoch im Norden traf man sich nur selten. An einen Gott Calior glaubten im Nordland nur die alten Weiber und die Kinder.
„In den Jahren wurde klar, dass die Erkorenen allein die ihnen zugedachten Taten nicht vollbringen könnten, und so bat ich Calior, diese Erwählten in einen Bund zu fügen. Gemeinsam würden sie mehr erreichen. Calior gewährte mir diese Bitte und wies mich an, Teil des Bundes zu werden. Des Ersten, wie er ihn benannte. Klein wäre er, doch nicht minder wichtig als die Folgenden. Und das Fundament der zukünftigen Völker. Eure Schicksale sind bereits miteinander verwoben. Die Schicksale eurer Nachkommen allerdings werden wie aneinander geschmiedet sein. Ich sah bereits in die dunkeln Ecken und in die strahlenden Lichter eurer Seelen. Ich kenne eure Geschichte und natürlich auch die meine. Ihr alle seid gut und gerecht, doch keiner von euch ist vollkommen. Ich frage mich, warum gerade ihr

erwählt wurdet und nicht die Elben, die integer und hoch in der Moral sind. Die Mazarane, stark und unbeeindruckt von allen weltlichen Dingen. Oder die Zentauren, weise und fest im Glauben.
Sei es, wie es ist. Ihr seid erkoren und dies seit Langem. Ihr könnt euch der Bestimmung nicht entziehen, denn die Prüfungen würden euch verfolgen und finden, und dann müsstet ihr sie allein bestehen und scheitern! Ich rate euch, bleibt zusammen. Lasst uns die Wanderung beginnen und Taten vollbringen!“ Und lachend fügte er bei: „Im Übrigen habt ihr heute die ersten Aufgaben bereits erfüllt. Ihr habt das Cadion Sollunon, das Amulett, gefunden. Und dein neues Schwert, Quam, ist eins der beiden Drachenschwerter man nannte es U´Dragomorie, eine Klinge aus den frühen Tagen eurer Geschichte, die wie wenige in der Lage ist, Drachenpanzer zu durchdringen!“

Stille. Quam legte ein weiteres Holzscheit nach. Das Feuer erwachte. „Die Cadion Insignien ...“, murmelte der Zwerg „Die Werkzeuge des Ausgleichs ...“.
Turidin war überrascht dass Quam diese Symbole Caliors zu kennen schien.
„Diese Insignien des Gleichgewichts waren schon immer Caliors mächtigste Werkzeuge. Der Namses kannte ihren Sinn nicht, verstand sie nicht. Doch er wusste seit Langem, dass sie existierten. Geschmiedet kurz nachdem der Allvater sich zur Ruhe legte. Keine Waffen. Ihre Macht lag seit jeher in der Balance.
Die Scheibe ist das mächtigste dieser Stücke, wenn man von Licht und Schatten spricht, vom Ausgleich der Mächte. Der Ring jedoch ist zusätzlich ein Schutz und das Amulett der Schlüssel.“

„Was ist unser Schicksal, Turidin?“, fragte Rodegart.
„Der Weg, den ihr bereits beschlossen habt. Das soll vorerst die Aufgabe sein.“
„Kennst du unser Ende?“

„Nun, ich kann erkennen, wer am Ende lebt und wer vergehen wird. Doch sehe ich die Zukunft nur grob und rau umrissen. Klarheit haben nur die Götter. Fragt, wenn ihr einen Blick auf euer Schicksal erhaschen wollt, doch rate ich euch davon ab!“
Rodegart sprang auf. „Ich will es trotzdem wissen. Turidin, sag mir, was mir bestimmt ist. Welche Taten ich vollbringe und welche Ehrung ich erhalte.“ Rodegart lächelte.
Der Widerschein der Flammen tanzte auf Turidins Gesicht. Ruhig blickte er dem Menschen tief in die Augen. Dann erklang seine Stimme: „Du, Rodegart, wirst große Taten vollbringen.“
Rodegart lachte und stemmte die Hände in die Hüften.
„Ha! Da hört ihr es!“
„Du wirst Leben retten und einen wichtigen Teil leisten. Dein Name wird in Liedern besungen und gerühmt.“ Turidin machte eine Pause. „Doch wirst du einen frühen Tod finden.“
Rodegart erschrak. Stumm blickte er zu seinem Bruder.
Mit einer derartigen Nachricht hatte er nicht gerechnet.
Aber unbedeutend und alt zu sein, wäre für ihn schwieriger zu akzeptieren als der frühe, ruhmreiche Tod, der ihm prophezeit wurde!

„Was ist mit mir?“, fragte Donbrut „Sag nun auch, was aus mir wird!“
Turidin wandte sich ihm zu. „Du, Donbrut Beredorn, wirst dein Land niemals wiedersehen. Aber du wirst einen neuen Zweig der Familie Beredorn begründen, der von heute an eine große Rolle in der Geschichte des Landes spielen wird. Dein Schicksal und das deines Bruders sind verbunden. Beredorn wird ein Name, dessen Blut und Schweiß eng mit der Freiheit und der Zukunft der Wesen Baliors verwoben wird. Doch auch deine Blutlinie wird in weniger als 1000 Jahren enden.“

Quam und Fengrin schwiegen. Sie wollten nichts über ihre Zukunft wissen. Sollte alles so kommen, wie es bestimmt war. Sie würden ihren Teil erfüllen, so gut sie es vermochten.

Rodegart war nach diesem Morgen nicht mehr derselbe. Er hatte keine Angst vor dem Tod, doch fragte er sich, ob er seine Zeit nicht anders hätte nutzen sollen. Ob er nicht zu verschwenderisch mit dem ihm geschenkten Augenblick der Beseeltheit umgegangen war. Ob er nicht intensiver, ja selbstloser hätte leben sollen.

Lange noch saßen die Fünf schweigend am Feuer. Jeder hing seinen Gedanken nach. Irgendwann kramte Donbrut die Kette mit dem Sonne-Mond-Amulett aus seiner Tasche und reichte sie Turidin. Dieser nahm sie und betrachtete sie lange. Er erinnerte sich an Erloin. Die Schlacht der Zwerge gegen die Orks. Wie sie Erloin und Arde verloren. Dass Metas und er beschlossen, das Amulett auf dem Kontinent weit im Osten zu verstecken. Selbst für ihn war all dies eine Ewigkeit her.
Dann erzählte er den Gefährten eine Geschichte aus der Zeit der Flut. Als Menschen und Zwerge von einem Kontinent weit im Osten aufbrachen, um die Insignien des Gleichgewichts zu vereinen. Geschmiedet vor Jahrtausenden aus der ersten Materie des Planeten, waren sie zusammen mächtige Werkzeuge. Das Amulett drohte, dem Feind in die Hände zu fallen. Der Krieg im Ostland weit hinter dem Horizont schien verloren, eine endgültige Niederlage war unabwendbar geworden. Orks überrannten die Burgen der Elben, die sich dort nach den Schlachten auf Narion niedergelassen hatten. Selbst die Festung der Zwerge wankte unter dem Sturmlauf der Brut, die dem Namses huldigte.
Das Amulett wurde mit einer großen Armada zum Geleit nach Balior gesandt. Ein zweite Flotte Trolle, Oger und Orks verfolgte die Schiffe. Hier, wo damals noch ein Meer brauste, trafen sie aufeinander. Eine Karavelle der Elben und eine Bark der Zwerge entkamen und berichteten später von der Schlacht.

Das Cadion Sollunon, das Amulett, blieb jedoch verschollen. Dieses Amulett war ein Schlüssel, auch zu den Pforten des Nimdarak, der Schattenwelt des Namses.

„Ich weiß nicht, was diese Nebelwesen beseelt hat, aber der Namses scheint über euch und eure Ankunft informiert zu sein, und das sorgt mich. Er weiß, dass der erste Bund geschmiedet wurde. Wir müssen auf der Hut sein auf unserer Reise!“ Mit einem tiefen Seufzer schloss Turidin seinen Bericht.
Viele Fragen wurden noch gestellt, viele Antworten gegeben. Doch meist warfen die Antworten weitere Fragen auf.

Lange lagen die Brüder und Fengrin schon in ihre Mäntel gehüllt auf warmen, weichen Moosbetten, als sich endlich auch Quam, der sich am längsten mit Turidin unterhalten hatte, zur Ruhe bettete. Schon riss das blasse Rot des Morgens den Nachthimmel auf.

Ein leichter, kühler Hauch berührte die schon Schlafenden an ihren Herzen, und sie berichteten am nächsten Tag von Träumen voller Ängste und Schmerzen. Doch keinen ergriff das Grauen so sehr wie Quam, der noch wach lag und der es bewusst erleben musste. Eine unbeschreibliche Leere und Verzweiflung hatte für einen Atemzug von ihm Besitz ergriffen. Ein nicht in Worte zu fassendes Gefühl der Mutlosigkeit und der Kälte, die sich wie mit Eisdornen in die Mitte seines Herzens bohren wollte. Einsamkeit stand in seiner Zukunft.
Quam sprach niemals mit jemandem über sein Erlebnis. Und auch als später am nächsten Tag die anderen über ihre Träume berichteten, schwieg er. Nur Turidin wusste, was der alte Zwerg in den frühen Stunden des neuen Tages erduldet hatte. Und er ahnte warum.

Am Morgen schliefen die Fünf lange. Der Kampf mit den Nebeln und die Strapazen der vergangenen Tage hatten sie ermattet. Nach und nach erwachten sie. Fengrin setzte einen Kessel mit Wasser für den Eicheltee auf. Donbrut und Rodegart gingen auf die Jagd, Turidin und Quam bauten langsam die Lagerstatt ab. Grautier war verschwunden.

Als die Sonne den Zenit ihrer Bahn erreicht hatte, aßen sie gebratenen Schalckpfeifer und geröstete Pinienkerne. Hufgetrampel ließ sie aufschrecken. Alle bis auf Turidin sprangen auf.
„Haltet ein!“, rief Turidin ihnen zu. Er saß ruhig am Feuer und wandte dem Geschehen den Rücken zu. „Es ist Grautier. Er bringt euch eure Pferde. Oder wolltet ihr den weiten Weg zu Fuß antreten?“
Grautier trabte gemütlich auf die Gruppe zu. Hinter ihm folgten die Pferde, eines nach dem anderen.

Eilig packten und kontrollierten sie das Gepäck auf den Tieren. Alles, was sie von den Sklavenhändlern erbeutet hatten, war noch da. Grautier bekam von Donbrut ein großes Stück Schalckpfeifer. Dann brachen sie endlich auf.

Es war ein so herrlicher Tag, dass man das Gestern hätte vergessen können. Eine laue Frühlingsluft wehte. Die Sonne tauchte das Land in einen goldenen Ton. Alles strahlte frisch und sauber. Der Regen hatte allen Staub und Schmutz von den Blättern der Bäume und Sträucher gespült. Auch erwachten nun die letzten Tiere aus ihrer Winterstarre. Selbst beim Atmen, so kam es Fengrin vor, merkte man ganz deutlich eine besondere Reinheit der Luft.
Selbst Rodegart schien die Kunde über seinen frühen Tod vergessen zu haben. Doch in seinem Inneren grübelte er noch häufig in den nächsten Tagen über sein Leben und seine Taten nach.

Am Abend kampierten sie am Ufer der Zackenflut und sahen die Schatten der Berge in der Ferne. Am 13. Hartung erreichten sie die ersten Ausläufer Rodiors.

Hier sollte ein neuer Teil baliorischer Geschichte beginnen.
Doch erst einmal sollten sie Bekanntschaft mit einem anderen Volk Baliors machen: mit den Zentauren.

5. Bei den Zentauren

Der Abend des 14. Hartung brach an, und Nachtwolken bereiteten dem Mond und den Sternen den Weg. Die fünf Gefährten saßen um ein Feuer und erzählten sich Geschichten aus der Zeit, als die Flut Balior noch fest im Griff hatte. Vom eintönigen Essen und der ständig klammen Kleidung. Vom Schnupfen und dem ewigen Plätschern des Regens auf Dächern und in den Pfützen. Aber Quam berichtete auch von der Zeit vor der Flut. Wie sich im Leben der Älteren die Welt nun bereits zum dritten Male verändert hatte.
Obwohl die Geschichten nicht immer lustig waren, lachten sie viel und erkannten sich oft in den Erzählungen der anderen wieder. Bald, so hoffte Turidin, würde die Gruppe noch enger zusammenwachsen und tiefe Freundschaften könnten entstehen. Alle waren guter Dinge.

Der Mond hatte gut ein Viertel seines Weges hinter sich gebracht, als sie einschliefen. Weit weg von den Gefahren des Schiffsfriedhofs, und noch weiter entfernt von den Sklavenfängern reichte Grautier als Wache völlig aus. Der Wolf lag unter einem Baum und hatte ein Auge geschlossen und eines offen. Ein Ohr gespitzt, das andere an den Kopf gelegt. Neben ihm schlummerte Fengrin tief und fest.

Der Morgen brach an, und die Gefolgschaft erwachte aus einem erquickenden Schlaf. Nach einem kurzen Frühstück packten sie ihre Sachen und brachen auf. Etwa eine Stunde später lenkten sie ihre Pferde in einen der alten Wälder, die man zu dieser Zeit nur auf Anhöhen oder Bergen fand.
„Ich denke, wir werden bald auf Zentauren stoßen. Vielmehr werden sie sich uns zeigen, denn sie beobachten uns bereits seit heute Morgen“, erklärte Turidin, der vorneweg ritt, seinen Begleitern.
„Wie werden sie uns gesonnen sein?“, fragte Fengrin.

„Ich kenne einige der Zentauren. Es ist ein wachsames, doch freundliches Volk“, antwortete ihm Turidin.

Sie erreichten ein Tal, durch das ein kleiner
Bach lief. Hier endete der Wald, und eine Landschaft mit leichten Hügeln öffnete sich vor ihnen. Dort machten sie Rast und ließen ihre Pferde trinken. Die Bäume hinter ihnen ragten hoch in den Himmel und bildeten mit ihrem grünen Blätterdach einen Kontrast zum gelben Sand der Hügel hinter dem Wasser.
Fengrin beugte sich ein Stückchen flussaufwärts, abseits der Pferde, zum Wasser hinunter und trank ebenfalls. Als er sich erhob, erblickte er einige hundert Längen weiter gut zwanzig Zentauren, die dort standen und die Freunde beobachteten. Wie aus dem Nichts waren sie erschienen.
„Turidin, Quam! Seht dort!“ Fengrin richtete sich auf und deutete auf die riesigen Pferdemenschen.
„Ganz ruhig, meine Freunde“, ermahnte Turidin die anderen. „Sie sind nur gekommen, um unser Begehr zu erfragen. Schnell, nehmt von den erbeuteten Waffen und dem Schmuck und bietet ihnen Gastgeschenke an.“
Donbrut und Rodegart murrten etwas, auch Quam war nicht wirklich erfreut, einen Teil der Beute wieder abzugeben, doch taten sie, wie ihnen geheißen. Sie stapelten je ein Schwert und einen Schild sowie etwas Schmuck auf einen kleinen Haufen, traten zurück und warteten.
Schon lösten sich drei der Pferdemenschen aus der Gruppe und trabten auf die Gefährten zu. Ihre Oberkörper strotzten vor Muskeln, ihre Gesichter waren dunkel und verwegen. Selbst Donbrut, der für einen Menschen ein markantes Gesicht hatte, sah wie ein junger Spund neben diesen Wesen aus. Wortlos kamen die drei Zentauren näher, wurden langsamer und umkreisten die Gaben. Dann wandten sie sich Fengrin und den anderen zu.

„Wer seid ihr und was begehrt ihr in unserem Land?“ Der Zentaur hatte eine wohlklingende, fast schmeichelnde Stimme.
„Ich bin Turidin, den du als Deretes kennst. Dies sind meine Begleiter, Quam und Fengrin aus dem Volk der Zwerge, Rodegart und Donbrut Beredorn aus dem Menschengeschlecht. Doch nun nenne auch du deinen Namen, Zentaur, so wie es die Höflichkeit gebietet.“
Der Pferdemensch zog die Brauen zusammen. „Wer sagt mir, dass du der bist, den die Alten Deretes, den Wächter, nennen? Du bringst uns Waffen und Schmuck als Geschenk, doch klebt Blut an der Klinge. Ist das eines Kindes des Lichtes würdig?“
„Beantworte meine Fragen nicht mit Fragen, Zentaur, ich bin der, der ich vorgebe zu sein. Zwinge mich nicht, es dir zu beweisen!“ Drohend funkelte Turidin den Zentauren an. Insgeheim ärgerte er sich aber über seine Nachlässigkeit. Er hätte daran denken müssen, dass Zentauren Blut noch riechen konnten, wenn es andere schon lange nicht mehr sahen. Auch ärgerte er sich über den großspurigen Zentauren.
„Man nennt mich Hipoteres. Ich bin der Sohn des Perseus, des Clanobersten. Ich sehe, dass du den Stab trägst, den man dir zuschreibt, doch ist dies kein Beweis für deine Aussage. Daher bitte ich dich zu verstehen, dass in den Tagen der Sklavenfänger und Fehden die Vorsicht unser bester Schutz ist.“
„Hipoteres, Sohn meines Freundes Perseus, Misstrauen darf niemals in Argwohn und Ablehnung gewandelt werden. Hat dir dein Vater das nicht beigebracht? Bring mich zur Sacris. Viliat, Viliat!“
Die Tatsache, dass Turidin den geheimen Namen der heiligen Stadt inmitten der Berge kannte und somit auch die Losung für Pilger, ließ Hipoteres nachdenklich werden. Sein Misstrauen schwand. Pilger standen unter dem Schutz der ansässigen Zentauren, nur war ihm noch nie zu Ohren gekommen, dass andere als Zentauren zur Sacris pilgerten. Dennoch brachte es den Zentauren vorerst dazu, die Fünf willkommen zu heißen

und die Gastgaben anzunehmen. Er hob die Hand, und die anderen Zentauren galoppierten auf die Gruppe zu, um sie in ihre Mitte zu nehmen.

Einige Stunden später erreichten sie Viliat. Grautier war urplötzlich verschwunden, wie es seine Art war. Nicht einmal die Zentauren hatten bemerkt, wie und wann er die Gruppe verlassen hatte.

Die Stadt umgab eine breite, aber nicht besonders hohe Mauer. Es gab keine Türme. Kein Haus besaß mehr als ein Stockwerk. Alles war breit und großzügig angelegt. Die Zentauren verwendeten Eisen und Stein statt Holz. Und die dominierende Farbe war ein sanftes Weiß.

Anscheinend hatte man die Freunde bereits erwartet, denn auf einem Platz inmitten der Stadt hatten sich viele Zentauren versammelt und warteten. Nun, da die Gefährten eintrafen, verstummte das Gemurmel, das gemeinhin in größeren Gruppen, gleich welcher Rasse, entsteht, und eine dumpfe Stille trat ein.

Ein alter Zentaur mit langen wehenden Haaren trat vor und reichte Turidin erfreut die Hand. „Alter Freund, letztlich bist du also doch einmal zurückgekehrt."

Turidin lächelte und antwortete: „So wie ich es dir versprochen habe, Perseus. Und mit mir sind die Auserwählten der Prophezeiung."

„Der Erste Bund? Zwei Menschen und zwei Zwerge?" Die Stirn des alten Zentauren legte sich in tiefe Falten. „Unmöglich!"

„Ich war auch überrascht, als ich es erkannte", lächelte Turidin.

„Und ich erst", warf Fengrin ein, bereute aber seine vorlaute Bemerkung sofort, als Quam ihn mit seinem Ellbogen anstupste.

Nun erst wandte sich der alte Zentaur an die anderen. „Entschuldigt bitte meine Überraschung. Ich will versuchen, meine unbedachten Worte wieder gutzumachen. Ein großes Mahl zu euren Ehren soll es heute geben!"

Den fünf Reisenden wurde ein Quartier nahe dem südlichen Stadttor zugewiesen. Ein hoher Raum mit großen Türen und Rampen anstelle von Treppen. Die Wände waren mit feinster Malerei überzogen. Die Motive stammten wohl aus der Sagenwelt der Zentauren. Donbrut fiel auf, dass so gut wie keine Schlachten oder Kämpfe abgebildet waren.

Am späten Abend saßen die Bewohner der Stadt und ihre Gäste um ein großes Feuer, aßen und tranken gut und ausführlich. Musik, die hauptsächlich aus Trommeln und Schellen zu bestehen schien, drang zu ihnen, doch sah man nirgendwo die Musiker. Der Wein, der gereicht wurde, war weiß. Etwas, das Fengrin erst stark irritierte. Es schmeckte ihm trotzdem.

Später zogen sich Perseus und Turidin in eine Art Tempel zurück, um sich zu beraten.
„Was habt ihr vor, mein Freund?"
Turidin seufzte, zog an seiner Pfeife und blies einen Ring in die Luft. „Ich weiß es nicht, Perseus. Die Prophezeiung besagt die Ankunft Auserwählter. Nun gut, sie sind da. Wenn ich es richtig deute, dann ist der Sinn der Gruppe auch die Befreiung Metas'. Damit er mit mir zurück in das Licht kann. Doch wohin sollen wir uns wenden? Dies ist eine der Zeiten des Wandels – alles ist möglich, und ich habe Angst, meine Rolle in diesem Stück nicht zu Ende zu bringen."
„Du, Turidin? Angst? Du bist die Seele dieses Landes, du kannst nicht vergehen!"
„Ja und nein. Ich bin die Seele eines Teiles des Landes, doch auch meine Existenz kann zu Ende gehen. Denke nur an Erloin. Der Namses wird zwar nicht noch einmal so unbedacht seine Existenz aufs Spiel setzen, aber der Namses ist wieder stark in dieser Zeit, und seine Brut giert nach den Kindern Caliors. Die Elben sind verstreut und uneins. Die Zwerge wenden sich von der Tradition ab. Ihr lebt zurückgezogen in den Bergen und Hügeln. Die Übelsten der Menschen verbünden sich bereits mit

den Orks. Sie sind niemandes Kinder und halten es nicht wie die anderen Völker. Natürlich sind sie enger am Licht als die Brut, die der Namses auswirft, aber letztlich sind sie auch durch sein Dazutun erschaffen worden. So, wie ich die Sache sehe, hat die Flut die Kräfte des Guten geteilt und alte Bindungen gelöst, die Dunkle Seite aber wie Pech und Schwefel zusammengedrängt, selbst die Schwarzdrachen fügen sich nun der Hierarchie, die der Schatten ihnen diktiert."

Der Zentaur zog an seiner Pfeife und blies den Rauch in den Raum. Dann zwinkerte er Turidin listig zu und sagte beiläufig: „Du hast recht, und genau deshalb war ich so überrascht, Menschen im Bund, auf den wir nun so lange warten, zu finden. Ich bin auch enttäuscht, dass kein Zentaur auserwählt ist, aber ...", er macht eine bedeutungsvolle Pause, „... immerhin kann ich dir sagen, wo sich der Eingang zu Metas' Gefängnis befindet. Ihr habt das Amulett bei euch, es wird die Dunkle Pforte öffnen."

„Die geheime Pforte in die Schatten?", platzte Turidin hervor. „Die, die der Namses seit Ewigkeiten verborgen hält? Du kennst den Weg? Und woher hast du dein Wissen?"

Perseus nahm sichtlich zufrieden eine Flasche und zwei prächtige Gläser aus einem Steinregal. Er schenkte eine rote Flüssigkeit in die Gläser und reichte eines Turidin, der ihn nicht aus den Augen ließ.

„Perlbeerenwein!", staunte Turidin. „Ich dachte, alle Perlbeeren seien in den Fluten verkommen."

„Sind sie auch, leider. So wie ein Dutzend guter Heilpflanzen auch. Dieser Wein aber ist wohl hundert Jahre alt. Ich habe noch ein oder zwei Dutzend davon."

Turidin hielt das Glas gegen das Licht einer Fackel und betrachtet das Rot des Weines. Die Zentauren waren wahre Meister in der Herstellung von Wein.

„Nun zum Namses und dem Nimdarak. In den Hügeln nördlich der Wüste Bash liegt der Schlund, in den ihr steigen müsst, um Metas zu finden und zu befreien.

Und nur wenn sie die Auserwählten sind, werden sie es schaffen. Wenn nicht, werden sie unweigerlich in die Schatten gezogen und sie niemals wieder verlassen können."
„Ich bin mir sicher, dass sie es sind, und ich werde mit ihnen den Weg bestreiten, sie begleiten bis zum Ende, sei es dieses oder jenes."
„Turidin, es wird schwer - nein, eigentlich ist es unmöglich, Metas zu befreien. Du weißt, wer ihn bewachen könnte. Es könnte ein weitaus schlimmerer Gegner sein als Orks. Bring dich nicht in Gefahr, Balior braucht dich! Du sagst es selbst: Es ist eine Zeit des Wandels."
„In diesen Tagen legen wir die Grundsteine für die Geschichte der nächsten tausend Jahre, Perseus. Erzähl mir mehr über den Schlund, und wie du von ihm erfahren hast. Ich habe keine Zeit für deine Sorgen, ich habe nicht einmal Zeit für meine Sorgen. Ich beginne zu ahnen, wie entscheidend diese Tage wirklich sind." Er schlug mit der flachen Hand auf den Tisch und zog leichte Falten in die Stirn. Obwohl die beiden ehrliche Sympathien füreinander hegten, war klar, dass Perseus Turidin nicht widersprechen konnte, und Turidin sich nicht mit Wort oder Tat von seinem Vorhaben abringen ließ.

Lange erklärte Perseus Turidin den Weg zum Nimdarak und seine Fallen und Gefahren. Er kannte das Barog, wie es heute war, besser als Turidin. Er schilderte, wie man Metas eventuell befreien und so doch noch zurück in das Urlicht schicken könne. Er warnte eindringlich vor der Tücke des Namses. Doch Turidin lächelte aus der Position des Wissenden heraus über die gut gemeinte Sorge des Zentauren. Er hatte den Namses bereits bekämpft zu einer Zeit, als es keine Zentauren auf Balior gab. Er kannte ihn besser als jedes Wesen dieses Landes. Er hatte gesehen wie er beinahe im Kampf gegen Erloin erloschen war. Und wie er nach seinem Sieg gegen diesen floh und seine Völker im Stich ließ, um seine Haut zu retten.

Von draußen tönten die Klänge von Harfen und Flöten zu ihnen, und Lachen wurde von der lauen Luft durch die Nacht getragen. Der Mond zog sich mit Wolken zu, und je dunkler es wurde, umso deutlicher sah man in der Ferne das rote Leuchten der Feuerspitze. Fengrin saß etwas abseits der Gesellschaft und schrieb einen Brief, Donbrut diskutierte mit Hipoteres über Waffen und Taktiken im Kampf, Rodegart tanzte zu der seltsam melancholischen Musik der Zentauren, und Quam lag bereits auf seinem Lager und schlief. Fengrin blickte sich um. Eine seltsame Nacht. Voll fremder Klänge und fremder Speisen. Eigenartige Wesen, diese Zentauren. Er betrachtete eine barbusige Frau, die lediglich ein leichtes, rotes Tuch über ihrem Pferdekörper trug. Diese Stärke und Unbändigkeit, die in ihr steckte. Fengrin errötete, als sie seinen Blick bemerkte. Doch schritt die Zentaurin wortlos an ihm vorbei.
Was für eine Nacht! Selbst der Himmel über den Freunden schien ein anderer zu sein. Dies war eine andere Welt. Fremd und aufregend. Doch am meisten beschäftigte den Zwerg eine Frage: Was würden ihnen die nächsten Wochen bringen?

Die Sonne schien hoch am Himmel. Turidin stand vor einem großen Altarstein und hob eine goldene Schale gen Himmel. Perseus hatte ihm die Ehre überlassen, die tägliche Zeremonie des Wasseropfers für Calior zu leiten. Er murmelte eine endlose Kette immer gleicher Wörter herunter und hielt seinen Blick gesenkt. Fengrin, der noch nie eine solche Zeremonie erlebt hatte, staunte und beobachtete alles sehr genau. Turidin hatte einen purpurroten Umhang um seine Schultern gelegt, auch Perseus trug einen ähnlichen, der vor seiner kräftigen Brust mit einer goldenen Spange gehalten wurde. Turidin goss das Wasser über den Altar und ein herrlicher Regenbogen erschien. Etwa zwei

Ellen im Durchmesser, strahlend und hell, in den schönsten Farben, die Fengrin je gesehen hatte. So schwebte er über dem Altar. Minuten lang geschah nichts. Dann verblasste der Bogen langsam, und ein Zentaur stieß drei Mal in ein Horn. Die tägliche Zeremonie war beendet. Die Gruppe der Anwesenden zerstreute sich, und Turidin trat zu seinen Gefährten.
„Ich habe gestern Nacht lange mit Perseus diskutiert. Und bin zu dem Schluss gekommen, dass wir schwerere Aufgaben zu bewältigen haben, als ich bisher vermutete. Ich muss in das Baroggebirge, um etwas von höchster Wichtigkeit zu erledigen. Darum werden wir uns zuerst dorthin wenden."
„Zu den Orks?", kam es wie aus einem Mund von den vier Umherstehenden.
„Ja. Zu den grünen Orks und zu den Schwarzdrachen, zu den gelben Ogern und grauen Trollen. Wir brechen schon morgen auf. Sollten wir überleben, werden wir die wirklichen Schrecken dieses Landes kennenlernen." Seine Stimme klang beinahe unfreundlich. Er nickte seinen Begleitern zu und ging von dannen. Er wirkte angespannt, fast nervös, und keiner der Freunde hätte gewagt, ihn jetzt mit Fragen zu bedrängen.
„Zu den Orks!" Donbrut schien sichtlich aufgeregt. „Was zur Verdammnis sollen wir bei den Orks? Dann hätten wir auch beim Schinder bleiben können!"
Rodegart legte seinem Bruder die Hand auf die Schulter. „Verstehst du denn nicht? Es ist so bestimmt. Wir hätten uns so oder so getroffen. Ich meine, wir vier, das ist kein Zufall. Ich glaube an unsere Bestimmung und an die Aufgabe, die zu lösen wir erkoren sind."
Quam kratzte sich am Bart und sprach dann ruhig und bedacht: „Ich glaube, dass wir unseren Teil zu dieser Geschichte beitragen müssen, so oder so. Selbst wenn wir uns hier trennen oder einen anderen Weg einschlagen würden, das Schicksal triebe uns schon irgendwie zu den Orks oder in die Arme der Drachen. Wir können uns nicht entziehen. Denkt daran, was Turidin am Anfang sagte: Besser wir lösen die Aufgabe

gemeinsam als jeder für sich. Und Turidin begleitet uns. Das heißt, wir haben einen starken Verbündeten an unserer Seite. Ich sage, gehen wir mit ihm in das Gebirge, und wenn es sein muss, auch hoch zur Feuerspitze."
Fengrin nickte stumm. Der Gedanke, Turidin an seiner Seite zu wissen, war beruhigend. Dann geschah etwas Seltsames mit ihm. Er glitt langsam ab, und die Welt um ihn verschwamm zu einer undeutlichen Kulisse in blassen Farben. Wie gemalt wirkten die Umherstehenden plötzlich, und Fengrin wusste nicht, ob er staunen oder sich fürchten sollte. Geistesabwesend murmelte er: „Sapies vom Licht, Quam der Verschollene, Rodegart der Tapferste, Donbrut der Erste und Fengrin der Wanderer." Er schreckte wie aus einem Traum auf und sah, wie die anderen ihn erstaunt ansahen.
„Was hast du gerade gesagt?", fragte Quam.
„Ich habe keine Ahnung", erwiderte Fengrin sichtlich irritiert. „Mir war so, als ob eine Stimme mir Namen aus den Geschichten in der Zeit nach uns zuflüsterte."
Ein Schauer durchlief die vier.
Als erster fasste sich Quam. „Nun ja, noch bin ich nicht verschollen!" Er lachte, was etwas gekünstelt wirkte, und schlenderte pfeifend und betont langsam zurück in ihr Quartier.
Donbrut und Rodegart blickten auf Fengrin herab. Ein seltsamer Glanz lag auf seinen Augen.
„Der Tapferste", lachte Rodegart „Das ist doch mal was."
Donbrut schüttelte den Kopf. „Mir scheint, dass ihr unsere Reise allzu leicht nehmt, Freunde. Es werden noch harte Tage und bittere Stunden kommen, merkt euch meine Worte!"
Fengrin schaute zu den beiden Brüdern hoch. Rodegart, dessen Narbe sich in den letzten Tagen immer mehr der Farbe seiner Haut angeglichen hatte, der fast guter Dinge, ja, sorglos war, und Donbrut, der es – wie viele Erstgeborene – wohl immer ein klein wenig schwerer hatte als sein Bruder. Donbrut war verschlossen und

wirkte meist etwas missmutig. Er war ernst und handelte meist nach seinem Herzen. Doch insgeheim mochte Fengrin ihn lieber als den jüngeren Bruder. Ein Abenteuer zu bestehen, das nicht einmal in den Köpfen der Nachfahren die Zeiten überdauern sollte, schien ein schlechter Lohn für die beiden. Fengrin erwog, Donbrut und Rodegart ein eigenes Heldenlied zu widmen, und sie und ihre Taten wenigsten so für die Nachwelt zu erhalten.

Es war Nachmittag. Fengrin beschloss, die Gegend zu erkunden. Er sattelte sein Pferd und ritt nach Osten. Vorbei an sachte steigenden Hügeln, die mit grünem Gras überzogen leicht zu wogen schienen. Weiter durch ein ausgetrocknetes Flussbett bis zu einem riesigen Feld voll erntereifer Gerste.

An die hundert Zentauren waren hier wohl beschäftigt. Einige hoben Gräben zur Bewässerung aus. Andere trugen große Steine von einem Acker in der Nähe, um ihn urbar zu machen. Fengrin sah rund um die Anlage Wachen stehen, die mit Pfeil und Bogen bewaffnet Ausschau nach wilden Tieren oder dreisten Räubern hielten. Ein Lager auf einer kleinen Anhöhe verriet ihm, dass wohl auch nachts Zentauren über das Feld wachten. Für einen Zentauren eine besonders heikle Aufgabe, da er dem Glauben seines Volkes nach nicht in die Hallen der Altvordern einkehren konnte, wenn er nachts zu Tode kam. Die Zentauren glaubten, ihr Geist könne in nächtlicher Dunkelheit den Weg in den Heedeus, den Totenstaat, nicht finden und erst, wenn ein Freund oder Blutsverwandter starb, von diesem heimgerufen werden.

Ein gewaltiger roter Obelisk dominierte die Plantage. Auf seiner Spitze brannte ein Feuer so hell, dass es selbst am Tage gut zu erkennen war. Der Zwerg fragte sich, ob der Stein wohl die Feuerspitze symbolisieren sollte, die zweifellos in der Religion der Zentauren eine große Rolle spielte.

Fengrin sah, wie einer der Pferdemenschen mit einem Schleppkarren eine Ladung Rüben zum Dorf zog. Anscheinend kannten diese Wesen das Rad nicht. Jedenfalls machten sie keinen Gebrauch davon, was Fengrin aber logisch vorkam bei der Kraft, die Zentauren hatten. Der Bauer schien regelrecht Spaß an dem Gewicht seiner Last zu haben.
Langsam lenkte Fengrin sein Pferd weiter durch die Anlage. Es gab ein kompliziertes Bewässerungssystem und eine Mühle, die mit der Kraft des Windes betrieben wurde. Er kam an gut und gerne zwanzig Längen hohen Speichern aus massivem Stein vorbei, in denen wohl Rüben und Korn gelagert wurden. Aber etwas anderes fand viel mehr seine Aufmerksamkeit. In einer tiefen Senke entdeckte er einige Zentauren, die damit beschäftigt waren, Steine aus den steilen Wänden zu schlagen. Und mit welcher Raffinesse und mit welch Geschick sie das taten! Einige waren gerade damit beschäftigt, einen riesigen Haufen Holz zu entzünden. Dieser war an die Felswand gelehnt und nicht weniger als zehn Längen hoch.
„Das Feuer erhitzt den Stein. Und wenn die Steinhauer es richtig angefangen haben, dann platzt der Brocken ab, wenn wir das Feuer löschen. Siehst du dort am oberen Rand der Felswand? Dort haben sie bereits die Leitung für das Löschwasser errichtet. In drei, vier Stunden werden wir die Schleuse öffnen und das Feuer löschen.“ Hipoteres war neben Fengrin getreten. Er hielt einen mächtigen Speer in seiner Hand. Er war wohl der Oberste der Wachen an diesem Tag.
„Das funktioniert?“, fragte Fengrin
„Meistens“, erwiderte Hipoteres. „Wenn ihr nicht schon morgen aufbrechen würdet, könnte ich dir zeigen, wie die Brocken vorbereitet werden.“
„Es spricht sich schnell herum, dass wir euch wieder verlassen.“
„Du vergisst, dass Perseus mein Vater ist. Ich werde euch mit meinen Männern einen Geleitschutz bis an die Grenze unseres Landes geben.“

Fengrin blickte wieder in den Steinbruch, wo gerade die Flammen hochschlugen. Eine trockene, heiße Luft erreichte die beiden. Eine Feuersäule schien der Luft für einen Moment jeden Sauerstoff zu rauben. Schaurig und doch schön züngelten die Flammen am trockenen Holz entlang.

„Sieh nur!", schrie der Zwerg. „Der Holzhaufen, er kippt!"

Hipoteres riss die Augen auf. „Oh nein! Die Steinhauer, sie sind noch zu nah an der Wand!"

Ohnmächtig mussten die beiden mit ansehen, wie sich der Holzstoß neigte und langsam zu kippen drohte. Fengrin und Hipoteres schrien den Arbeitern Warnungen zu und gestikulierten wild mit den Armen. Doch ohne Erfolg. Jetzt hatten auch die ersten Pferdemenschen in der Senke die Gefahr erkannt. Einige galoppierten los, andere starrten ungläubig auf den oberen Teil der Feuerwand, der sich immer weiter neigte. So langsam, dass man an eine optische Täuschung glauben konnte.

Dann brach der kopflastige Stoß auseinander. Feuer regnete vom Himmel, und eine Fontäne aus Glut, Rauch und Flammen suchte sich ihre Opfer. Schreie hallten durch die Luft.

Fengrin und Hipoteres galoppierten den Weg zur Senke hinunter.

Einige der Zentauren versuchten, den Haufen aus Glut und Holz mit Haken, die an Seilen befestigt waren, auseinanderzuziehen, doch verbrannten die Seile noch ehe die Haken greifen konnten. Wimmern drang durch die Feuerwand.

„Das Wasserrohr!" schrie Fengrin und deutete nach oben. Schon waren einige Arbeiter am Rand der Klippe und öffneten die Schleuse. Bald zischte und dampfte es wie in einer der zwergischen Schmieden in Fengrins Heimat. Sekunden später war das Feuer gelöscht.

Fengrin stieg von seinem Pferd und lief zu dem Chaos aus nassem, halb verkohltem Holz und den angesengten Leibern der fürchterlich entstellten Zentauren. Gut ein

halbes Dutzend lag dort. Ein oder zwei schienen noch zu leben, auch wenn Fengrin selbst ohne medizinische Kenntnisse sah, dass sie ihre Verletzungen kaum überleben würden. Hipoteres näherte sich einem von ihnen, beugte sich zu ihm, nickte kurz und stieß ihm dann seinen Speer direkt ins Herz. Dann wandte er sich dem Zweiten zu und wiederholte die grausige Prozedur. Wortlos, unberührt.
Fengrin sah den Zentauren fragend an.
„Sie hätten den Morgen nicht erlebt, und wir dürfen nicht sterben, wenn der Mond den Himmel beherrscht!“ Der Pferdemensch holte tief Luft und blickte auf die Unglücksstelle. „Seit Monaten ist schon nichts mehr passiert. Doch so schleicht sich Leichtsinn und Übermut in die Köpfe der Arbeiter. Das Ergebnis ist immer schrecklich. Leichtsinn und Übermut!“ Betrübt blickte er auf den rauchenden Haufen aus Holz und Fleisch.
Fengrin verabschiedete sich stumm und ritt zurück in die Sacris Polis der Zentauren. Hier konnte er nichts tun, und er empfand seine Anwesenheit als unpassend. Manchmal war es besser, einfach zu gehen.

Als er die Stadt erreichte, sah er an den Mienen der umhergehenden Zentauren, dass sie bereits über den tragischen Unfall unterrichtet wurden. Die ganze Stadt trauerte um die Verstorbenen. Einen solchen Zusammenhalt hatte Fengrin außerhalb der Familien oder dem engsten Freundeskreis im Zwergenland noch nicht erlebt. Alle hier schienen ehrlich zu trauern.
Am Abend wurde die Totenfeier für die sechs getöteten Steinhauer gehalten. Fengrin stellte fest, dass sie viel mehr den Hinterbliebenen als den Opfern zu gelten schien. Eher ein Akt des Trostes und Zuspruchs, als eine Beerdigung nach den zwergischen Zeremonien. Turidin erklärte ihm, dass im Glauben der Zentauren die Toten jetzt bereits an einer Tafel mit ihren Ahnen speisten und tranken, und dass es ihnen dort besser ging als hier auf Erden. Daher betraf der Verlust eher

die Verblieben, die nun Jahre und Jahrzehnte warten mussten, bis sie ihre Lieben wiedersehen würden. „Kein Wesen kann die Lücke füllen, die ein uns nahe Stehender hinterlässt, wenn er von uns geht. Man kann sie lediglich mit Erinnerungen zudecken und diese Erinnerung in Ehren halten“, sagte Turidin.
Fengrin konnte das gut nachfühlen.

Quam und Rodegart verabschiedeten sich früh. Quam wollte das Amulett und sein Schwert U´Dragmorie reinigen, Rodegart hatte bereits viel Wein getrunken und zog es vor, schlafen zu gehen. Donbrut fühlte sich unwohl inmitten dieser fremden Gesänge und Tänze und zog sich kurz nach den beiden ebenfalls zurück. Lediglich Turidin und Fengrin blieben bis weit nach Mitternacht und beobachteten etwas abseits aus einer Ecke heraus die Prozedur mit ihren Gesängen und Reden, den Tänzen und Masken. Schauerlich und doch auf eine entrückte Weise schön.

Am nächsten Morgen brachen sie auf. Perseus trat aus seinem Haus und schritt mit feierlicher Mine auf die Gruppe der Reisenden zu. Es war Brauch, den Pilgern, die die Heilige Stadt besuchten, ein Geschenk bei der Abreise zu überreichen. Meist waren es Tempelminiaturen aus Stein oder Wachsbilder des in der Stadt verehrten Gottes Calior. Perseus aber überreichte einem jeden von ihnen Geschenke der besonderen Art.
Für jeden einen breiten Ledergürtel mit verschiedenen Schlaufen und Ösen. Dazu bekamen sie neue Schilde und Waffen, wie sie ihrer Art und Größe entsprachen. Quam zu seinem neuen Schwert eine Doppelbartaxt, Rodegart einen Zweihänder, Donbrut ein Breitschwert und Fengrin zwei handliche Wurfäxte. Mit einem großen Schild auf seinem Rücken sah er nun aus wie einer der Zwergenkrieger aus den Erzählungen der alten Zeit. Mit vor Stolz geschwellter Brust wäre er beinahe vom Pony gefallen, sehr zur Erheiterung der Anwesenden.

Rüstungen machen Leute ... Auch Fengrin musste lachen, als er wieder fest im Sattel saß.

Die Gruppe schwenkte nach Süden und verließ Sacris Polis mit ihren Torbögen und breiten Straßen, ebenerdigen Häusern und Rampen. Mit ihnen ritten Hipoteres und fünf weitere Zentauren, voll bewaffnet und gerüstet. Unter dem Jubel der Zentauren ließen sie das Stadttor hinter sich. Perseus blickte ihnen lange nach. „Viel Glück!“, sprach er mehr zu sich selbst als zu der Gruppe, die ihn nicht mehr hören konnte.

Erst nach Mittag hielten sie, um etwas zu rasten und zu essen. Im Osten toste das Meer. Fengrin suchte den Rastplatz nach einem geeigneten Stein für seine Mutter ab. Denn er hatte beschlossen, ihr von jeder Station seines Abenteuers ein Andenken mitzubringen. Diesmal war es ein grauer, runder Kiesel, den er für würdig befand.
Die Zentauren trugen Säcke mit lauter Köstlichkeiten aus der Tempelküche bei sich, und Fengrin wunderte sich, wie viel Nahrung in einen einzigen Sack passte. Gebratenen Schalckpfeifer, Kräuterbrot, Käse, Beeren und selbst einen Mandelkuchen führten die Zentauren mit sich.
Vor dem Essen beteten die Pferdemenschen zu Calior, dankten ihrem Schöpfer für ihre Existenz und baten um Schutz für die weitere Reise. Schutz der nötig war, denn in diesen Tagen wusste niemand, wie viele Orks oder Schwarzdrachen sich im Barog aufhielten. Und niemand konnte vorhersagen, wo man auf sie treffen würde.

Eine Stunde später brachen sie wieder auf. Sie ritten schnell, denn das Wetter war gut. In der Luft lag etwas, das jeden mit Energie und Tatendrang füllte. Die Landschaft flog an ihnen vorbei.
Am Abend des 18ten erreichten sie die ersten Ausläufer der großen östlichen Wiese, die allerdings aufgrund ihrer ganzjährig gut wachsenden Gräser meist nur die

Saftwiesen genannt wurde. Dies schien nach der Flut wieder so zu sein wie eh und je.
„Seht nur die Feuerspitze!“ So nahe war Fengrin dem gewaltigen Bergmassiv, dem Baroggebirge mit seiner vulkanischen Königin, der Feuerspitze, noch nie gewesen. Stolz lag der Berg im Dämmerlicht der untergehenden Sonne. Rot pulsierte der vulkanische Gipfel und auf den höheren Kämmen war er mit Schnee bedeckt.
Lange standen die Reisenden still und beobachteten das pulsierende Licht des Berges, der seit Urzeiten das majestätische Wahrzeichen Baliors war.
„Solange die Feuerspitze steht, gibt es Hoffnung in der Welt“, sagte einer der Zentauren.
„Es heißt aber auch, dass Orks ihre Gefangenen dem Namses dort oben opferten, bevor sie von den Drachen vertrieben wurden“, antwortete Quam.
„Sie ist nicht gut oder böse. Sie ist das, was ein jeder in ihr sehen mag. Sie kümmert sich nicht um die Geschicke der Wesen, die um sie leben“, schloss Turidin, bevor noch eine längere Diskussion über den Charakter eines Berges ausbräche. Fest stand, keines der Völker dieses Kontinents sah nicht zu ihr auf. Sie war der Nabel der ihnen bekannten Welt, und jeder verehrte sie auf seine Weise.
Trotz Turidins Einwurf entbrannte eine Diskussion unter den Gefährten. Kopfschüttelnd hörte der Wächter zu.
„Balior ist das Zentrum des Universums“, behaupteten die beiden Brüder Rodegart und Donbrut.
„Die Sonne ist der Mittelpunkt, da sie Leben und Wärme schenkt“, konterten die Zentauren.
Alles sei relativ, warf Quam ein, und Balior könne sowohl der Mittelpunkt von allem sein, aber genauso gut auch nur ein Staubkorn im Nichts. Das sorgte schon für verblüffte Blicke unter den Anwesenden, doch als er nun noch behauptete, dass er, Quam, eventuell das einzig Reale sei und alle anderen nur eine Projektion seines Geistes, erntete er lautstarken Protest.

Turidin lauschte bedächtig und wunderte sich, woher der Zwerg nur all dieses Wissen erlangt hatte, das zweifellos der hohen theoretischen Philosophie der östlichen Elben entsprungen war. Er überlegte, wie er die Diskussion beenden könne, ohne zu viel seines Wissens um den Allvater und die Götter preiszugeben, als etwas in der Ferne einen Schrei ausstieß. „Hört! Drachen!“
Richtig, in der Ferne erklang der Ruf eines Drachen durch die Nacht, doch konnte man von hier aus nicht feststellen, welcher Art er war und zu welchem Zweck er seine Runden zog.
„Die kümmern sich nicht um uns“, beruhigte Turidin. „Erst wenn wir die Krähenhügel hinter uns gelassen haben, kommen wir ihnen so nahe, dass wir Bekanntschaft mit ihnen machen könnten.“
„Schwarze Drachen!“, erklang Hipoteres Stimme verächtlich. „Die Diener des Namses. Wer sollte es sonst sein?“

Stumm packten sie ihre Pferde ab und bereiteten ein Lager für die Nacht. Die Zentauren wollten am nächsten Morgen den Rückweg in die Berge antreten, und Fengrin und seine Freunde hatten sich vorgenommen, die Saftwiesen bis zur nächsten Nacht durchquert zu haben, um im Schutz der Krähenhügel zu kampieren.
Die Sonne verabschiedete sich nun vollends, und der Mond stach als Sichel hell vom schwarzen Nachthimmel ab. Von Süden her drang ein dumpfes Grollen aus dem Berg und Fengrin durchlief ein Schauer.
„Die Drachen schmieden wieder“, flüsterte er heiser. Denn so hieß es in den Zwergenmärchen.
Turidin saß am Feuer und rauchte Pfeife. Er lächelte über das teils noch kindliche Gemüt des Zwergs. Noch kein erwachsener Mann, doch auch kein Kind mehr, eine schwierige Zeit für alle Wesen der Welt. Es erschien ihm müßig, Fengrin zu erklären, dass es lediglich die brodelnde Lava des Vulkans war, die wie in einem Kessel Eintopf vor sich hin blubberte und dann und

wann tosend in sich zusammenfiel. Sollte Fengrin seine Welt noch so sehen, wie er sie sehen mochte.
Rodegart und Donbrut schliefen fest. Die Zentauren hatten ein eigenes Feuer entfacht und saßen etwas abseits, stumm in die Flammen starrend. Alle dösten oder verbrachen die Zeit mit Nichtstun. Lediglich Quam studierte die Karte, die sie erbeutet hatten, und sah immer wieder auf das Amulett aus dem Schiff, das er ständig bei sich trug. Das Cadion Sollunon, dessen Pendant Turidins Stab zierte.

Der Wächter hatte beschlossen, den Weg nach Süden über die Krähenhügel zu nehmen. Dann wollte er nach Westen schwenken. Dort ließ sich die Feuerspitze am einfachsten besteigen.
Er wollte das Land auf den letzten Akt vorbereiten. Die Welt war im Wandel. Er konnte es spüren. Es war Zeit die Räder in Gang zu setzen und einen Funken zu entfachen.
Turidin klopfte seine Pfeife aus und wickelte sich in seinen Mantel. Dann schlief er ein.

Am Morgen wurde er durch das Lachen von Donbrut und Rodegart geweckt. Sie waren vor Tagesanbruch auf die Jagd gegangen und hatten einen Hasen erlegt. Ein stattliches Tier, das den fünf ein leckeres Mittagessen geben würde.
Turidin fröstelte, es war nach Sonnenaufgang, doch die Sonne tastete noch kraftlos und zaghaft mit ihren Fühlern über das Land. Nebel bedeckte das taunasse Land um sie herum.
Die Zentauren standen bereits abreisebereit in einer Reihe. Gespenstisch wirkten sie dort, starr und mit dem Nebel verschwimmend. Sie schienen auf sein Erwachen gewartet zu haben, denn Hipoteres trat nun vor, um sich von Turidin zu verabschieden.
„Ich werde mit meinen Männern nun zurückkehren in die Sacris Polis. In etwa einer Stunde verlasst ihr das Gebiet, das zu unserem Clan gehört, und werdet bald

auf Menschen oder Orks stoßen. Seid vorsichtig, wenn ihr am Fuße des Barogs reitet. Die Schwarzdrachen herrschen seit einiger Zeit dort, und keiner hat seit Jahren einen der Lichtdrachen gesehen. In den ersten Jahren der Flut kamen sie noch regelmäßig zu uns, doch ohne erkennbaren Grund blieben sie plötzlich aus …“
„Ich vermute, Hipoteres, dass sie genau wie Metas dem Namses in die Hände gefallen sind. Wir werden es erkunden müssen. Aber hab Dank für den Schutz und eure Gastfreundschaft.“ Er reichte dem Zentauren die Hand und dieser verneigte sich leicht. „Eines noch Hipoteres. Sage deinem Vater, dass ich nicht mehr zurückkehren werde. Mein Weg wird wohl auf dieser Reise enden, doch wird ein Nachfolger bestimmt werden ehe ich zurück ins Licht gehe. Wenn es in meiner Macht steht. So oder so ist die Zeit Metas’ und auch die meine verronnen. Mein Erbe wird es sein, der in Zukunft in der Geschichte Baliors die Weichen zum Guten hin stellen muss. Sag es deinem Vater, und auch dass es einen zweiten, einen großen Bund geben wird. Einen Bund der Völker, mit dem eine neue Ära anbricht auf Balior. Er wird wissen, was zu tun ist.“
Der junge Zentaur verneigte sich abermals und die Pferdemenschen trabten davon.

Kurze Zeit später setzte auch die Gefolgschaft der fünf ihren Weg nach Süden fort. Langsam und gemächlich lenkten sie die Pferde durch die wogenden Gräser der Saftwiesen. Es war kühl und windig, doch alle waren guter Dinge. Quam sang sogar einige Weisen zwergischen Liedguts. Tragende Klänge mit einfachen und eingängigen Melodien. So zogen sie Stunde um Stunde durch die Weiten.

Es war der frühe Abend des 19. Hartung des Jahres 11 nach der großen Flut.

6. Die kalte Wüste

Die Abendstunden des 3. Hartung des Jahres 11 nach der großen Flut.

Hel´ blickte mürrisch in den düsteren Himmel über Bash. Es war kalt und der Wind riss an den Wimpeln und Fahnen, die die kleine Feste schmückten. Hel´ zurrte seinen Umhang enger und trat vor das Tor. Der Wind zerrte an ihm und die feuchte Kälte trat durch alle Ritzen seiner Kleidung. Mit einer hastigen Handbewegung zog er die Kapuze des groben Leinenmantels wieder über seinen kahl rasierten Schädel. Seine grüne Haut wirkte fast schwarz in der Dunkelheit.
Er hasste es, bei diesem Wetter nach draußen zu müssen, aber er machte sich Sorgen über den Zustand seiner Waren, die unweit der Feste in einer Senke lagerten. Vom Sturm umhergeschleuderte Äste oder Dachpfannen konnten großen Schaden an seinem Hab und Gut anrichten, und selten war es möglich oder gar billig, die Schäden zu reparieren. Ab und an musste man sogar etwas ganz abschreiben.
Er stand fast senkrecht gegen den Wind und musste seine ganze Kraft einsetzen, um seinen massigen Körper voranzuschleppen. Seine Muskeln spannten sich, und er schob sich langsam in Richtung der Senke. Er blickte zum Stall, in dem sein Pferd unruhig mit den Hufen scharrte. Zumindest das war ein sicherer Platz vor dem Sturm. Lilafarbene Wolkenfetzen flogen über den Himmel, bildeten wie im Zeitraffer immer neue Gestalten, um sich dann ebenso rasch wieder aufzulösen.
Wie froh er war, den ganzen Haufen spätestens in vier Wochen verkauft zu haben! Er würde genug Geld verdienen, um weitere sechs oder sieben Monate leben zu können. Ein kehliger Grunzlaut, der ein Lachen hätte sein können, drang aus seinem Maul. Wo nur die Händler aus dem Norden blieben?

Hel´ erreichte die Vertiefung. Mit einem Blick erkannte er die Lage: Gut ein Dutzend Sklaven drängten sich in einer Ecke der Senke. Dort hatte Hel´ ein Dach aus Holz errichten lassen, das bedenklich im Takt der Windböen wogte. Im Pferch lag die Leiche eines Menschen, gekrümmt unter einem dicken Ast.
„Gush!“, dachte Hel´. Der Tote war ein besonders starkes Exemplar seiner Gattung gewesen und hätte wahrscheinlich den Preis von zwei dieser weinerlichen und zerbrechlichen Gestalten eingebracht. Hel´ handelte lieber mit Zwergen, sie waren zäh und widerstandsfähig und brachten mehr ein. Doch Zwerge waren in diesen Tagen schwer zu bekommen, Menschen allerdings gab es in Hülle und Fülle.
Die Ketten, mit denen die Sklaven an einem Pfahl fixiert waren, hingen teilweise straff gespannt in der Luft. Ein Menschenweibchen blickte Hel´ aus großen Augen an. Hel´ öffnete die Holzpforte und stieg die in den Boden gegrabenen Stufen herab. Wütend trat er einige Knochen, die abgenagt auf einem Haufen lagen, beiseite. Was allein das Futter für dieses Pack kostete ...
Er zog eine Peitsche aus seinem Gürtel und holte aus. Wahllos drosch er auf den Klumpen lebender Kreaturen ein. „Auseinander, ihr verlausten Schweine!“
Die Sklaven erhoben sich und stellten sich in einer Reihe auf. Sie kannten die Prozedur, mit der Hel´ dreimal täglich ihre Ketten überprüfte. Hel´ kontrollierte sehr genau. Einmal, vor etwa drei Jahren, waren ihm zwei Zwerge entkommen. Es hatte ihn drei ganze Tage gekostet, die er mit seinem Bruder Cil´ Tag und Nacht in der Wüste verbringen musste, nur um später die Leichen der Entkommenen ausfindig zu machen. Sie fanden sie in einem abgelegenen Tal nahe der Grenze. Das sollte ihm nicht noch einmal passieren.
Die Ketten saßen fest, und der Ork steckte zufrieden die Peitsche wieder in den Gürtel. Auf dem Rückweg kam er an der Leiche des erschlagenen Menschen vorbei. Mit einem Tritt stieß er den riesigen Ast von dem Kadaver, dann griff er einen Arm des Toten und wuchtete sich die

Leiche auf den Rücken. Morgen Mittag würde seine Ware Gebratenes vorgesetzt bekommen. Und sie würden essen! Wenn nicht gleich, dann in ein paar Tagen.
Zu dem Wind und den irrealen Wolken gesellte sich nun auch Regen, der in dicken Tropfen auf Hel´s Gesicht klatschte. Er wuchtete den Leichnam des Mannes auf ein Gatter und ritzte mit seinem Messer die herunterhängenden Handgelenke des Menschen auf. Das Gleiche vollzog er an der Halsschlagader und den Fersen. So konnte der Tote ausbluten, und Hel´ war sicher, dass dieser Sklave keinen Fluchtversuch begehen konnte.
Blut und Regen vermischten sich zu einer trüben Pampe, die schwer in dem lehmigen Boden versickerte. Die Leiche zappelte im Wind, und fast hätte man meinen können, der Mensch lebe noch. Zufrieden schlurfte Hel´ zurück in die Feste.
Der kleine Außenposten am östlichen Rande des orkischen Reichs bestand nur aus einem großen Raum im Parterre und einer Galerie im ersten Stock. Außer einigen Schießscharten, durch die man bei Bedarf mit einer Armbrust feuern konnte, gab es keine Fenster in dem Raum. Das Tor war aus massiver Mooreiche gezimmert und mit ehernen Beschlägen bestückt. Zwei Stufen führten hinab ins Innere.
Hel´ hing seinen nassen Mantel in die Nähe des Feuers an einen großen Haken, der in die Wand gemörtelt war. Er stocherte mit einer Stange in der Glut. Funken stoben nach oben und tanzten durch den Raum. „Beschissenes Leben“, knurrte Hel´ halblaut.
Bis zu sechs Monate am Stück hing er in dieser halb verfallenen Bude herum und wartete auf die Sklavenfänger, die ihm ihre Beute verkauften. Dann brach er mit seiner Ware nach Orkturem oder Orkfesta, den beiden größten Sklavenmärkten, auf und verhökerte die Sklaven an Minenbesitzer oder einen der reichen Militärs. Von dem Geld konnten er und seine Familie einige Monate lang leben und sogar etwas zur Seite legen.

So lebte Hel´ also seit Jahren nur einige Monate im Jahr mit seiner Frau und den Kinder zusammen. Sie verbrachten ihr Leben in Hel´s Haus im Krämerviertel von Orkfesta, der Hauptstadt des orkischen Reiches.
Er liebte es, mit seinem Söhnen zu jagen oder ihnen das Fechten und den Umgang mit Axt und Speer zu lehren. Doch wie alle, die fern der Heimat arbeiteten, fand er viel zu wenig Zeit für sie. Leider trauten sich die meist menschlichen Händler nicht tiefer in die Wüste Bash, da sie, nicht ganz zu Unrecht, Angst hatten, selbst gefangen und verkauft zu werden. Einzelne Orks konnten wiederum ihr Gebiet kaum verlassen, da Zentauren und Mazaranen, sobald sie nur den Fuß außerhalb ihrer Grenzen setzten, eine erbitterte Jagd auf die Orks begannen. Zusätzlich bestand immer die Gefahr, in einen Krieg zweier Clans zu geraten.
Verdammte Zwietracht! Wenn sie nur vereinigt wären. Wenn nur ein Führer alle Stämme der Orks unter sich einen könnte. Sie würden wie eine Flut über Balior herfallen, diese verweichlichten Kinder Caliors endlich unterwerfen und ihren rechtmäßigen Platz in der Geschichte einnehmen!

Hel´ ließ sich auf ein Lager aus dicken Pelzschwein-Fellen sinken und summte die Melodie eines der alten orkischen Lieder in die Stille. Kurz darauf schlief er ein. Der Sturm brauste wieder auf und rappelte an den Dachziegeln der kleinen Grenzburg, die einsam in den Weiten der kalten Wüste lag. Regen trommelte unablässig gegen die Mauern. Langsam erstarb auch das Feuer, neben dem Hel´ zufrieden schnarchend schlief.

Noch müde und mit schmerzenden Gliedern erhob sich Hel´ kurz nach Sonnenaufgang. Draußen war es ruhig und für dieses Land sogar friedlich. Er warf sich den Mantel über und stapfte vor das Tor. Hinter dem Haus unter einem Holzverschlag lagerte der Ork sein Brennholz. Er schichtete einige Äste und kleinere

Zweige auf einen Karren und zog ihn vor die Zitadelle. Hel´ lud den Karren ab und holte noch eine weitere Fuhre Holz. Dann entfachte er ein Feuer.
Geistesabwesend starrte Hel´ in die Flammen. Wie hypnotisiert vergaß er seine Umgebung, raffte sich dann doch auf und holte den ausgebluteten Kadaver des toten Sklaven. Mit einem Beil hackte der Ork erst die Arme, dann die Beine vom Torso, trennte den Kopf ab und öffnete den Brustkorb. Schnell und geschickt weidete er den Kadaver aus. Das Feuer brannte prächtig. Er schnitt dicke Fleischbrocken aus den Beinen und spießte sie auf seinen eisernen Speer. Den rammte er mit dem stumpfen Ende im passenden Winkel über die Flammen in den Boden. Sofort begann das Fett aus dem Fleisch in die Glut zu tropfen und dichter Rauch quoll hervor.
Die Zubereitung des gesamten Fleisches dauerte mehr als drei Stunden. Hände, Füße und Knochen sowie den Kopf vergrub er unweit der Feste.

Gegen Mittag erreichte er den Pferch, in dem er seine Sklaven hielt. In einem Sack trug er das gebratene Fleisch und in einem Eimer Wasser. Er wusste, was nun folgen würde. Die Sklaven, vor allem die Menschen, würden ein fürchterliches Gezeter anstimmen. Warum nur? Er verstand zwar, dass sie sich vor ihresgleichen ekelten, so weich und rosig sie meist waren, doch schmeckte das Fleisch gut und auch der Gestank verschwand beim Braten gänzlich. Es war nicht zu fett, und richtig zubereitet galt es bei einigen Orks sogar als Delikatesse.
Ein Ork in Not würde jeder Zeit seinen gefallenen Kameraden verzehren. Warum auch nicht?
Sollte ein anderer die Eigenarten von Caliors Brut verstehen, er nicht. Hel´ stellte den Eimer ab und warf den Sack auf den Boden. Dann wandte er sich ab und ging. Kurz bevor er die Burg erreichte, hörte er den Aufschrei des Entsetzens, der sich aus der Senke erhob.

„Menschen“, murmelte er verächtlich. Sie würden es schon essen, spätestens wenn sie vor Hunger den lehmigen Boden der Senke kauten. Wenn erst der erste seine Hemmungen fallen ließ, folgten die anderen. Alle! So war es auch damals mit den beiden Zwergen gewesen, die die Flucht gewagt hatten.

Hel´ bereitete sein Frühstück. Er hatte sich ein gutes Stück Schulter zurückgelegt und briet es nun in einer Pfanne. Schade, dass er keine Gimpelkörner hatte, die hätten dem Braten die rechte Würze gegeben. So mussten es eben die Kräuter der Umgebung tun. Ein würziger Geruch stieg ihm in die Nüstern, und das Wasser lief ihm im Maul zusammen. Er überlegte, ob er beim nächsten Einkauf nicht zu einem billigen Preis ein oder zwei alte oder gebrechliche Sklaven erwerben sollte, um sie bei Bedarf zu schlachten.
Der Versuch, sich die Zeit mit dem Menschenweibchen zu vertreiben, war fehlgeschlagen. Zu groß war Hel´s Ekel vor dem blassen Fleisch und dem entsetzlichen Gestank gewesen. Er dachte nach. Sie konnte er schlachten.

Nach dem Frühstück rülpste Hel´ zufrieden und pulte mit seinem Messer einige Sehnen und Muskelfasern aus seinen spitzen Hauern. Spätestens in einer Woche würden die letzten Händler eintreffen, und er könnte aufbrechen. Meist tauchten ein oder zwei Trupps Fänger im Monat auf und boten gut und gern ein halbes Dutzend Sklaven feil.
Hel´s Posten lag weit ab, was den Vorteil hatte, dass er sich die besten Sklaven zuerst aussuchen konnte. Er war bekannt für seine makellose Ware. Doch leider konnte er meist nie mehr als ein oder zwei Sklaven aus einer Gruppe kaufen. Zum einen, weil es besser war, Sklaven aus einem Fang zu trennen, zum anderen, weil er sehr auf Qualität achtete. In manchen Monaten tauchte auch kein Händler bei Hel´ auf, und er vertrieb sich die Zeit mit Schnitzen oder dem Lesen der Bücher,

die er hier in dem Bau gefunden oder nach und nach gesammelt hatte. Die Zitadelle stammte noch aus dem Beginn des letzten Krieges gegen die Zwerge. Das war lange vor Hel´s Geburt gewesen. Später, als die Kampfhandlungen sich nach Westen verlegten und noch später eine Art Waffenstillstand durch die Flut eintrat, wurde sie aufgegeben, und Hel´ hatte sie von einem orkischen Clanchef hier im Osten gekauft.
Zehn Jahre übte er nun diesen Beruf aus. Zehn Jahre, in denen er gut, im Vergleich zu seinem Sold in der Armee sogar königlich verdient hatte. Viel hatte er beiseitegelegt. Anfangs hatte er den Posten noch mit seinem Bruder Cil´ betrieben, doch hatte der vor drei, vier Jahren angefangen einen weiteren Posten im Westen aufzubauen und war mit seiner Familie später nach Orkturem gezogen. Damals war der Posten ständig besetzt gewesen, und ihr Gewinn weit höher als heute.
Nun sahen sie sich nur noch ab und an auf den Sklavenmärkten, die von Hartung bis Herbstmond stattfanden, und auf der Ehrenfeier der gefallenen Krieger im Dachsmond.
„Das reicht eigentlich auch“, dachte Hel´, der in seinem Bruder auch immer den Konkurrenten für Nahrung und Frauen gesehen hatte. Hel´s Söhne waren da anders. Sie waren loyal zueinander und unterstützten sich. Eigenartig für Orkbrüder, aber schön zu betrachten.
Hel´ griff sich sein Lieblingsbuch aus dem Regal, das in einer Ecke des Raumes stand und voller Bücher war. Es waren Prophezeiungen eines Sehers, der einen Krieg und die entscheidende Schlacht zwischen den Heeren des Namses und den Truppen Caliors voraussagte. Diwar´, so nannte sich der Prophet, warnte jedoch davor, die Kinder Caliors auszurotten, da dies unweigerlich den Untergang der Orks zur Folge hätte. Ein Mensch schwarzen Blutes würde die Heerscharen der Orks und Oger, der Schwarzen Drachen und Magier einigen und führen.
Hel´ liebte diese Geschichte, nur dass ausgerechnet ein Mensch die Führung erhalten sollte, störte ihn. Und

selbst der Gedanke an eine Allianz mit den Schwarzdrachen weckte Widerwillen in ihm, da diese in ihrer boshaften Hinterhältigkeit weder Freund noch Bruder kannten, wenn es um ihre Interessen ging. Das hatten die letzten Tage der Kämpfe im Barog gezeigt. Es würde schwierig, die Rassen des Namses zu einen, das war sicher. Trolle waren geschickte Handwerker, sie waren mit den Orks am nächsten verwandt. Die riesigen Oger waren stark, aber dumm. Sie ließen sich leicht beeinflussen, ideale Verbündete also. Hel´ bedauerte ein wenig, dass er diese Zeit der Vereinigung wohl nicht erleben würde.
Eine andere Schrift aber beunruhigte ihn zutiefst. Die, in welcher der Seher vom Auszug des Leidenden sprach. Trotz allen Nachdenkens wurde Hel´ aus dieser düsteren Prophezeiung der Entsetzung nicht schlau. Wochen hatte er bereits über den verschlüsselten Worten gebrütet, ohne einen Sinn zu erkennen. Er klappte das Buch zu und verließ die Burg, um die Ketten der Sklaven zu kontrollieren. Ob er das Weibchen der Menschen gleich mitnehmen sollte? Grinsend zog er seine Peitsche aus dem Gürtel.

Eine weitere Woche verging, und Hel´ beschloss, nicht länger auf den Schinder und seine Truppe zu warten. Wahrscheinlich hatte einer der anderen Händler sie abgefangen und ihnen die gesamte Ware abgekauft. Diese umherziehenden Händler waren wie die Pest. Immer mehr von ihnen zogen die Grenzen des Reiches auf und ab. Feste Stationen wie diese würden in ein paar Jahren wohl überflüssig werden. Oder aber die Gruppe um den Schinder war bei ihren Raubzügen gefangen oder getötet worden.
„Alles möglich", dachte Hel´ und schüttelte den Kopf. Ihm war es letztendlich egal, was ihnen geschehen war, Hauptsache, er konnte weiter handeln. Mit wem und mit was war ihm gleichgültig.
Hel´ verriegelte die Schießscharten, verschloss das Bücherregal und löschte das Feuer. Fast wehmütig

blickte er in den düsteren Raum, bevor er aus dem Tor ins Freie trat. Woche um Woche stupide Langeweile, nur unterbrochen von den Besuchen der Händler, lagen hinter ihm. Lange Monologe und langweiliges Essen. Trotzdem ließ es ihn nicht völlig kalt, wenn er diesen Ort verließ. Er sollte sich für das nächste Mal einen Gesprächspartner einladen.
Im letzten Jahr hatte er sich ab und an einen alten Zwerg in die Feste genommen. Dieser sprach außer Balia (der gemeinsamen Großen Sprache) auch etwas orkisch, und so konnte Hel´ einige der Philosophien seiner Rasse mit ihm erörtern. Am Ende der Zeit hatte es ihm beinahe leidgetan, den Zwerg zu verkaufen, und er hatte beschlossen, in Zukunft keinen engeren Kontakt zu seinem Hab und Gut zu suchen.

Hel´ kontrollierte noch einmal, ob die Feste verriegelt war, und wandte sich zur Senke. Dreieinhalb schwierige Tage lagen vor ihm. Zu Pferd war die Strecke von hier nach Orkfesta in gut einem Tag zu bewältigen, aber die Sklaven mussten laufen. Und mit den Ketten um ihre Hand- und Fußgelenke kamen sie nur schleppend voran.

Er löste das Schloss von dem Pfahl, an den die Sklaven gekettet waren, und hielt den Ring, an dem die Ketten hingen, fest in seiner Pranke.
„Wir werden nun aufbrechen. Falls einer von euch flieht oder auch nur den Anschein erweckt, über Flucht nachzudenken, werde ich ihn sofort und ohne Zögern töten. Außerdem glaube ich nicht, dass ihr auch nur einen Tag ohne mich in der Wüste überlebt. Glaubt mir, nicht alle Orks sind so gut zu euch, wie ich es war. Und nun: Folgt mir!“
Hel´ schritt, die Kette in der Hand, zu seinem Pferd. Die Sklaven folgten ihm, ohne zu zögern. Nicht einmal das kleinste Zerren oder Ziehen spannte die Kette.
Kopfschüttelnd kam Hel´ an dem Sack Fleisch vorbei, der unangetastet auf dem Boden lag. Was beim Namses

hatten sie nur gegessen? Stur wie ein Fels war diese Brut hier. Umso einfacher würde es für Hel´ werden, sie zu führen. Hunger macht gefügig und schadet nicht so sehr wie Durst.
Hel´ verankerte den Eisenring an seinem Sattel und stieg auf das Pferd. Dann wandte er sich zu seinen Waren und grinste zufrieden. Er liebte die Angst in ihren Augen. Das Bangen vor der Zukunft, in wessen Besitz sie verkauft würden und was aus ihnen würde, wenn niemand sie wollte.
Hel´ drückte seine Fersen leicht in die Flanke des Pferdes und es trottete langsam und vorsichtig los. Es schien zu wissen, welch wertvolle Fracht an seinem Sattel befestigt war.

Die Gruppe wandte sich nach Westen, um ein Geröllfeld zu umgehen, das zu Pferd nicht zu durchqueren war, da dem Tier zwischen den Steinen ein Gelenkbruch drohte. Selbst zu Fuß war es schwierig, die lockeren spitzen Steine unbeschadet zu passieren. In etwa ein bis zwei Stunden würden sie dann nach Süden schwenken, geradewegs auf Orkfesta zu. Hel´ hatte beschlossen, die erste Nacht in einem Bauernhof inmitten einer der wenigen Oasen der Wüste Bash zu verbringen. Für ein paar Silberstücke würden die Bauern dort die Sklaven bewachen und ihn bewirten. Nach all der Zeit hatte er sich etwas Gesellschaft verdient.

Er blickte in den immer düstereren Himmel über ihm, und kalter Wind kroch unter seinen Mantel. Je tiefer man in die Bash kam, desto dunkler wurde es. Ein Phänomen, das mit den Gasen, die aus zahlreichen Quellen strömten, und dem großen Temperaturunterschied von Erde und Himmel zusammenhing. Über Bash hafteten Wolken wie Pech.
Orks hassten Licht und Sonne. Sie lebten mit Vorliebe hier. In seinen Plänen über die Unterwerfung der anderen Völker Baliors hatte Hel´ oft darüber nachgedacht, wie es anzustellen war, auch die hellen

und sonnendurchfluteten Stellen Baliors zu regieren. Und zwar bei Tag und Nacht. Das Baroggebirge war ideal für eine Hauptstadt oder die Zentralregierung. Auch der Verduvil und der Alierwald waren anheimelnd dunkel. Schwierig würde es auf der Ebene nördlich der Wüste und den Saftwiesen westlich des Braunbaumwaldes. Aber mit Hilfe der Oger nicht unmöglich.

Mit solchen Gedanken rund um ein zukünftiges großorkisches Reich vertrieb sich Hel´ die Zeit. Fast hätte er die Sklaven, die hinter ihm her trotteten, vergessen, als plötzlich ein Ruck an der Kette zu spüren war, und ein Aufschrei durch die Gruppe der Verzweifelten ging. Hel´ zuckte zusammen. In wenigen Sekunden und mit einer Geschwindigkeit, die man bei seinem Alter und seiner Masse kaum vermutet hätte, rutschte er vom Pferd und hielt Schwert und Peitsche in den Händen. Er fluchte: „Gush!“. Er war so in seine Gedanken versunken gewesen, dass er nicht bemerkt hatte, dass ein einzelner Purek, eine Raubkatze mit riesigen Eckzähnen, scharfen Krallen und blau-schwarzem Fell, über das letzte Mitglied der Gruppe hergefallen war. Ein Zwerg, der nun auf dem Rücken lag, die Arme schützend vor den Kopf hielt und hysterisch schrie. Die grauen Kleider des Zwergs und das bläuliche Fell der Raubkatze vermischten sich zu einem wirren Knäuel aus Stoff und Fell, Händen, die abwehrten, und Tatzen, die zuschlugen.
Die anderen Sklaven versuchten, das Tier durch lautes Brüllen und Kettenrasseln zu vertreiben. Grotesk, man hätte meinen können, sie feuerten den einen oder anderen der Kontrahenten an.
Hel´ griff seinen Speer aus dem Halfter des Sattels, zielte kurz und warf. Der Speer bohrte sich durch das Tier. Knochen barsten und Blut spritzte rhythmisch durch die Luft. Die Waffe trat kurz hinter dem Hals des Tieres ein und an seiner Kehle wieder aus, wenige Fingerbreit neben dem Hals des Zwergs. Ein Wimmern drang aus

der Kehle des Purek und verstummte schließlich. Stille lag über der Szenerie.
Die anderen staunten und gafften mit offenen Mund Hel´ hinterher. Er spürte förmlich ihre bewundernden Blicke und fühlte sich geschmeichelt. Er trat neben den Kadaver des Tieres und zog seinen Speer aus dem Purek.
Es gab nicht mehr allzu viele von ihnen und dieses hier, ein ausgewachsenes Männchen, war ein kümmerliches Exemplar seiner Gattung. Keine fünfzig Kilo schwer und nicht mal eine Länge ohne Schwanz.
Warum das Tier alleine jagen musste, lag auf der Hand. Die linke hintere Pfote war verkrüppelt. Das Rudel hatte das Tier wohl verstoßen, als es nicht mehr jagen konnte. Das erklärte auch, warum es die Reisenden angegriffen hatte. Es musste seit Wochen von Vogeleiern und Kadavern gelebt haben.
„Armes Vieh“, dachte Hel´. Er sah in diesem Tier eine Art Seelenverwandtschaft zu den Orks. Einst die Herrscher der Wüste Bash und die uneingeschränkten Regenten ihrer Umgebung, nun uneinig und von der Außenwelt in der Existenz bedroht.
Er half dem Zwerg auf, kontrollierte die Ketten der Gruppe und wuchtete das tote Tier auf seinen Sattel. Ein König der Wüste starb für das Leben eines Sklaven.
„Was für eine verdrehte Welt“, dachte Hel´. Im Tausch für Fell und Fleisch würden sie diese Nacht bestimmt Obdach und Bewirtung finden.
Der Graue, wie Hel´ den Zwerg nannte, hatte kaum Verletzungen davongetragen, außer einigen tiefen, aber nicht gefährlichen Kratzern auf den Unterarmen und seiner Brust. Der Zwerg hatte Glück gehabt, und Hel´ war froh, nicht noch einen Gefangenen zu verlieren. Außerdem hatte der gezielte Speerwurf auch noch den letzten Gedanken an Flucht bei seinen Sklaven erstickt.
Hel´ erinnerte sich an die Jagdausflüge die er in seiner Kindheit mit seinem Bruder und seinem Vater unternommen hatte. Manchmal waren sie tagelang unterwegs gewesen, um Pureks oder wilde Fellschweine

zu erlegen. Einmal hatte sie ein verwundeter Höhlenbär angegriffen, und Hel´ war es gelungen, ihn mit einem gelungenen Speerwurf mitten ins Auge zu töten. Damit hatte er wahrscheinlich allen das Leben gerettet. Cil´, sein Bruder, war damals darüber dermaßen wütend gewesen, dass er tagelang nicht mit ihm sprach. Sein Vater hingegen erzählte die Geschichte über lange Jahre hinweg immer dann, wenn ein Gespräch auf die Jagd oder auf den perfekten Umgang mit Waffen kam. Hel´ hatte über die Zeit vergessen, ob er damals gezielt geworfen oder nur einfach Glück gehabt hatte.

Die Gruppe setzte ihren Weg fort. Hel´ versank wieder in Gedanken. Diesmal suchte er nach Erinnerungen an seinen Vater und seine Mutter, die lange tot waren. Sie hatten seinen Weg vom Soldaten zum Händler nicht mehr miterlebt. Wortlos folgten die Sklaven dem Pferd, und so trotteten sie Stunde um Stunde weiter gen Süden.

Die Landschaft veränderte sich kaum, nur ein kleiner Hügel hier und dort bot etwas Abwechslung in der Ebene dieser grauen Hochwüste. Einmal sahen sie in der Ferne eine Gruppe Reiter vorbeiziehen, doch kümmerten diese sich nicht um Hel´ und sein Eigentum. Hel´ war sogar erleichtert, als sie am Horizont verschwanden. Oft hatte er gehört, dass Händler von umherziehenden Trupps arbeitsloser Söldner überfallen und ausgeraubt würden.

Es wurde dunkel und sie erreichten die Oase, in der Hel´ die Nacht verbringen wollte. Die schwierigste Etappe war geschafft! Die Eigentümer kannten Hel´ gut. Schließlich kam er regelmäßig hier vorbei. Er war ein gern gesehener Gast. Kaum erreichten sie das Tor, das die einzige Öffnung in der hohen Steinmauer rund um das Gehöft war, trat auch schon Garek, der Besitzer und Familienoberste, heraus und begrüße Hel´.

„Hel´! Wie schön, dich einmal wiederzusehen. Auf dem Weg zum Markt?“
„Ja, Garek. Ich hab’s wieder mal hinter mir. Und gutes Essen und gute Unterhaltung bitter nötig.“
Garek blickte zu den Gefangenen und hob die Brauen. „Das ist ja beste Qualität. Wie machst du das nur immer? Dieses Jahr waren schon einige Händler an unserem Tor, aber keiner hatte annähernd eine solche Güte anzubieten.“
Hel´ lachte. Er wusste, dass Garek das Jahr über immer Augen und Ohren offen hielt, um für Hel´ nützliche Informationen zu bekommen. So konnte er schon im Vorfeld absehen, wie gut oder schlecht die Preise in einem Jahr standen. Er löste die Kette von seinem Sattel und übergab sie Reser, einem der älteren Söhne Gareks.
Garek lebte vom Rübenanbau und der Zucht von Hausschweinen und Hühnern. Im Allgemein galt das als wenig ehrenhaft bei den Orks, und einige ließen es ihn auch spüren. Doch sahen auch ärgste Kritiker ein, dass gerade in Zeiten wie diesen, sich immer mehr Orks durch Viehzucht oder Ackerbau ernähren mussten.

Reser brachte die Sklaven in einen Stall, der mit frischem Stroh ausgelegt war. Dort schloss er ihre Ketten einzeln an eingemörtelte Haken an. Dann brachte er ihnen mehrere Eimer Wasser. „Waschen und Trinken“, murmelte er kurz angebunden und schloss die Tür hinter sich. Resers Haut war nicht ganz so dunkel wie die Hel´s. Erst wenn Orks ihre volle Reife erlangten, dunkelte die Haut nach. Bei Reser sah man bereits hier und da nachgedunkelte Flecken an den Armen, die er stolz zeigte, indem er meist mit hochgekrempelten Ärmeln herumlief.
Im großen Wohnraum der Familie traf er wieder auf Hel´.
„Sie sind alle gut verschlossen. Ich werde ihnen später etwas zu essen bringen.“
„Danke, Reser.“ Hel´ nickte dem Jungen zu.

Reser und sein Bruder Tareg würden die Nacht über vor der Tür der Zelle wachen.
Hel´ und Garek vertieften sich bis zum Essen in eine angestrengte Diskussion über Neuigkeiten im Land und über Preise auf den Sklavenmärkten in Orkfesta und Orkturem. Auf dem Markt in Orkturem lagen die Preise in diesem Jahr etwas höher als in Orkfesta, wo Hel´ wohnte. Er hatte vor, dorthin zu gehen. Orkturem lag zu Fuß fast eine Woche entfernt und Hel´ vermutete, dass viele der Händler sich wegen der paar Silberstücke mehr auf den weiten Weg dorthin gemacht hatten. Bei solchem Überangebot würden die Preise schnell wieder sinken. Daher lohnte es sich für ihn kaum, nach Orkturem zu ziehen, zumal der Unterhalt für ihn und die Ware in fremden Städten teuer war. Diese Kosten hatte Hel´ in seiner Heimatstadt natürlich nicht zu bestreiten. Hel´ grübelte noch eine Weile, verkündete dann aber, dass er wie geplant nach Hause wolle, um dort sein Glück zu versuchen.
Der Duft des zubereiteten Pureks holte ihn und Garek aus ihrer Diskussion.
„Essen!“ Gut gelaunt betrat Faren, Gareks Frau, den Raum. Nach und nach trafen auch die anderen Familienmitglieder ein. Garek hatte sechs Söhne und drei Töchter. Tareg bewachte bereits die Sklaven.
Der Braten wurde mitten auf den groben Holztisch gestellt und als Gast durfte Hel´ die Stücke saftigen Fleisches verteilen. Höflich fragte er jeden der Anwesenden, welchen Teil des Tieres er ihm reichen dürfe. Dazu gab es Rüben und Kartoffeln und einen Sud aus Innereien, der herzhaft duftete. Obwohl das Tier im Leben eher kümmerlich gewesen war, schmeckte es und reichte, um alle zu sättigen. Für die Bauern war es eine willkommene Abwechslung und für Hel´ geradezu ein kurzer Einblick ins Paradies. Es wurde vergorene Schweinemilch gereicht, und Hel´ opferte sogar seine letzte Weißminze, um dem Mahl einen gebührenden Abschluss zu geben.

Dann holten Gareks Söhne ihre Trommeln, Flöten und Schellen und spielten schwere, tragende Melodien, zu denen die Töchter Gareks tanzten. Auch Hel´ gab sich einen Stoß und drehte ein paar Runden zum Takt der Musik, ließ sich aber dann, vom Vergorenen beschwipst und von der Reise ermattet, auf seinen Stuhl zurücksinken. Er bekam einen Schlafplatz nahe dem Feuer zugewiesen, und Gareks Familie verabschiedete sich bis zum Morgen.
Hel´ grunzte zufrieden. Die Gefangenen waren sicher und artgerecht versorgt. Die Preise auf den Märkten waren etwas höher als im vergangenen Jahr, und er hatte einen wirklich gelungenen Abend mit alten Freunden verbracht. Nur schade, dass er nie länger als eine Nacht hier verweilte. Irgendwann würde er mit seiner Frau und seinen Kindern herkommen und ein oder zwei Wochen bleiben. Von einem Augenblick zum anderen schlief er ein.

Morgens weckte ihn Garek mit Tee und Brot. Hel´ stärkte sich und verabschiedete sich von seinem Freund und dessen Familie. Die Sklaven waren sauber und schienen satt und sogar relativ zufrieden zu sein. Sie waren bereits wieder an ihren Ketten am Pferd befestigt. Alles war zur Weiterreise bereit. Der Trupp verließ die Oase, und Hel´ drehte sich nicht einmal mehr um. Garek würde er erst in ein paar Monaten wiedersehen, wenn er aus der Stadt zurück zu seinem Posten am Rande des Reiches kehrte.

Zwei Tage später erreichten sie die Tore von Orkfesta. Am Nordtor warteten bereits Händler aus dem ganzen Reich. Sie führten Sklaven und Waffen, Geschmeide und Steinzeug, Schnitzereien und Früchte mit sich. Zumeist Orks, Oger oder Trolle. Lediglich eine Gruppe Menschen befand sich unter den wartenden. „Mutig“, dachte sich Hel´.
Es waren drei Händler, die vier Zwerge als Sklaven verkaufen wollten. Sie schienen sich sichtlich unwohl zu

fühlen, denn für eine verwegene Gruppe Orks wäre es ein Leichtes, sich der vier Zwerge zu bemächtigen und zusätzlich deren Fänger zu verhökern. Die Zwerge indes schienen die Situation richtig einzuschätzen. Sie witzelten zum Verdruss ihrer Fänger und stachelten sogar einen Oger an, um sie zu kämpfen.
Hel´ beobachtete die Szene mit Erheiterung. Dann kam er an die Reihe. In den Marktstädten war es üblich, eine Steuer auf die einzuführenden Waren zu entrichten. Eine unangenehme, doch unvermeidliche Prozedur bei jeder Einreise.
Ein Troll mit einer Ladung Lederrüstungen knurrte mürrisch den Eintreiber an: „Eines Tages nehmt ihr noch Steuern auf die Steuern. Halsabschneider!" Er spuckte auf den Boden und ging weiter.
Den Eintreiber schien es nicht sonderlich zu verwundern. Solche Anfeindungen musste er sich sicher stündlich anhören. Und das wohl seit vielen Jahren. Hel´ nickte ihm zu und legte abgezähltes Silber auf den Tisch.
„Viel Glück", sagte der Eintreiber und nickte Hel´ freundlich zu.
„Danke", erwiderte Hel´ und zog weiter.
Weit hinter ihm, noch vor dem Tor mit der Zollstelle, brach ein Tumult aus. Er hörte Waffen klirren. Schreie, gefolgt von Applaus und Gelächter. Die Zwerge und ihre Fänger hatten wohl den Besitzer gewechselt. Hel´ schlug den Weg zum Marktplatz ein.
Er passierte die Stände anderer Händler. Überall brannten Tranlampen und Fackeln, denn in der Stadt war der Himmel noch düsterer als draußen vor den Toren. Auch hatte Hel` beinahe den Gestank vergessen, der modrig durch die Gassen zog. Der Markt lag inmitten der Altstadt, wo es keine Kanalisation, nicht einmal Frischwasser gab. Hier lebten nur Arme und Zugereiste. Oben auf dem Hügel der Südstadt, dort, wo Hel´ mit seiner Familie lebte, war die Luft rein und die Straßen waren sauber. Dort gab es Brunnen, Kanäle und Sickerlöcher.

Hel´ fand eine Stelle, an der er sich mit seinem Hab und Gut einrichten konnte. Er band sein Pferd an und kettete die Waren an die Mauerwand eines Hauses. Er wusste, dass er nicht lange warten müsste, bis sich jemand für seine Sklaven interessierte. Er war mit vielen bekannt und überall geachtet.
Hel´ bekam Durst. Er blickte durch das Gewirr von Ständen und Besuchern und erblickte in einer Ecke der Straße einen Stand, der Säfte und Vergorenes feilbot. Hel´ warf einen Blick auf seine Sklaven, die sich allesamt auf das Straßenpflaster gesetzt hatten, und mit dem Rücken an der Hauswand lehnten. Er ging zu dem Stand mit den Getränken.
Auch hier warteten bereits einige Orks und Oger. Hel´ stellte sich an. Für Vergorenes war es noch zu früh, und es war immer besser, mit klarem Kopf zu handeln und zu feilschen, obwohl der Duft von vergorener Milch gemischt mit Ochsenblut ihm süßlich und liebreizend in die Nüstern stieg. Er bestellte Wajabeerensaft mit Wasser verdünnt. Der Wirt reichte ihm einen henkellosen Krug und Hel´ leerte ihn mit einem Zug. Er legte etwas Silber auf den Tresen und stapfte zurück zu seinem Stand.

Es dauerte wirklich nicht lange und der erste Interessent trat an ihn heran. Es war Gulak, einer der Minenbesitzer aus dem südöstlichen Teil der Bash. Er kaufte ständig neue Sklaven ein. Ein Hinweis auf die harten Bedingungen und das kurze Leben, das die Sklaven in den Salzminen Gulaks erwarten würde. Gulak war riesig, selbst für einen Ork. Er überragte Hel´ um mindesten einen Kopf und war auch sichtbar breiter als der Händler. Gulak war grob in Auftreten und Manieren, einfach im Geist, doch ehrlich und willensstark. Hel´ hatte bereits manch zähe Verhandlung mit ihm geführt. Der Minenbesitzer war besonders interessiert an den Zwergen. Sie galten bei den Orks als zähe und widerstandsfähige Arbeiter.

Gulak trat an einen der Zwerge heran, kniete sich hin und griff nach seinem Kinn, um seine Zähne zu begutachten. „Gute Zähne“, knurrte er eher zu sich selbst als zu Hel´.
Der Zwerg stand regungslos da und blickte starr ins Leere.
Gulak wandte sich den anderen Zwergen zu, betastete sie, prüfte ihr Gebiss und gab zu jedem einen Kommentar ab. Etwa eine halbe Stunde später baute er sich vor Hel´ auf, stützte seine Pranken in die Hüften und sagte: „Drei Pfund Silber und ich nehme sie!“
Das war fast eine Beleidigung, doch Hel´ kannte die Prozedur gut und blieb ruhig und gelassen. „Für jeden Zwerg?“, fragte er mit gespielter Unschuld.
„Gush!“, brach es aus Gulak heraus. „Für alle sechs natürlich!“
Hel´ schüttelte den Kopf, das würden lange Verhandlungen werden.
Jeder der Zwerge würde mindestens ¾ Silber bringen, das stand außer Frage.
Über eine Stunde feilschten sie. Selbst für Orks ging es dabei laut und rau her. Passanten blieben stehen lauschten eine Weile und gingen dann kopfschüttelnd weiter. Einmal nahm Gulak sogar einen Zwerg und schüttelte ihn direkt vor Hel´s Augen, um die mindere Qualität zu unterstreichen.
„Wenn du ihn kaputt machst, musst du ihn bezahlen!“ warf Hel´ ein und Gulak stellte den Zwerg wieder auf den Boden.
Bei einem Preis von ¾ Silber pro Zwerg und einen Menschen als Dreingabe wurden sie einig. Hel´ wog das Silber und Gulak lud ihn zur Besiegelung des Handels auf etwas Vergorenes ein.
Am Abend hatte Hel´ nur noch drei Menschen, das Weibchen und zwei große, kräftige Männchen. Es war gut gelaufen. Zufrieden machte Hel´ sich auf den Weg nach Hause.
Seine Familie würde recht überrascht sein, ihn unangemeldet vor der Tür stehen zu haben. Hel´ liebte

es, sie zu überraschen. Manchmal schickte er einen Botenjungen vom Markt hoch, um sein Kommen anzukündigen, doch meist stand er einfach so vor der Tür.

Er bog mit seiner Gruppe in die Straße ein, in der sein Haus stand. Die ganze Häuserzeile wirkte von außen wie eine Burg oder Stadtmauer. Haus an Haus, aus dem gleichen Gestein errichtet. Keine Fenster, nur hier und da eine Schießscharte oder eine Röhre, aus der Pech oder Öl geleitet werden konnte. Zinnen zierten den oberen Rand der Häuser. Alle paar Schritte erhellte eine Tranfackel die Gasse. Das Geklapper der Hufe hallte von den Wänden der Häuser tausendfach zurück. Sonst durchbrach nichts die Stille. Dies war ein ruhiges, eines der besseren Viertel der Stadt. Hier lebten Händler und Kriegsveteranen wie Hel´, die nach ihrem Dienst einen anderen Broterwerb gesucht hatten.
Fledermäuse jagten Falter am Himmel, und man konnte sogar den Mond hinter den dichten Wolken vermuten, eine Tatsache, die in Bash mehr als selten war.

Als er an sein Tor trat, war es später Abend. Hel´ klopfte kräftig an die Holztür und eine vertraute Stimme drang aus dem Inneren. „Ich komme. Brecht das Tor nicht kaputt!"
Hel´ schmunzelte. Direkt und forsch wie eh und je.
Seine Frau öffnete die Tür, starrte ihn überrascht an und seufzte dann: „Hel´! Wie schön!" Sie schloss ihn fest in die Arme. Ihr Blick fiel auf die Sklaven, die unweit an das Pferd gebunden die Szene beobachteten. „Du warst schon auf dem Markt?"
„Ich habe die meisten schon verkauft. Ist der Stall für das Pferd und die Zelle für die Sklaven bereit?"
„Natürlich, nur frisches Stroh muss ausgelegt werden und natürlich fehlt Wasser."
Hel´ zog sein Pferd und die Sklaven durch die Pforte und betrat den Innenhof. Das ganze Haus war aus großen Bruchsteinen gemauert, und die Ritzen waren mit

Mörtel verschmiert. Im unteren Bereich gab es nur wenige kleine Fenster, im ersten Stock hingegen waren die Fenster groß und einladend. Orkhäuser hatten etwas von kleinen Burgen an sich. Leicht zu verteidigen und sehr massiv erbaut. Ebenerdig waren immer Stall, Zellen und Vorrat angelegt. Und ein kleiner Raum mit schwerer Tür, in dem die einzige Treppe nach oben in die Wohn- und Schlafräume der Familie führte. In der Mitte des Innenhofes gab es einen Brunnen und einen alten Baum, der blattlos und knorrig gegen den dunklen Himmel stach. Hel´ hatte das kleine Anwesen von seinem Sold für drei Jahre Krieg im Baroggebirge erstanden. In den Barogkriegen hatte er auch Tara kennengelernt. Sie war Krankenpflegerin in seinem Corps gewesen.
Das war eine Zeit gewesen, in der viele der Völker Baliors Anspruch auf die Feuerspitze geltend machten. In der sich selbst die Völker des Namses untereinander Schlachten lieferten und in endlosen Plänkeleien ihre Kräfte aufrieben. Bis es eines Tages anfing zu regnen und das Barog langsam zu einer Insel wurde. Die Kriege schwächten sich ab und gerieten schließlich in Vergessenheit.
Sie wurden damals abkommandiert, und Hel´ trat aus der Armee aus, denn die neuen Meere ringsherum machten große Heere überflüssig. Es hieß, dass Calior, wie diese verweichlichten Lichtkinder ihren Gott nannten, den Regen gesandt hat, um eine Niederlage der Elben gegen die Drachen zu verhindern. Hel´ hielt das aber für Propaganda der Clanführer und Priester, denn er hatte die Pattsituation, die zwischen allen Parteien eingetreten war, erkannt.

Er führte sein Pferd in den Stall und geleitete anschließend die Sklaven in einen fensterlosen Raum. Er brachte ihnen zwei Eimer Wasser und zwei Bund Stroh und verschloss die Tür. Dann versorgte er sein Pferd.

Als er den Wohnraum im ersten Stock betrat, fielen ihm seine Kinder um den Hals. Hel´ hatte Mühe, sie abzuschütteln. Jedes Mal fand er sie größer und stärker als vorher. In ein zwei Jahren würden sie in den Militärdienst eintreten wie jeder Ork aus gutem Haus, ob Mann oder Frau. Und dort würden ihr Charakter und ihre Manieren den letzten Schliff erhalten. Fargen und Lorgen, Mut und Treue, hatten sie ihre Kinder genannt. Und sie machten ihrem Namen Ehre.
Tara tischte auf, was der Vorrat hergab. Sie aßen reichlich.
Hel´ überlegte. Sollte er Tara, die inzwischen mehr als die Hälfte ihres Lebens hinter sich hatte, das Sklavenweibchen überlassen? Sie könnte etwas Entlastung gebrauchen und die reicheren Familien der Stadt hatten schon vor Jahren Menschen in ihren Dienst genommen. Doch kannte er seine Frau, begeistert würde sie auf einen solchen Vorschlag bestimmt nicht reagieren.

Hel´ und seine Familie saß noch sehr lange am Tisch, und Hel´ wurde über alle Neuigkeiten der letzten Monate unterrichtet. Sein Bruder Cil´ war erst letzten Monat zu Besuch gekommen. Überall im Westen munkelte man von einem Krieg um das Barog. Schwarzdrachen hätten Boten zu dem Regenten von Orkturem gesandt, um eine Allianz zu besiegeln, da der Namses einen Überfall der Kinder Caliors auf das Nimdarak befürchtete.
Die Schwarzdrachen standen in dem Ruf, als einzige die Stimme des Namses hören zu können. Ob das wirklich so war, oder die Drachen nur ihre elitäre Stellung festigen wollten, blieb unklar.
Hel´ dachte lange nach. Ein Krieg. Ja, das wäre was. Endlich wieder unter Sold stehen! Er malte sich schon aus, wie eine kleine Rotte Orks unter seinem Kommando in die Schlacht zog. Wie lange war das nun her?

Tara erriet seine Gedanken. „Nichts da! Du bist zu alt für einen Krieg, und du hast deine Schuldigkeit an diesem Land geleistet.“
Hel´ lächelte. Ein Ork war niemals zu alt für den Kampf, obwohl Hel´ wohl den Großteil seines Lebens hinter sich hatte. Ein Krieg als Abschluss seines Lebens wäre nicht die schlechteste Wahl. Er erhob sich schweigend und ging in den kleinen Raum, in dem er sein Silber und die Bücher seines Handels aufbewahrte. Sorgfältig zählte der das Silber ab und verpackte es zu je ¼ Silber in Lederbeutel. Dann öffnete er einen aus dicken Bohlen gezimmerten Schrank und holte weitere Beutel der gleichen Art heraus. Hel´ zählte sie. Obwohl er wusste, wie viele es waren, machte es ihm Spaß, sein Vermögen zu zählen und zu wiegen. Nicht mehr lange und er konnte sich zur Ruhe setzten. Einhundert Beutel zu je einem Viertel und ein wenig Gold stapelten sich vor ihm. Um gut zu leben, brauchte man etwa ½ Silber in fünf Monaten. Gemessen an der Spanne, die er noch zu leben gedachte, sollte er nur noch drei, vier gute Fuhren brauchen. Dann noch der Verkauf des Außenpostens ... Gegen die Langeweile könnte er sich als Wachtposten verdingen. Und er wollte reisen. Er wollte die Küste der Steinwüste befahren und zu den Hügeln im Norden wandern.
Hel´ schlief über seinen Gedanken ein. Es war Tara, die ihn weckte und bereits ihr Nachtlager gerichtet hatte.

Am nächsten Morgen brach Hel´ bereits früh auf und bezog als einer der ersten einen Stand auf der Hauptstraße der Stadt. Es würde nicht lange dauern, die Menschen zu verkaufen. Und wenn das Weibchen bis zum Abend noch in seinem Besitz war, wollte er sie seiner Frau zum Geschenk machen.
Hel´ lehnte sich an eine Hauswand und wartete. Gegen Mittag ging er zu einem Imbiss, um sich zu stärken. Seine Frau hatte ihm zwar etwas Brot und Käse eingepackt, doch das verteilte Hel´ unter seinen Menschen. Er hatte Appetit auf etwas Deftiges, Braten

vom Fellschwein oder geröstete Ochsenohren. Er entschied sich für die Ohren. Der Imbissstand war leer und Hel´ konnte, ohne lange zu warten, sein Essen verzehren. Irgendwie kam der Markt heute nicht richtig in Schwung. Kaum Besucher und wenige Händler. So leer hatte Hel´ die Stadt am Tage noch nie gesehen.
„Was ist denn passiert?“, fragte er den Wirt beim Kauen.
„Ach, angeblich sind gestern Nacht ein halbes Dutzend Schwarzdrachen über die Stadt geflogen, und nun haben alle Angst um ihre Waren. So ein Unfug!“
„Ein Angriff auf unsere Städte? Unwahrscheinlich“, grummelte Hel´ undeutlich zwischen Kauen und Schlucken. „Wir haben ihnen im Barog ganz schön zugesetzt. Und hätte der Namses nicht ein Machtwort gesprochen, hätten wir diese Viecher vielleicht sogar ausgerottet!“
„Ja, eine Schande, dass wir das schöne Gebirge aufgeben mussten. Die Wüste ist ja ganz schön, aber ...“
Weiter kam der Wirt nicht. Ein gutes Dutzend gepanzerter Reiter preschte an ihnen vorbei. Sie schienen auf dem Weg zu Turcan, dem Statthalter von Orkfesta, zu sein. Hel´ blickte ihnen stumm nach. Solche Aufregung kam nicht ohne Grund. Und sagte man nicht, wo Rauch ist, da ist auch Feuer?
Hel´ stopfte die Reste seines Mittagessens in den Abfall. Dann ging er zurück zu seinem Stand und stierte lange auf die Sklaven.
Wenn die Drachen zu den Orks kamen und anscheinend nicht in kriegerischer Absicht, konnte das nur bedeuten, dass diese verlausten Menschen und Zwerge, und zwar die gleiche Art, die hier vor ihm auf der Straße saß, wieder einmal den Frieden störten und ihre gierigen kleinen Finger nach etwas ausstreckten, was eigentlich dem Namses zustand! Wann würden sie die Überlegenheit der Orks endlich akzeptieren? Wütend trat Hel´ einem der am Boden liegenden Sklaven vor die Brust. Dieser stöhnte auf und sackte dann zusammen. Röchelnd schnappte er nach Luft.

„Verweichlichte Kreaturen“, grunze Hel´, dann lehnte er sich wieder an die Wand und wartete auf Kunden.

Erst am Nachmittag füllte sich der Markt allmählich und erreichte die Größe, die er sonst schon am frühen Morgen zu haben pflegte.
Hel´ hatte bereits zweimal mit einem Interessenten verhandelt, konnte sich aber nicht über den Preis einigen. Beide Male waren es Orks aus dem Südosten, die im Ruf standen, alles am liebsten geschenkt zu bekommen. Eigentlich war es müßig, mit ihnen zu verhandeln, aber Hel´ wollte nicht unhöflich erscheinen.
Als er bereits aufgeben wollte und gedachte, für heute nach Hause zurückzukehren, verkaufte er die beiden Männer doch noch. Kein besonders hoher, aber doch ein fairer Preis.

Hel´ band der Sklavin einen Strick um den Bauch, verstaute die Ketten in seiner Satteltasche und verließ den Markt.
Als er den Innenhof seines Hauses betrat, erschnupperte er den Geruch von gebratenem Geflügel. Tara wartete bereits mit dem Essen auf ihn.
Er brachte das Pferd in den Stall und wies der Sklavin an, sich zu waschen. Dann nahm er sie mit nach oben. Tara und die Kinder staunten nicht schlecht, als sie die Menschenfrau in ihrer Küche sahen. Normalerweise gehörten Menschen ja auch in den Stall und nicht an den Esstisch.
„Sie wird dir gute Dienste im Haus tun“, murrte Hel´.
Tara starrte überrascht abwechselnd auf Hel´, dann wieder auf die Sklavin. Zwar hatte sie von Menschen gehört, die ihren Dienst im Haus verrichteten, doch war ihr selbst niemals der Gedanke gekommen. Sie musterte die Sklavin streng. Blass und feingliedrig, rotblonde Haare und eine Brust, die in der Proportion nicht zum schmalen Gesamtbild passen wollte. Ob sie trächtig war? Nein, dann hätte sich ihr Bauch wölben müssen. Orkfrauen schwollen die Brüste nur kurz vor der Geburt

eines Kindes derart an. Die Natur schien es mit den Menschen nicht gut gemeint zu haben! Wie sollte man mit einer derart großen Oberweite einen Pfeil abschießen oder auch nur einen Schild vernünftig halten?
Tara war skeptisch. Sie befürchtete, dass Menschen Krankheiten übertrugen, die für sie selbst harmlos, doch für Orks gefährlich werden konnten. „Aber wenn sie nicht spurt, verkaufe ich sie sofort!", sagte sie nur.
„Mach mit ihr, was du willst", erwiderte Hel´, der etwas mehr Begeisterung erwartet hatte. Schließlich war das Weib gut und gern 1/8 Silber wert.
„Es wird Monate dauern, bis ich sie soweit abgerichtet habe, dass sie Nutzen bringt. Los, Kinder; schafft sie in die Zelle und schließt gut ab."

Später, als die Kinder bereits schliefen, standen Hel´ und Tara auf der Brustwehr ihres Hauses und beobachteten die Wolken, wie sie mal dicht, mal licht über den Himmel zogen.
„Hast du von den Drachen gehört?"
Hel´ nickte. „Ja, heute Morgen auf dem Markt. Die Leute sind wie von Sinnen deswegen. Sie trauen den Drachen nicht. Wer die zum Freund hat, braucht keine Feinde!"
Tara wickelte sich fester in die Wollstola, die um ihre Schulter hing. Sie griff nach Hel´s Hand. „Versprich mir, dass du diesem Krieg fernbleibst. Du hast so hart gearbeitet, um in den Ruhestand zu gehen, und wir haben so viel entbehrt, verspiele dein Leben nicht in einem Kampf, der eigentlich nur die Götter angeht. Versprichst du es mir?"
Hel´ drückte ihre Hand und nickte stumm.
Dann streichelte sie zärtlich über die harten Stoppeln auf seinem Kopf.
„Solange ich es kann …", fügte Hel´ leise hinzu.

Die Tage vergingen in Orkfesta, und Hel´ streifte viel mit seinen Söhnen durch das Land rings um die Stadt.

Doch wen immer sie auch trafen, jeder kannte nur ein Thema: Die Schlacht um das Barog.
Hel´, der bereits einen Krieg im Barog geführt hatte, bezweifelte die epischen Geschichten von großen kommenden Schlachten. In diesem Gebirge konnten gar keine Heere aufeinandertreffen. Es war viel zu verwinkelt. Es würde genauso wie vor gut drei Jahrzehnten. Er und die anderen Veteranen würden bestimmt gebraucht werden.

Am Ersten Hornung verkündete Hel´ seiner Familie, dass er sich entschieden hatte, in zwei Tagen wieder seinen Posten in der Feste am Rande des Orkreiches zu beziehen. Die Familie kannte sein ewiges Kommen und Gehen schon, und so fiel die Enttäuschung in ihren Gesichtern auch nicht so stark aus, wie eigentlich zu erwarten war. Lediglich die Kinder wollten zumindest am heutigen Abend von ihm ins Bett gebracht werden und eine Geschichte zur Nacht erzählt bekommen. Hel´ erfüllte ihnen diesen Wunsch gerne. Er trug sie in die Schlafkammer und warf sie unsanft auf ihre Lagerstätte. Dann entzündete er eine kleine Öllampe, die auf einem niedrigen Schrank stand, setzte sich auf ihr Bett und überlegte, welche Geschichte er ihnen wohl vortragen sollte.
Hel´ erzählte die Geschichte von Orful dem Unverwundbaren, einem Ork aus der Entstehungszeit der Rasse. Damals, als die Götter noch selber kämpften und nicht ihre Gläubigen auf das Feld schickten, um ihnen Ehre zu schenken und ihren Ruhm zu mehren, geschah es, dass Schwarzdrachen ein orkisches Dorf überfielen. Gerade zu der Stunde, als Orful diese Welt betrat. Die Drachen flogen tief durch die Nacht und wurden erst spät bemerkt. Orfuls Vater, der der Oberste der Siedlung war, kämpfte neben den Seinen tapfer und erbittert. Doch löschten die Drachen das Dorf mit all seinen Bewohnern aus. Orfuls Clan gelang es jedoch, einen der Drachen so tief zu verletzen, dass sein Blut auf die Erde regnete. Mit letzter Kraft fing Orfuls Vater

etwas davon in einem Schild auf und wusch seinen gerade neugeborenen Sohn darin. Lediglich am linken Arm, an dem der Vater sein Kind festhielt, benetzte kein Drachenblut den Jungen. Dann starb er. Neben ihm lag der Säugling, auf dessen grüner Haut langsam das Blut des Drachen verkrustete.
So lag Orful Stunde um Stunde, Tag um Tag inmitten seiner toten Familie. Erst als Geier über den Ort des Gemetzels kreisten, wurden Trolle weit im Norden gewahr, dass irgendetwas dort, wo das Orkdorf lag, nicht stimmte. Sie brachen auf und erreichten das Dorf viele Stunden später.
Ein grausames Bild bot sich ihnen, denn die Geier waren bereits dabei, die Leichen der Getöteten zu verzehren. Doch ein Wunder war geschehen. Inmitten der Kadaver lag ein Orksäugling, der nicht nur immun gegen die harten Schnäbel der Geier war, sondern sich in den letzten Tagen auch von den Aasvögeln ernährt hatte. Jedes Mal, wenn eines der Tiere auf ihn zu gehüpft kam, griff er nach ihm, riss ihm seinen Kopf vom Rumpf und trank das Blut.
Die Trolle nahmen den kleinen Orful mit und zogen ihn auf. Er wurde jeden Tag stärker und wuchs schnell und stetig zu einem stattlichen Krieger heran. Und durch das Blut der Drachen war er unempfindlich gegen die Sonne. Eine Seherin der Trolle prophezeite ihm jedoch einen frühen Tod durch Bruderhand und Verrat.
Orful, dessen Name im alten Orkisch „Bluttrinker“ bedeutet, wandte sich trotz der düsteren Prophezeiung hin zur Bash, um andere Orks zu finden und seinen Platz in der Geschichte einzunehmen. Orful fand auch Orks und schloss sich ihnen an. Sie erkämpften glorreiche Siege selbst über Mazarane und Zentauren.
Schnell wurde er der Anführer der Orkrotte.
Doch Karez, der die Truppe bis zu diesem Zeitpunkt geführt hatte, sah Orful nicht als ein Geschenk der Götter, er sah in ihm nur den Rivalen. Monate lang suchte er nach einem Weg, den verhassten Konkurrenten loszuwerden und fand ihn schließlich.

Eine Druidin der Oger, die sich mehr als alle anderen Wesen dem Namses verschrieben hatte, ließ ihren Geist in den Zeiten wandeln und sah den Tag des Überfalls auf den Clan, aus dem Orful entstammte, so klar, als wäre sie selbst dabei gewesen. Sie sah, wie sein Vater ihn in dem Blut badete, und sie sah die handgroße Stelle, auf die kein Blut gelangte.
Noch in derselben Nacht ritt Karez zu den Zentauren und enthüllte ihnen das Geheimnis. Die Zentauren aber töteten Karez, denn Verrat ist ihnen verhasst. Sie schickten seine Leiche ohne Erklärung und mit herausgetrennter Zunge zurück zu den Orks. Orful war außer sich vor Trauer über den Verlust des vermeintlichen Freundes.
In der nächsten Schlacht, in der Zentauren und Orks aufeinander trafen, setzten die Zentauren alles daran, an den unverwundbaren Ork heranzukommen. Zuletzt versuchten sie sogar, ihn mit vergifteten Pfeilen an seinem Arm zu treffen. Orful, der nichts über seine verwundbare Stelle wusste, wunderte sich lediglich, dass die fremden Krieger, die ihn sonst ja immer mieden, dieses Mal förmlich den Kampf mit ihm zu suchen schienen.
Er wütete furchtbar in den Reihen der Zentauren, da er immer noch glaubte, diese hätten ihm in Karez einen Freund und loyalen Bundesgenossen gemeuchelt. Sein Rachedurst war gespenstisch.
Dann, mitten im Kampf, überwanden ihn drei Zentauren und warfen ihn auf den Boden. Orfuls Getreue versuchten noch, sich zu ihm durchzukämpfen, doch mussten sie mit ansehen wie die Zentauren ihm einen vergifteten Dolch in den Arm rammten und sich dann zurückzogen. Orful richtete sich noch einmal auf, taumelte und brach tot zusammen.
Stille herrschte plötzlich auf dem Schlachtfeld, und der Kampf wurde abgebrochen, denn selbst die Zentauren verneigten sich vor der Kraft und dem Geschick des unverwundbaren Orks. Am Abend schickten sie sogar einen Gesandten in das Lager der Orks, der ihnen die

tragische Geschichte um den Verrat des Karez an ihrem Führer mitteilte. Sie gewährten den Trauernden sieben Tage Waffenruhe, um ihren herrlichen Führer zu bestatten.
„Und so“, schloss Hel´, „starb der herrlichste Ork, der je auf Balior wandelte, nur durch den Neid eines anderen Orks. Merkt euch das gut, meine Söhne, denn die Zwietracht ist es, die unser Volk hindert, die Welt zu erobern!“
Hel´ schaute auf seine Kinder, die tief und fest schliefen. Er deckte sie zu und löschte die Öllampe. Der Raum fiel in ein tiefes Schwarz.

Tara stand im Türrahmen und hatte ihm gelauscht. Wie ruhig seine Stimme wirkte, wenn er mit den Kindern sprach, wie viel Geduld er mit ihnen aufbrachte. Es war schwer für einen Ork, mit Gefühlen umzugehen, denn sie waren von Natur aus aufbrausend und ungestüm. Manch ein Orkkind war in einem Moment kurzer Raserei schon verletzt oder gar erschlagen worden. Nicht mit böser Absicht, nur kamen Orks, besonders die Männer, schnell an einen Punkt, an dem sie nicht mehr zwischen Recht und Unrecht zu unterscheiden wussten. Genau diese Schwäche machte sie zu den geborenen Soldaten. Sie brauchten Führung, und nur wenige von ihnen waren zu Führern erkoren.
Hel´ konnte führen. Er war meist überlegt und vernünftig. Nur selten brach in ihm die ungezügelte Kraft des Chaos, aus dem sie alle entsprangen, heraus. Genau deshalb hatte sie ihn zu ihrem Partner erwählt. Sie hatte immer gewusst, dass dieser Mann ihr gute und starke Kinder schenken würde.
Er hätte es leicht weiter als zum Rottenführer bringen können in Zeiten des Krieges. Doch war das Kriegshandwerk nach dem Regen nicht mehr gefragt. Diese verdammte Flut hatte das Leben der Orks derart eingeschränkt, dass nicht einmal mehr ein Drittel der Erwachsenen ihren Dienst im Militär taten. Eine Vorstellung, die vor hundert Jahren noch völlig

undenkbar gewesen war. Zu dieser Zeit, in den Clankriegen um die Vorherrschaft über das Volk, wurden jeder Mann und jede Frau gebraucht. Die Gegenwart war ein schlechter Ersatz für die glorreiche Vergangenheit und ließ nur wenig Hoffnung auf eine bessere Zukunft.

Der Morgen der Abreise war kalt und unwirklich. Es war neblig, selbst in der Stadt, und Hel´ verspürte nicht die geringste Lust, wieder Monate allein in der Burg zu verbringen. Der Gedanke, dass er nur noch wenige Male den Weg zur Feste und zurück nach Orkturem beschreiten würde, munterte ihn aber auf. „Wenn nur einmal jemand einen Zentauren verkaufen würde“, dachte er bei sich, „noch am selben Tag wäre er ein gemachter Mann.“
Die Verabschiedung verlief schnell und fast emotionslos. Tara würde bis zu seiner Rückkehr mit der Unterweisung der Sklavin genug zu tun haben, und die Kinder waren es gewohnt, ihr Leben ohne ihn zu verbringen.
Hel´ lenkte sein Pferd die Gasse hinab in die Altstadt und zum Stadttor. Er kam an den Mauern des Stadtgefängnisses vorbei und hörte die Schreie der Gefolterten. Hel´ schüttelte verächtlich den Kopf. Die Gesetze der Stadt waren einfach und gut durchdacht. Wer trotzdem gegen sie verstieß, war selber schuld. Haftstrafen betrugen selten mehr als zwölf Monate, da aber die Folter als täglich wiederkehrende Prozedur die Verurteilten mehr und mehr schwächte, überlebte kaum einer die ersten sechs Monate. Das war kostengünstig und sorgte dafür, dass die Zellen nie überfüllt waren. Ohnehin lag es in den Händen der Angehörigen, die Insassen mit Nahrung und Kleidung zu versorgen.
Wer genug Geld hatte, konnte sich sogar von der tödlichen Folter freikaufen, indem ein anderer Gefangener die Qualen auf sich nahm. Mit dem Geld unterstützten viele ihre Familien, denen meist der Ernährer fehlte.

Die Todesstrafe gab es nur im Zusammenhang mit Feigheit vor dem Feind oder Landesverrat. Diese Exekutionen wurden draußen vor den Toren der Stadt abgehalten, meist Vierteilungen, in schweren Fällen auch Pfählungen.
Hel´ drehte sich nicht um, sondern ritt schnell nach Norden, um so wenig Zeit wie möglich zu verschwenden. Die Wüste erstreckte sich vor ihm, und je weiter er sich von den Mauern der Stadt entfernte, desto mehr eroberten rötliche Gräser mit quastigen Enden den kargen Boden.
Hel´ blickte in den ewig düsteren Himmel über Bash und sog die kühle Luft in seine Lungen. Ein Land wie für Orks gemacht! Hier war es unvorstellbar schön und friedlich. Nicht so laut und dreckig wie in den Städten. Ja, dieses Land musste für Orks gemacht sein. So wie nur wenig andere Orte auf Balior, das Barog natürlich oder der Morchelsumpf vielleicht.
Hel´ beschloss zu rasten und lenkte sein Pferd zu einem kleinen Berg, an dem er, geschützt vor dem Wind, ein Feuer entfachen wollte. Er suchte etwas von dem roten Gras zusammen und fand sogar einige Äste von Bäumen, die hier den harten Kampf des Lebens verloren hatten. Gerade als er mit Hilfe zweier Feuersteine das trockene Gras entfachen wollte, verdunkelte sich der Himmel zu tiefer Nacht. Erschrocken blickte er hoch. Über ihm zogen drei oder vier Schwarzdrachen nach Süden, genau auf Orkfesta zu.
Was auch immer da vorging, es war dem Namses wichtig. Nicht umsonst würde er seine Lieblinge derart häufig aussenden, um mit den Orks zu verhandeln.
Hel´ wartete mit dem Entfachen des Feuers, bis die Drachen sich entfernt hatten. Eigentlich unnötig, denn es war nicht zu befürchten, dass sie ihren Weg unterbrachen, um einen einzelnen Ork zu jagen. Außerdem befahl der Namses seinen Anhängern ja, sich zu vereinen.
Hel´ aß und trank, löschte das Feuer und brach auf. Nach einer Nacht in der Oase von Garek und einem

nicht enden wollenden Weg durch Regen und Hagel erreichte er seine Burg. Sie war noch verschlossen, und alles lag still und verlassen. Hel´ versorgte sein Pferd und machte seinen Rundgang durch das Haus. Alles, wie er es verlassen hatte. Ein beruhigendes Gefühl. Er entfachte die Tranlampen an den Wänden, griff sich ein Buch aus dem Regal und studierte weiter die Prophezeiungen und die Geschichte der Orks.
Der Wind klapperte wild an den Läden der Schießscharten und heulte ungebändigt um das Haus. Ihm wurde kalt. Hel´ legte das Buch aus der Hand und holte etwas Holz von draußen aus dem Verschlag. In der Ferne sah er Wetterleuchten, das blau und grün über den Horizont fegte. Ein kleiner Wirbelwind passierte Hel´s Grund im Westen, und er war froh, dass er nicht seine Behausung streifte.
Hel´ entfachte ein Feuer. Dann holte er Wasser aus dem Brunnen, schnitt einige Wurzeln und Fleischstücke in den Kessel. Dabei summte er eine Melodie aus seiner Kindheit, zu der er längst die Worte vergessen hatte. Seine Mutter hatte sie ihm immer bei Gewitter und Sturm vorgetragen. Inzwischen regnete es.
Während das Wasser im Kessel kochte und sich durch die Zutaten langsam in eine Suppe verwandelte, kramte Hel´ ein Rasiermesser aus einem Lederbeutel und stutzte sich die Stoppeln auf seinem Haupt. Das Schaben der Klinge und das Knistern des Feuers waren die einzigen Geräusche in der Feste. Dann stampfte er durch den Regen zum Brunnen und reinigte sich.
Später, nach dem Essen, setzte er sich nah ans Feuer und las weiter in seinem Buch. Es würden bestimmt ein, zwei Wochen vergehen, bis die ersten Händler mit Sklaven ihren Weg zu seinem Posten finden würden. Sie würden kommen, handeln, eine Nacht bleiben und ihn wieder verlassen.
So lange, bis Hel´ wieder genug Sklaven erstanden hatte und sich zu den Märkten nach Orkturem oder Orkfesta aufmachte.

Hel´ fand eine Geschichte über die drei Sonne-Mond-Zeichen der Diener Caliors. Über die beiden verschollenen Schwerter der Drachentöter und über den Angriff der Orks auf den ersten Zwergenclan. Er las von Metas, dem Weisen, und dessen Gefängnis im Schattenreich des Namses. Trotz seiner unendlichen Müdigkeit kam ihm ein Gedanke: „Das war es, was den Namses beunruhigt hat und die Drachen nach Bash trieb. Es geht nicht um die Feuerspitze, sondern um Metas und das Nimdarak!“
Mit seinem Buch in der Hand schlief Hel´ ein, seine letzten Gedanken waren: „Nur noch zwei, drei Fahrten, dann kann ich mich endlich zurückziehen, endlich zurückziehen ...“
Der Wind über der Wüste von Bash wallte auf und durchzog die Ebene. Wie eine heiße Klinge durch Fleisch gleitet und ihre Spuren zieht, zog auch der Sturm Wunden in die Erde und das Geröll, die ihm schutzlos ausgeliefert waren.
Hel´ merkte davon nichts, er schlief tief und fest in der Geborgenheit seiner Burg.

Zur selben Zeit kauerten vier Wesen unter einem Felsvorsprung im Baroggebirge. Mit ihnen reiste ein ausgewachsener Wolf, der dicht neben einem Zwerg am Feuer saß und schlief. Ein alter Mann stand etwas abseits und beobachtete den Himmel über ihnen. Sie mussten nun vorsichtig sein, denn sie waren bereits im Gebiet der Schwarzdrachen.

Es war der frühe Morgen des 2. Hornung des Jahres 11 nach der großen Flut.

7. Unter der Feuerspitze

Der Namses wusste durch seine Spione zumindest, wo sich zwei Sonne-Mond-Kleinode befanden. Und auch, dass der alte Zwerg das Drachenschwert U´Dragmorie mit sich führte, war ihm nicht entgangen. Sein Angriff durch die Nebelorks auf dem Schiffsfriedhof in der Senke war durch Turidin vereitelt worden. Wie er alleine diesen Namen hasste: Turidin der Erste Caliors.
Namses hatte seine Kräfte auf die von ihm erschaffenen Schattenkrieger verteilt, Calior hingegen alles in die Hände Turidins, Eriol und Metas' gelegt. Er fragte sich, ob es nicht ein Fehler gewesen war, seine Kräfte zu teilen, denn dieser Turidin war mächtig, nicht so mächtig wie er, ein Gott, doch mit Sicherheit mächtiger als einzelne Schwarzdrachen oder Schattenkrieger. Sollte es ihm nun noch gelingen, den Weg in sein Reich auf Balior zu finden, ja, sollte die Gruppe die Pforte zum Nimdarak öffnen können, könnte das ihn und seine Stellung auf Balior ernsthaft gefährden.
Nur, was sollte er tun? Turidin und die vier Erwählten waren starke Gegner. Und sie wagten sich bisher nicht in das Barog, wo seine Schwarzdrachen bereits lauerten.

Die Drachen hatten eine Allianz mit den Orks und den Ogern besiegelt. Die Trolle waren ihm untertan, auch wenn sie bei Weitem nicht mehr so leicht zu steuern waren wie früher. Er könnte einen Krieg wagen. Zumindest könnte er einen Trupp erfahrener Krieger aussenden, um das Amulett und die Scheibe zu erbeuten. Ohne das Amulett würden sie die Pforte zur Unterwelt nicht öffnen und Metas nicht befreien können.
So wollte er es wagen! Einen Trupp von zehn Kämpen wollte er entsenden, die fünf Gefährten zu stellen und die Scheibe und das Amulett zu erobern. Da ein Überfall auf Turidin und die Erwählten aber einen Krieg mit den Elben provozieren könnte und im Fall eines Versagens

unbedingt die Pforte geschützt werden müsste, sollten die Heere seiner Diener sich bereithalten, um einen Angriff auf die Länder des Namses abzuwehren. Er wusste, dass die Elben wieder erstarkt im Norden lauerten und für Turidin ins Feld ziehen würden.

In dieser Nacht erteilte der Namses die Befehle an seine Erwählten. Vier Schwarze Drachen sollten es sein. Drei Orks, zwei Oger und ein Troll! Die Feuerspitze glühte im Dunkel. Dicht nebeneinander kauerten vier gewaltige Echsen. Schwarz wie Öl schimmerten ihre Körper und mit dichten Schuppen besetzt war ihre Haut. Ein Geruch wie Schwefel lag über der Senke, in der die vier schliefen. Rötlicher Dunst stieg schwer und dicht auf, Fledermäuse jagten durch die Nacht.
Plötzlich öffneten die Drachen wie auf ein Kommando die Augen, lauschten angestrengt in die Nacht, sogen die Luft durch die Nüstern und erhoben sich mit schwerem Flügelschlag in die Luft. Das Brausen ihrer Schwingen durchbrach die Stille und wurde hundertfach von den Wänden zurückgeworfen. Dann hallte ein grausamer Laut, der einem verirrten Wanderer das Blut in den Adern hätte gefrieren lassen, aus ihren Kehlen. Die Drachen des Namses zogen in den Krieg.

Im selben Moment durchzog dichter, schwarzer Nebel die Wüste Bash, streckte seine Finger suchend durch Ritzen und Fenster, kroch in Keller und Höhlen und fand schließlich, was er suchte. In der nördlichen Bash hatte er sein erstes Ziel, den Ork Hel´, gefunden.
Leises und heiseres Flüstern weckte den Veteranen aus seinem Schlaf. Mit weit aufgerissen Augen starrte er auf den trüben Brodem, der unförmig und dicht wie Pech in seinen Außenposten am Rande der Bash waberte. Zuerst dachte Hel´ an ein Feuer, doch aus dem Nebel flüsterte es ihm zu. Eindringlich und monoton war die Stimme, die er vernahm. Er hörte genau zu, was ihm befohlen wurde. Stumm nickte er immer wieder. Dann sagte er klar in die Leere seiner Behausung: „Ja, Herr.“

So lautlos und langsam wie der Nebel gekommen war, verschwand er auch wieder.

Hel´ war plötzlich aufgeregt und nervös. Welch eine Ehre für einen Ork! Ein Auserwählter aus der Mitte seines Volkes. Er richtete sich auf, rieb sich die Augen und überlegte. Hatte er das gerade geträumt? Hatte er gerade wirklich eine Weisung des Namses erhalten? Hel´ schürte das Feuer wieder und erwärmte sich etwas Suppe. Er war sich sicher: Er hatte nicht geträumt. Hel´, war erwählt worden, dem Namses einen Dienst zu leisten. Zufrieden nahm er einen Schluck Suppe und setzte sich auf sein Bett.

Auf diese oder ähnliche Weise erfuhren die Erwählten in dieser Nacht, was Namses von ihnen verlangte. Noch ehe der Tag anbrach, wussten alle von ihrer Bestimmung. Aus jeder Himmelsrichtung brachen sie auf, um zum zugewiesenen Treffpunkt zu gelangen:
Die Hügel nördlich der Wüste Bash.

Hel´ würde mit einem Umweg über Gareks Oase etwa sechs Tage brauchen. Er wollte aber unbedingt eine Nachricht an seine Familie senden, da nicht abzusehen war, wann er zurückkehren könnte. Hel´ konnte, wie alle Orks, außerhalb der Bash nur abends und nachts reisen, da ihm die Mittagssonne zuwider war. Sie quälte ihn sogar. Nicht dass er unter ihrem Licht verenden musste, doch das grelle Licht brannte in seinen Augen, und die Strahlen verbrannten seine Haut. Ein Tribut, den viele Kinder der Nacht dem Tag zollen mussten. Im Krieg hatten einige Orks versucht, sich mit Lehm einzureiben, um den Strahlen zu entgehen, doch brachte es nur geringe Linderung, und auch dann waren sie im Tageslicht noch so gut wie blind.
Von seinem Auftrag wusste Hel´ bisher nur, dass er und einige andere der Kreaturen des Namses eine Gruppe von Zwergen und Menschen jagen und töten sollten. Wahrlich keine zu schwierige Aufgabe.

Hel´ plante die Route. Bis zu den Hügeln würde er keine Probleme mit Zentauren oder Mazaranen haben, da die Hügelkette relativ nah am orkischen Stammgebiet lag. Für Hel´ zählten die Hügel seit jeher eher zum Gebiet der Orks als zu dem der Anhänger Caliors, nur konnten die Orks es aufgrund des Lichts nicht besiedeln. Außerdem waren die Hügel den Elben heilig. Einen Krieg gegen Elben wollten selbst die Orks nicht ohne Grund riskieren.

Zur gleichen Zeit, in der Hel´ in der Oase eintraf, sehr zur Freude und Überraschung Gareks, traf Uruk, ein Druide der Trolle, in den Hügeln ein. Ihn hatte die Nachricht des Namses erreicht, als er am Rande des Verduvil seltene Wurzeln und Kräuter für seine Medizinen sammelte. Uruk lenkte sein Pferd auf die vier Drachen zu, die im Kreis um ein Feuer saßen und stumm in die Flammen starrten.
Schwarzdrachen kommunizierten untereinander mittels Gedankenübertragung, mit anderen Wesen sprachen sie wenig, wenn dann gerade das Nötigste.
Uruk hielt unweit der Drachen und stieg von seinem Pferd. Seine Haut war steingrau und trotz seiner fast zwei Längen Körperhöhe wirkte er klein neben den schwarzen Leibern der Drachen. Eine der Echsen deutete auf eine Hütte, die, nach Norden hin offen, unweit des Feuers stand. Uruk nickte. Die rote Sonne des neuen Tages kündigte sich bereits im Osten an, und obwohl Trolle weit weniger lichtempfindlich als Orks waren, zogen auch sie Schatten dem Licht vor.
Er sattelte ab und ließ sein Pferd laufen, es würde sich nicht zu weit entfernen. Der Troll entfachte ein Feuer und briet etwas Fleisch, das er als Proviant mit sich führte. Schweigend aß er. Er suchte weder den Umgang noch ein Gespräch mit den Drachen. Ihre Gesellschaft bereitete ihm Unbehagen, denn Schwarzdrachen waren unberechenbar. Sie hörten einzig auf den Namses, wenn überhaupt, waren verschlagen und hochmütig.

Der Troll musterte die Drachen lange und eindringlich, dann zog er seine Kapuze über die Augen und rollte sich in seinen schäbigen Fellumhang. Er wollte den Tag über schlafen und möglichst wenig vom Licht der Sonne mitbekommen. Sein Pferd schnaubte abseits der Hütte, und Regen setzte ein, dann schlief Uruk ein.

Am Abend desselben Tages trafen die beiden Oger, Ogterum und Ogmagel ein, Brüder vom Stamm der Malmer. Ob ihrer gewaltigen Größe waren sie gezwungen zu laufen, denn es gab kein Reittier, das sie hätte tragen können. Doch laufen konnten Oger schnell und lange.
Uruk war froh, nicht mehr allein mit den Drachen zu sein. Die beiden Oger, deren Augen und Haut, wie bei ihrer Rasse üblich, völlig unempfindlich gegen das Licht der Sonne waren, schienen einfältig und stark wie die meisten Oger. Die Stärke der Rasse war derart überragend, dass keiner es wagte, sich in ihrem Beisein über ihren beschränkten Horizont lustig zu machen. Sie überragten Trolle und Orks um knapp eine Körperlänge, und ihre Haut war ledrig und gelb. Sie hatten auch nicht die echsenhaften Züge der Orks oder der Trolle. Sie waren eher rundlich und grobschlächtig. Nur einige Borsten zierten ihr Haupt, und in ihrem Blick lag immer eine gewisse Leere.
Die beiden Neuankömmlinge traten vor den Verschlag, warfen ihre Waffen, Keulen vom Format eines Baumstammes, in den Matsch und starrten Uruk an. Der lud sie ein, sich zu ihm an das Feuer zu gesellen. Stumm hockten sie sich vor Uruks Verschlag und wechselten einige Worte mit dem Troll. Leider hätten sie in der niedrigen Hütte nicht sitzen, geschweige denn stehen können.
Uruk berichtete gerade, wo und wann ihn der schwarze Nebel erreicht hatte, als einer der Drachen mit einem boshaften Fauchen in die Lüfte stieg und nach Norden verschwand. Stumm blickten sie ihm nach, doch keiner der verbliebenen Drachen machte Anstalten, ihnen zu

erklären, warum oder wohin sich ihr Bruder aufgemacht hatte. So wandten sie sich wieder ihrem Gespräch zu.

Es wurde finstere Nacht, es wurde kalt. Ihr Atem kristallisierte schon in der Luft. Uruk rückte näher ans Feuer. Die beiden Ogerbrüder waren vor etwa einer halben Stunde verschwunden. Nun langweilte sich Uruk wieder und vertrieb sich die Zeit mit dem Betrachten der Drachen. Als Druide waren ihm ihre Stärken und Schwächen wohl bekannt. Mit Waffen konnte man den schwarzen Panzern der Flugechsen kaum Herr werden. Wohl aber konnte man sie vergiften. Und das sogar mit wenigen Tropfen des Giftes.
Uruk versuchte sich das Rezept für den Sud gegen Schwarzdrachen in sein Gedächtnis zu rufen. Weißminze und Elbenblut waren nötig, dazu einige Krümel Semmbelrinde und Wasser aus der leider versiegten Quelle des Weisen. Aber etwas davon hütete der Troll noch in seiner Höhle am Kurzwasser. Uruk stellte sich vor, wie er mit wenigen Tropfen diese arroganten Viecher in den Tod schicken könnte. Ein seliges Lächeln umstrich seine Lippen.
Einige Zeit verstrich. Dann hörte er plumpe Schritte.
Ogterum und Ogmagel kehrten zurück. Langsam schälte sich das Gelb ihrer Haut aus der Nacht. Die Oger hatten Holz und Reisig in den umliegenden Hügeln gesucht, um das Feuer für die Nacht zu sichern. Sie warfen es achtlos neben die Hütte und ließen sich auf den Boden sacken.
Ein schriller Schrei drang durch die Nacht, und die drei zuckten zusammen. Der vierte Drache kündigte seine Rückkehr an. Wieder hallte das kehlige Krächzen durch die Dunkelheit. Dann Stille. Ein Schatten huschte über ihre Köpfe hinweg. Uruk strengte sich an, stierte in den nächtlichen Himmel, konnte aber nichts erkennen.
Wenige Minuten später segelte der Drache im tiefen Gleitflug über das kleine Lager der Auserwählten. Nun konnte Uruk erste Details erkennen: die glühenden Augen, die blitzenden Zähne. Und: Auf dem Rücken der

Echse saß ein Ork. In voller Bewaffnung und sichtlich unzufrieden mit der Tatsache, so hoch über dem Boden zu schweben.
Langsam und elegant glitt der Drache durch die Luft, drehte seine Runden, zog immer enger über das Lager, bevor er sich gewandt neben seine Brüder senkte. Der Ork glitt von seinem Rücken und verneigte sich zum Dank vor dem Drachen. Der wies ihm stumm einen Platz am Feuer zu, an dem bereits Uruk und die Oger saßen. Der Schwarzdrache empfand es als entwürdigend, einen Passagier befördern zu müssen, und nur der direkte Befehl des Namses hatte ihn dazu überreden können. Der Ork wandte sich ohne ein Wort von der Flugechse ab und schritt auf Uruk zu. Als er in den Schein des Lagerfeuers trat, konnte Uruk ihn deutlich sehen. Ein großer, kräftiger Ork mit kurz geschorenen Haaren. Seine Haut von dunklem grün war fast schwarz. Er trug eine stabile Lederrüstung. Auf seine Schultern hatte er Eisenpanzer geschnallt, ebenso an die Knie und Unterarme. Auf dem Rücken trug er einen Rundschild und ein Zweihandschwert. Allein das Schwert musste das Gewicht eines Sacks Korn haben. Mehrere Dolche zierten seinen Gürtel. In der Hand hielt er einen Speer, der ganz aus Eisen schien.
„Man nennt mich Cil´“, grunzte der Ork kurz angebunden.
Uruk stellte sich und die beiden Oger vor. „Nun, Cil´, mit dir sind wir schon acht. Setz dich zu uns und iss etwas.“ Uruk machte eine ausladende Bewegung, und Cil´ setzte sich zu ihnen ans Feuer. Cil´ deutete mit dem Kopf auf die immer noch abseits sitzenden Drachen. „Sie sind nicht begeistert, mit uns zusammen auf Jagd zu gehen, richtig?“
„Sie verachten uns. Drachen denken doch schon immer, dass sie was Besseres seien, weil der Namses sie zuerst erschuf.“
„Ich wurde überfallen und dieses schwarze Vieh hat mir das Leben gerettet.“
Uruk wurde aufmerksamer. „Überfallen? Von wem?“

„Mazarane stellten mich in einer Schlucht im Westen der Hügel."
„Du bist nicht verletzt?"
„Nein. Der Drache kam, bevor es richtig losging, und verbrannte ein paar dieser pelzigen Dinger, dann schnappte er mich und wir flogen davon."
„Wie weit ist die Schlucht von hier zu Pferd?"
„Etwa einen Tag oder eine Nacht!"
„Werden sie uns angreifen? Sie sind schnell und stark. Ein großer Trupp könnte uns vernichten."
„Wenn die Drachen nicht wären, würden sie uns sicher angreifen, aber so ... ich weiß nicht." Cil´ stocherte mit einem Stock in der Glut.
„Wir sollten wachsam sein und uns bereithalten. Sie könnten in drei bis vier Stunden hier sein." Uruk war besorgt. Er hatte schon oft kleine Scharmützel mit den Mazaranen gehabt und respektierte sie wegen ihrer Kraft und Unbändigkeit. Sie waren ernste Gegner. Sie waren die Wesen Caliors, die den Kreaturen des Namses am ähnlichsten waren. Wild und von ursprünglicher Entschlossenheit.

Sie hielten abwechselnd Wache, sehr zur Belustigung der Drachen, die sie ihre Abneigung deutlich spüren ließen. Die Echsen ignorierten sie weitgehend. Das Einzige, was der Gruppe um Uruk von den Drachen noch mitgeteilt wurde, war, dass es völlig unnötig sei, in ihrer Gegenwart eine Wache aufzustellen, da die Drachen immer wachsam blieben, egal, ob sie schliefen oder nicht. Und dass die Drachen sie, egal ob Troll, Oger oder Ork, nur für unnötigen Ballast hielten. Schnödes Beiwerk und unnütz. Uruk kochte innerlich, als er das hörte.

Am selben Tag spät in der Nacht, stieß ein weiterer Ork namens Regeul zu ihnen. Er war relativ jung und stellte sich als der Sohn des Clanchefs der Grimm vor, jenes Teils der Grimm, der im Westen in der Nähe des

Verduvil sein Stammgebiet hatte. Die Mitglieder dieses Clans galten als besonders geschickte Handwerker.
Kurz darauf traf auch Hel´ ein, früher, als er erhofft hatte. Das Wetter hatte es gut mit ihm gemeint, denn den ganzen letzten Tag hatten dicke Wolken die quälenden Sonnenstrahlen von ihm abgeschirmt. Und so hatte er auch am Tag reiten können.
Es war ein mäßig freudiges Wiedersehen mit seinem Bruder Cil´. Sie begrüßten sich kurz, berichteten das Nötigste und legten sich zu Uruk und Regeul in die Hütte. Die beiden Oger schnarchten unweit der Hütte so laut, dass Hel´ fast kein Auge zumachte.

Nachdem sie am nächsten Morgen etwas getrocknetes Fleisch gefrühstückt hatten, kam einer der Drachen zu ihnen und rief sie zum Lagerfeuer der vier Schwarzdrachen. Wolken verdunkelten den Himmel, weshalb Hel´s Sorge, den ganzen Tag in der Hütte verbringen zu müssen, unbegründet war. Trotzdem spürten die Orks das leichte Brennen der verdeckten Sonne auf der Haut.
Der Drache erhob seine Stimme: „Ich bin Dragos´erem. Ich führe diese Gruppe. Der Namses hat es so bestimmt. Wie alle wissen, sind wir auserkoren, eine Gruppe des Verführers Calior zu stellen und zu vernichten. Es sind zwei Zwerge und zwei Menschen in Begleitung des mächtigen Turidin.“ Er machte eine ausladende Geste und wies auf die anderen Drachen. „Dies sind meine Brüder Dragosfirm, Draginpar und Dragwirm. Leider ist es der Wunsch des Namses, dass wir die Orks und den Troll tragen sollen, um schneller voranzukommen. Ich rate, euch gut festzuhalten, denn wer abstürzt, wird unweigerlich sterben.“ Er beugte sich zu Hel´ und fügte hinzu: „Mir ist der Sinn einer Allianz mit anderen Wesen schleierhaft, der Gedanke daran, euch zu tragen, bereitet mir Übelkeit, vergesst das nie!“
„Der Gedanke daran, auf dir zu reiten, bereitet mir Übelkeit“, erwiderte Cil´ klar und unüberhörbar, doch Dragos´erem überhörte den Einwurf.

Etwas wie ein Lächeln umspielte sein lippenloses Maul. „Wir sollen aufbrechen, um bald im Baroggebirge zu sein. Dort werden wir unsere Beute stellen und vernichten. Mehr braucht ihr nicht zu wissen. Heute Nacht schon brechen wir auf."
Die Drachen wandten sich wieder ab und ließen die anderen Erwählten stehen wie dumme Kinder. Die Orkbrüder kochten vor Wut. Regeul hingegen machte die Überheblichkeit der Drachen nichts aus. Er hatte eine einfache Einstellung zum Leben und kannte die stolze und verletzende Art der Drachen aus den Überlieferungen seines Stammes. Er wollte den Willen des Namses erfüllen, und wenn zu dieser Aufgabe das Erdulden der Schmähreden der Drachen gehörte, dann wollte er auch das ertragen.

Die Unruhe war aus der Gruppe noch nicht ganz gewichen, als urplötzlich Speere, dick wie Äste, durch die Luft sausten. Verwirrung machte sich breit. Selbst die Drachen verließ ihre edle gemächliche Art und sie erhoben sich hektisch in die Luft.
Den Speeren folgten gewaltige Felsen, die – ihr unheilvolles Gewicht verbergend – wie Schneebälle auf die Gruppe zurasten.
Hel´, der seinen Schild vor die Brust hielt, spähte nach einem Feind, doch konnte er nichts und niemanden erkennen. Das lag nicht an der Sonne, die immer noch hinter der Wolkendecke ausharrte, nein, es war einfach niemand zu sehen.
Dann ein weiterer Schwall Felsen und Speere. Diesmal konnte Hel´ zumindest die genaue Richtung erkennen, aus der sie kamen. Er ergriff das Kommando. „Los, Schilde hoch und da auf den kleinen Hügel! Hinter der Kuppe verbirgt sich der Feind."
Cil´ passte es nicht, dass sein Bruder das Kommando an sich riss, doch war der Befehl vernünftig, und es blieb keine Zeit zum Diskutieren.
Hel´ blickte sich um. Geduckt schritten sie auf den Hügel im Osten zu. Gegen die Sonne, das war

ungünstig, doch blieb ihnen keine Wahl. Nur gut, dass der Himmelskörper heute so kraftlos und matt auf sie herabschien.
Ein erneuter Schwall prasselte auf sie ein. In Hel´s Schild steckten bereits zwei Speere, und das Gewicht zog den Schild nach unten, doch traute er sich nicht, hinter seiner Deckung hervorzukommen und die Speere herauszuziehen. Er blickte nach links, wo bis eben noch die beiden Ogerbrüder gestanden hatten. Ogterum lag blutend und mit Speeren gespickt auf dem Boden. Ogmagel stand schutzlos neben seinem Bruder und starrte ihn an. Kein Laut drang aus seinem Maul. Vorsichtig stieß der Oger mit der Keule den bewegungslosen Körper an. Erst jetzt schien er zu realisieren, dass Ogterum bereits tot war. Ein hysterisches Gebrüll entstieg seine Kehle, dann rannte Ogmagel gegen die Kuppe, hinter der sich der Feind verschanzte. Mit einer Geschwindigkeit, die man diesem großen Wesen nicht zugetraut hätte.
„Gush! So ein Idiot!“, zischte Hel´. „Los, vorwärts!“, schrie er seiner Truppe zu, und alle setzten sich in Bewegung.
Sie erreichten die Kuppe und sahen den Feind. Etwa zwei Dutzend Mazarane standen knapp unter ihnen zum Kampf bereit. Hel´ wusste nicht viel über diese Bärenmenschen.
Sie wiesen an Händen und Gesicht Ähnlichkeit zu Menschen auf, ansonsten glichen sie aber riesigen Bären. Mazarane konnten bis zu 200 Jahre alt werden und lebten in den großen Höhlen im westlichen Teil des Baroggebirges, seit dem Ende der Flut aber auch im Alier Nordwald, der an die Ausläufer dieses großen Gebirges grenzt.
Nun sah Hel´ sie leibhaftig vor sich. Groß und furchteinflößend. Kampfbereit. In ihren Augen loderte Hass gegen den Namses und seine Scharen. Ihre Schnelligkeit in den Überlieferungen war nicht übertrieben, denn kaum hatte Hel´ die Lage erfasst, sah

er sich auch schon in einen Kampf mit einem Mazaran verwickelt.
Außer den Speeren, die einige noch bei sich trugen, hatten sie keine Waffen, lediglich Schilde aus Eisen. Hel´ zog sein Schwert und drosch auf sein Gegenüber ein. Geschickt wehrte dieser die Hiebe mit seinen Schild ab. Neben Hel´ stand Cil´, der einen Dolch nach dem anderen warf und bereits drei Angreifer verwundet oder getötet hatte. Der Oger allerdings schien verloren. Er stand weit vorn inmitten der Mazarane und schlug wild und planlos um sich. Zwar erschlug oder verletzte er einen oder zwei von ihnen, doch war es nur eine Frage der Zeit, dass die Bärenmenschen ihn überwältigen würden.
„Wo sind nur diese verdammten Drachen abgeblieben?“, fragte sich Hel´ und kämpfte weiter mit seinem Gegenüber. Es gelang ihm, sich neben, ja fast hinter seinen Gegner zu bringen. Er rammte ihm sein Schwert in die Schulter, ein markerschütternder Schrei drang aus dem Wesen, bevor es tot zusammenbrach.
Dann kamen die Drachen zurück. Nacheinander stießen sie aus den Wolken und spieen Feuer auf die hinteren Reihen der Mazarane. Meist schlugen die Flammen ins Leere, zu geschickt, zu schnell waren die Mazarane. Das Chaos war perfekt.
Inmitten des Flammenmeeres wüteten die Kämpfe. Von geordnetem Kampf konnte nicht die Rede sein. Immerhin schafften es die Drachen, die Mazarane zurückzudrängen, und immerhin griffen sie die, die in Kämpfe mit den Auserwählten verwickelt waren, nicht an. Hel´ hätte von den Echsen anderes erwartet, wäre das doch eine gute Gelegenheit gewesen, sich nicht nur von den Mazaranen, sondern auch von den ungeliebten Begleitern zu trennen.
Hel´ beobachtete, wie einer der Mazarane in enger Umarmung mit Ogmagel den Hang hinunterrollte. Der Oger war zwar größer als der Bärenmensch, doch an Kraft schien dieser ihn zu übertreffen. Der Mazarane packte den Kopf des Ogers und drehte ihn ab. Hel´

blickte mit einer Mischung aus Ekel und Bewunderung auf die Szene. Welch unbändige Kraft!
Doch das Blatt hatte sich gewendet. War anfangs Überraschung auf Seiten der Mazarane gewesen, so drängte sie nun das systematische Feuer der Drachen zurück. Sie mussten ihre Reihen weit auseinander reißen, um nicht Opfer der Flammen zu werden. Sie zogen sich zurück! Schneller als Pferde rasten sie über die Hügel und verschwanden am Horizont. Zwei der Drachen verfolgten sie, erreichten sie aber nicht mehr.

Hel´ ließ seinen Schild fallen und starrte ihnen nach. Grob hob sich der Körper des Orks gegen das fahle Sonnenlicht ab. Eine unheimliche Ruhe lag nun über dem Hügel und nur das Zischen der verbrennenden Körper war zu hören. Hel´ blickte auf den von ihm erschlagenen Mazaranen, der neben ihm auf den Boden lag.
Uruk kam zu ihm. „Sie sind schnell und stark“, schnaubte der alte Troll sichtlich außer Atem.
„Ja, das sind sie“, erwiderte Hel´ ruhig. Er hatte Respekt vor den Mazaranen, noch nie in seinem Leben hatte er mit Wesen von solcher Stärke gekämpft. Er blickte auf die Reste seines Schildes, das unter den Hieben des Mazaranen geborsten war. Auch Cil´ und Regeul kamen zu ihnen.
„Dieser dumme Oger hätte uns mit seiner unüberlegten Handlung alle umbringen können“, schimpfte Cil´.
„Er hat seine Quittung bekommen“, erwidere Uruk knapp.

Die Drachen Draginpar und Dragwirm, die die Mazarane verfolgt hatten, waren ihnen bis zum Alier gefolgt und hatten dort ihre Spur verloren. Die Überlebenden des Angriffs hatten nur kleine Blessuren davongetragen. Lediglich der junge Ork Regeul trug einige tiefere Wunden in Brust und Armen davon. Ein Mazaran hatte ihm mit seinen scharfen Krallen den Lederpanzer

aufgerissen. Uruk kümmerte sich um ihn, indem er ihm einige Kräuter und eine Salbe auftrug.
Gemeinsam schichteten Hel´ und Cil´ die Toten auf. Die Oger und fünf Mazarane. Hel´ hatte einen Gegner getötet, Cil´ zwei. Einer war in den Flammen der Drachen umgekommen, einen hatte Uruk erledigt. Als die Leichen aufgeschichtet waren, kam Draginpar und entzündete den Haufen mit seinem Feueratem. Flammen stoben nach allen Seiten und der Geruch von versengtem Fleisch machte sich breit. Stumm und teilnahmslos starrten die acht auf den lodernden Berg brennender Körper.
Hel´ kochte innerlich, auch wenn ihm der Tod der Oger eigentlich egal war. Es war die Arroganz der Drachen und ihr egoistisches Verhalten. Sie hätten früher und geschickter eingreifen können, aber sie hatten einfach nicht gewollt, vielleicht den Tod der Oger sogar abgewartet. In Zukunft würden sie sich nicht mehr auf die Echsen verlassen und selbst für Wachen sorgen.

Mitten in der Nacht brachen sie auf. Eine gereizte Spannung lag in der Luft. Die Drachen fühlten sich erniedrigt, die „Kriecher“, wie sie Trolle und Orks zu nennen pflegten, zu tragen. Auch die Orks und der Troll fügten sich nur widerwillig dem Befehl des Namses, die ihnen verhassten Drachen zu besteigen. Sie packten ihren Proviant und die Waffen zusammen, banden Rucksäcke daraus und entließen die überflüssigen Reittiere in die Freiheit.

Der Mond erhob sich blass am Himmel, und der schwarze Bund raste durch die Nacht. Er hätte es nicht zugeben wollen, aber der Ritt auf dem Drachen faszinierte Hel´. Die in Schatten gehüllte Landschaft flog unter ihm dahin. Der Mond tauchte die Bäume unter ihm in bizarres Licht. Nur selten flackerte etwas wie ein Lagerfeuer von unten zu Hel´ herauf. Allein für diesen Anblick hatte sich der Weg gelohnt, und selbst, wenn diese Mission sein Leben kosten würde, die Welt von oben zu sehen war ein Leben wert. In der Ferne strahlte die Feuerspitze, und in knapp einer Stunde würden sie das Barog erreicht haben.

Hel´ grübelte und fand tief in seinem Inneren ein wenig Verständnis für das Verhalten der Drachen. Sie waren die ersten Wesen auf Balior gewesen. Die ersten Wesen nach den Schattenkriegern, die der Namses überhaupt erschaffen hatte. Sie waren seine meistgeachteten Kinder. Und sie waren mit der Gabe des Fliegens gesegnet. Kein Wunder, dass sie so eitel und stolz waren. Dass sie auf Orks und die anderen Wesen des Namses herabsahen.
Hel´ wurde melancholisch. Während er unter Sonne litt und den täglichen Kampf um Geld für Nahrung und Kleidung führte, lebten diese Drachen frei und unbefangen.
Uruk schien kein Auge für die Schönheit der Welt zu haben. Er klammerte sich an den schwarzen Drachenkörper und vermied jeden Blick nach unten. Ab und an drang ein Fluchen durch die Nacht, was meist den Tag seiner Geburt oder den Tag seiner Erwählung zum Thema hatte. Eindeutig, Uruk fühlte sich sichtlich unwohl.

Schon erreichten sie die ersten Ausläufer des Barogs. Die Drachen senkten sich langsam zu Boden und landeten fast lautlos auf einer Bergspitze, die Deto´ Calior genannt wurde. Zumindest nannten ihn die Anhänger Caliors so. Der Name bedeutete „Finger Caliors“.
Hel´ kam es vor, als würde er nach Hause kommen. Lange Zeiten des Kampfes hatte er hier verbracht, und sein Herz hing an diesem Felsmassiv. Er, der nun eindeutig die Führung der Gruppe der „Kriecher“ übernommen hatte, wandte sich an Dragos´erem. „Wie ist der weitere Plan? Wo wird der Feind vermutet?“
Der Drache blickte beinahe mitleidig auf ihn herab und antwortete knapp. „Wir werden wieder aufbrechen und

die Feinde aufspüren. Unweit von hier hat man sie gesichtet, doch sie bewegen sich in engen Schluchten und Senken, in die wir nicht hinab können. Wenn wir sie vor euch finden, werden wir euch holen. Sollten wir sie auf einer Anhöhe erwischen, werden wir sie töten."
„Wie auch immer. Wir werden uns westwärts bewegen."
Beide verneigten sich knapp, und die Drachen erhoben sich majestätisch in die Lüfte.
„Nun sind wir sie los", sagte Uruk.
„Endlich", antwortete Hel´.
„Was sollen wir nun tun?"
„Wie ich sagte, wir gehen los und nehmen die tieferen Schluchten und Wege. Wir werden die Brut schon finden."

Keiner war müde. Tageszeiten spielten unter der rötlichen Dunsthaube des Vulkans keine Rolle. So brachen sie auf. Für viele Orks war dies das gelobte Land, mit idealen Temperatur- und Lichtverhältnissen. Hel´ merkte, wie er die Wärme des Berges in der kalten Wüste vermisst hatte. Das Licht der Feuerspitze loderte heute besonders schön, fast rubinrot umschmeichelte es die Felsen. Hel´ sog die schweflige Luft tief in die Lungen und schloss die Augen. In seinen Gedanken tauchten die Bilder der letzten Tage des Krieges auf.
Die Schwarzdrachen hatten die neuen Siedlungen der Orks überfallen. Der Namses mischte sich in die Fehden seiner Geschöpfe nicht ein, zumindest solange die Verluste sich in Grenzen hielten. Erst als die Orks herausgefunden hatten, wie sie die stark gepanzerten Echsenkörper knacken konnten, und die Verluste auf Seiten der Drachen größer wurden, gebot der Namses Einhalt. Sehr zum Ärger der Orks, die sich von ihrem eigenen Gott verraten fühlten. Dann kam der Regen, und der Krieg erlosch in den Fluten.
Hel´ konnte sich rühmen, einen der Drachen erlegt zu haben. Doch sprach er selten über seine Tat. Obwohl sie ihn mit unbändigen Stolz erfüllte.

Es gab nur zwei Möglichkeiten, Drachen mit Waffen zu besiegen: ihre Augen zu durchstoßen oder eine Stelle an ihrem Hinterkopf, die weicher war als der Rest der mit Hornplatten bewährten Haut, zu durchbohren.
Die Orks hatten in den letzten Tagen des Krieges ihre Taktik geändert. Sie hielten sich meist in Nischen und Spalten verborgen und griffen nur rastende oder gar schlafende Drachen an. Für einen Ork keine unehrenhafte Tat, einen Gegner schlafend zu meucheln. Das Ergebnis zählt, nichts weiter.

„Was ist mit dir?“ Die ruppige Stimme seines Bruders riss Hel´ aus seinen Gedanken.
„Nichts ist, wir ziehen los!“ Hel´ hob den Arm und deutete mit dem Schwert in der Hand nach Westen. Eigentlich eine unnötige Geste, da die drei anderen ihn gut sehen und hören konnten, doch in Hel´ erwachte langsam wieder der Geist des Offiziers der Truppen im Barog.

Turidin hatte die Gefährten in den Osten des Gebirges geführt. Ständig auf der Hut vor den Schwarzdrachen, hatten sie sich entschieden, am Tage zu ruhen und nachts zu wandern. Je näher sie der Feuerspitze kamen, desto mehr verwischten die Grenzen zwischen Tag und Nacht. Rot wurde zur dominierenden Farbe.
Turidin wollte, so schnell es ging, zum Gipfel. Er hatte seine Freunde nicht in seine Pläne eingeweiht, und so stapften Quam, Fengrin und die Brüder Beredorn rätselnd hinter ihm her. In den letzten Wochen hatte Grautier sie hin und wieder begleitet, dann wieder war er ohne ein Zeichen verschwunden. Doch seit sie ihren Pferden am Rande des Gebirges die Freiheit geschenkt hatten, war auch der Wolf ferngeblieben.
Quam machte die feuchte Hitze des Gebirges am meisten Probleme. Er schleppte sich mit großer Anstrengung hinter den anderen her. Immer öfter mussten sie rasten, und immer länger dauerten die Pausen.

„Wie lange müssen wir denn noch in diesem Kochtopf umherirren“, fragte Rodegart, von den Strapazen sichtlich gezeichnet.
„Wir irren nicht!“ war die kurze Antwort Turidins.
Wieder schwiegen sie für Stunden. Turidin hatte eine hektische Stimmung, ein unbestimmtes Unwohlsein ergriffen, seine angestrengte, verbissene Art färbte auf seine Begleiter ab. Längst waren die Gespräche zwischen ihnen kürzer und die Themen unbedeutend geworden. Die Kletterei durch die Hitze zehrte stark an ihren Nerven. Keiner außer Turidin wusste, wie weit es noch war. Keiner wusste, was sie hier wollten. Zwar sah der Gipfel oft schon zum Greifen nahe aus, doch nahm der Weg immer groteskere Wendungen, und so schien es oft, als entfernten sie sich wieder von ihrem Ziel, um nach Stunden wieder in die entgegengesetzte Richtung zu marschieren.
„Nervenaufreibend“, fand Fengrin, dem der Marsch physisch am wenigsten ausmachte.

„Hier machen wir Rast.“ Turidin war sichtlich außer Atem. Er umklammerte seinen Stab, auf den er sich stützte, und wischte mit dem Handrücken über die Stirn. „Es sind noch drei Stunden zum Gipfel, doch werden wir unsere Kräfte dort oben brauchen. Der Namses hat bestimmt Wachen postiert!“
„Hauptsache, wir können bald schlafen“, knurrte Donbrut und ließ sich auf den Boden fallen. „Meine Wasserflasche ist leer, hat einer von euch noch Wasser?“
Quam reichte ihm stumm seine Flasche.
Sie packten Brot, getrocknetes Fleisch und Käse aus. Dazu etwas Weißminze, die Donbrut mit sich trug.
„Die Minze hebt auf für nach der Rast. Wir werden sie für die letzten Längen brauchen.“
Rodegart und Donbrut hätten gern jetzt schon etwas von den Blättern gekaut, die Körper und Geist belebten, doch sahen sie ein, dass nach dem Genuss dieser

besonders starken Blätter an Schlaf nicht zu denken war.
Ein Feuer zu entfachen war unnötig, da sie, wie immer in den letzten Tagen, im gleichbleibenden Zwielicht der Feuerspitze saßen. Quam warf seinen Umhang ab und zog auch sein Wams aus.
„Das ist ja großartig!“, entfuhr es Fengrin, der Quams freien Oberkörper bisher nie gesehen hatte.
Auch Rodegart und Donbrut traten näher. Über Quams Rücken breitete sich das Bild eines Zwerges, der mit einem Lindwurm kämpfte. Wie eine Kohlezeichnung, mit schönen Schatten und vielen Details, war es unter seine Haut gestochen.
Fengrin trat näher und tastete mit seinem Finger die Linien des gemalten Lindwurms ab. „Ist das ein Ewigbild?“
„Ja, das ist es.“
Rodegart und Donbrut hatten von dieser Art der zwergischen Körperkunst gehört, doch was sie hier sahen, überwältigte sie.
„Bei uns ist es ein Zeichen für die Verdienste, die wir erworben haben“, erklärte Quam. „Als ich nicht viel älter war als du, Fengrin, griff ein Lindwurm unser Dorf an, und ich tötete ihn. Damals sprach mir der Clanoberste dieses Ewigbild zu.“
Alle bestaunten die kunstvolle Arbeit. Fengrin wischte sogar mit dem Finger fest über eine Stelle, um zu sehen, ob er die Linien nicht verwischen würde. „Erzähl uns die Geschichte, Quam!“
„Ja, bitte berichte uns vom Lindwurm!“
„Nun, wenn ihr sie hören wollt, gern. Setzt euch und entzündet eure Pfeifen.“
Alle, selbst Turidin, taten wie geheißen, und Quam begann, die Geschichte des Lindwurms zu erzählen: „Es war das Jahr 2550 der alten Zeitrechnung, 128 Jahre vor der Flut. Ich war gut vierzig Jahre alt und lebte mit meinen Eltern im Dorf Schotterau östlich des Vogelsees. Ich hielt die zweite Wache dieser Nacht und hatte gerade den Holzturm am Rande des Dorfes bestiegen, als ich

ein verdächtiges Rauschen im Wald unweit der Schutzhecke vernahm. Doch so sehr ich auch spähte, ich konnte nichts erkennen. Bald verstummte das Rauschen. Trotzdem richtete ich mein Augenmerk auf den Wald. Dann, urplötzlich, rauschte es erneut, nur näher. Genauso plötzlich verstummte es wieder. Drei- oder viermal ging das so, bis ich mich entschloss, hinabzusteigen und nachzusehen!" Quam lächelte verschmitzt und fuhr fort: „Eigentlich war das ja verboten, und ich hätte Alarm geben müssen, doch ich war jung und zudem nicht sicher, was sich dort im Wald bewegte. Ich stieg also vom Turm. Der Mond, der ohnehin nur halb am Himmel stand in dieser Nacht, verzog sich zu allem Unglück auch noch hinter dicken Wolken, und selbst für einen Zwerg war es schwer, etwas Genaues in den Schatten zu erkennen.

Vorsichtig lief ich zur Schutzhecke und erklomm sie. Mit wenigen Zügen stand ich auf einem dicken Ast des Walls. Da tauchte er auch schon auf! Ein riesiger Schlangenkörper mit einem Drachenkopf, doch ohne Flügel. Ein Lindwurm! Grün war sein Leib und rot funkelten die Augen. Er hatte mich noch nicht entdeckt. Doch was sollte ich tun? Schon fing er an, sich unter der Hecke hindurchzugraben, lautlos wie ein Maulwurf. Nur das Zischen seiner Zunge und das leise Knacken der Äste war zu hören.

Zum Turm und zur Alarmglocke hätte ich es wohl nicht mehr geschafft. Und von dort aus zu rufen wäre vollkommen nutzlos gewesen. Da kam mir eine Idee. Ich wartete, bis der Wurm seinen dicken Kopf durch das Gebüsch auf der inneren Seite des Walls steckte, dann sprang ich auf ihn, und hieb mit meiner Axt immer wieder auf seinen Kopf ein. Erst schien es, als könne ich die Haut nicht einmal anritzen, doch mit mehreren Schlägen auf dieselbe Stelle gelang es mir schließlich, ihn zu verletzen. Wild warf er sich hin und her, doch steckte er noch zur Hälfte in der Hecke. Er versuchte, mich mit seinem Schwanz über den Wall hinweg zu treffen, aber er kam nicht so weit. Seine dicke Zunge

schlug wie eine Peitsche - auch so erreichte er mich nicht. Er bockte wild, doch bohrten sich nun die Dornen der Hecke in den Schlangenkörper. Blut quoll aus seinem Nacken und tropfte zäh zu Boden. Alleine der Gestank raubte mir fast die Sinne. Dann traf meine Axt wohl eine der Hauptadern. Eine Blutfontäne schoss aus dem Tier, erfasste mich und riss mich zu Boden! Bei der harten Landung verlor ich meine Waffe.
Der Wurm bäumte sich noch einmal auf und wuchtete seinen Körper gegen mich, doch in letzter Sekunde und um Haaresbreite konnte ich mich zur Seite rollen. Die Bestie aber tat ihren letzten Atemzug und blieb tot liegen.“
Fengrin klatsche vor Aufregung in die Hände.
Der alte Zwerg jedoch lächelte und fuhr fort: „In der Woche darauf riefen mich die Alten zu ihrem Rat und wiesen mich an, mir dieses Bild als Zeugnis meines Kampfes gegen den Lindwurm unter die Haut bringen zu lassen. Auf dass man mich, solange ich lebe, respektiere und ehre.“
Den Freunden hatte die Geschichte gut gefallen. Fengrin stand vor Staunen der Mund offen. Quam war zufrieden mit der Reaktion seiner Zuhörer.
Sie unterhielten sich noch etwa eine Stunde und erfuhren von Turidin, dass Lindwürmer nicht zu den Wesen des Namses oder Caliors gehörten, sondern einer anderen, älteren Macht entsprangen. Sie waren in den Wirren der ersten Zeit entstanden, und keiner wusste, was sie nach Balior gebracht hatte.

Dann legten sie sich schlafen. Nur Fengrin blieb auf und hielt die erste Wacht. Er betrachtete ein kleines Stück erloschene Lava in seiner Hand. Wie heiß sie einmal gewesen sein musste und wie seltsam leicht sie nun war. Er beschloss auch diesen Stein für seine Mutter zu verwahren. In zwei Stunden würde er Rodegart wecken und auch etwas schlafen. Er nahm einen Schluck Wasser aus der Flasche und horchte in die Stille, die nur durch das dumpfe Glucksen und Brodeln der

Feuerspitze und das Schnarchen der anderen gestört wurde.

Am 08. Hornung, es konnte keiner sagen, ob es Mittag oder Abend war, erreichten sie den Gipfel. Turidin trat als Erster auf das kleine Plateau, den höchsten Punkt Baliors. Schweißperlen liefen von seiner Stirn durch die tiefen Falten wie kleine Bäche, die stickige Luft machte ihm das Atmen fast unerträglich. Fengrin und die anderen sicherten die Seiten der Hochfläche. Kein Drache kreuzte den Himmel, kein Ork tauchte auf. Nur der Krater, dessen aufgeworfene Ränder man im Osten erblicken konnte, gluckerte warnend vor sich hin.
Der Wächter blickte angestrengt über das Gelände und fand, was er suchte. „Gut“, murmelte er, den Gefährten abgewandt. Stumm kniete sich Turidin vor einen großen Stein inmitten der Ebene, richtete seinen Stab auf ihn und murmelte undeutliche Beschwörungen. Es schien noch heißer zu werden. Langsam, aber stetig fing der Stein an, seine Gestalt zu ändern. Umrisse verschwammen, änderten ihre Form. Turidin murmelte: „Sto fa mea Destar, sto su to Torl!” Ich erfülle mein Schicksal, ich bin Dein Werkzeug!
Das, was eben noch ein einfacher Fels gewesen, wurde nun wie von Geisterhand ein gerade behauener Block, ein Altar. Auf der Oberseite erschienen Runen, ein Umriss, der der Größe nach wie für das Amulett gemacht schien.
Quam, der Turidin am nächsten stand, hörte wie der Wächter ihm zurief: „Quam, schnell! Leg das Amulett auf den Felsen.“
Vorsichtig näherte sich Quam, holte das Amulett unter seinem Wams hervor und legte es behutsam auf den Stein. Der glühte nun innerlich golden und silbern. Hastig trat Quam einen Schritt zurück, denn er hatte große Angst, sich zu verbrennen.
Wenn die Transformation des Felsens nicht schon wunderlich war, dann war das, was nun geschah, es mit Sicherheit. Auch das Amulett strahlte bald in Gold und

Silber und sank langsam in den Altar ein. Nur ein leises Knistern zeugte von dem Vorgang. Je tiefer es in den Fels glitt, desto weiter verschwanden die Runen, die eben noch klar und deutlich zu lesen gewesen waren.
Donbrut, Fengrin und Rodegart hatten sich nun zu Turidin und Quam gesellt. Die Faszination des Geschehens war stärker als die Angst vor einem Überfall aus dem Hinterhalt.
„Sto fa mea Destar, sto su to Torl! “ Turidin wiederholte den Satz immer schneller und intensiver. Sein Blick wurde starr, fast manisch. Dann sackte er zusammen, und das Licht in dem Altar erlosch. Die Feuerspitze meldete sich mit einem gewaltigen Donner, und die Freunde erschraken.
Quam griff nach dem Amulett, das wieder auf dem Altar lag. Es hatte einen tiefen Abdruck im Stein hinterlassen.
„Helft mir, Freunde, wir müssen fort von hier. Ich habe getan, was wichtig war. Am Ende dieser Zeit wird der Altar den Letzen gute Dienste erweisen.“
Fengrin stützte Turidin, der sichtlich ermattet war.
„Hast du das Amulett, Quam?“, fragte der Wächter, seine Stimme zitterte.
„Ich habe es, Turidin.“ Der alte Zwerg war besorgt um ihn, denn im Moment schien der Alte eher tot als lebendig. Matt und ausgelaugt schien Turidin jetzt nicht mehr zu sein als ein alter, müder Mann am Ende seines Lebens.
Der Altar hatte alles Leuchten verloren und stand als stummer Zeuge einsam auf der Ebene. Deutlich sah man den Abdruck des Amuletts in ihm, doch die Runen waren verschwunden. Das Grollen der Feuerspitze nahm zu, und sie beeilten sich, das Plateau zu verlassen.
Sie erreichten eine kleine Höhle am Rand der Ebene und setzen sich auf einige Felsen. Turidin trank etwas Wasser und erholte sich mit jedem Atemzug. Das Leben und die Macht kehrten in ihn zurück. Er beobachtete die andere Seite der Ebene.

Fengrin war neugierig, was sie hier eigentlich taten und von welchem Ende der Zeit Turidin gesprochen hatte, doch verkniff er sich jegliche Fragen. Turidin war die letzten Tage bereits kurz angebunden, beinah barsch gewesen, da machte es jetzt sicherlich keinen Sinn, ihn mit Fragen zu löchern.
Turidins Blick ruhte weiter auf einem Punkt hinter Fengrin. Hatte sich dort etwas bewegt? Nein, es waren nur Felsen. Große massive Felsen. Er trank noch einen Schluck. Die Gefährten beobachteten ihn und warteten auf ein Wort der Erklärung. Zumindest auf ein Zeichen, dass es ihm gut ging. Doch Turidin starrte unablässig zum gegenüberliegenden Rand der Hochebene. Was war das? Hatte sich der Felsen nicht gerade doch bewegt? Sein Misstrauen war geweckt.
Dieser Ort war ein heiliger Ort. Hier hatte Calior den ersten der weißen Drachen auf Balior geschaffen. So heilig wie der Ort, an dem vor Ewigkeiten der erste Zwerg Darag der Erde entstieg. Es war gut möglich, dass der Namses diesen Ort kannte. Dann war es sicher, dass er bewacht wurde. Solche Orte hatte Calior von jeher mit Bedacht gewählt und ihnen viele Bedeutungen gegeben, um sie zu verschleiern und sie doch in den Erinnerungen seiner Völker zu wissen.
Auch Quam wurde aufmerksam. Alles schien ruhig. Aber hatte sich das Bild dort drüben nicht verändert? Waren die drei größten Brocken nicht eben noch entfernter gewesen? Stille. Dann bemerkte Turidin eine Bewegung. Es sah immer noch aus wie ein Felsbrocken, nur dass man nun etwas wie Augen und ein Maul erkennen konnte. Und was schlimmer war: Arme und Beine!
„Durbrocks!“, schrie Turidin und die Müdigkeit schien wie weggeblasen.
Rodegart und Donbrut schauten sich verwundert an, sie hatten dieses Wort noch nie zuvor gehört, doch zumindest Quam wusste, was Turidin meinte.

Sie zogen ihre Waffen. Was nun geschah, war so absonderlich, dass Fengrin sich weigerte, es zu glauben: Die Felsen stürmten auf sie zu.
„Vergesst eure Waffen, sie nutzen euch nichts. Diese Wesen sind Felsen“, brüllte Turidin.

Drei Durbrocks waren es, die sie angriffen. Dunkel beseelter Fluch, der zwar nicht vom Namses stammte, aber ihm zugetan war. Es gab große und kleine, schnelle und starke, doch hatte man seit Jahrhunderten nichts mehr von ihnen vernommen, sodass selbst Turidin nicht mit ihnen gerechnet hatte.
Fengrin erklomm einen erhöhten Vorsprung und beobachtete die Durbrocks. Quam zog U´Dragmorie und stürmte voran. Rodegart und Donbrut blickten sich entgeistert an.
Der erste der drei lebenden Felsen erreichte Quam, schlug mit seiner steinernen Pranke nach dem Zwerg, verfehlte ihn, grabschte nach ihm. Quam duckte sich, warf sich zurück, holte aus. U´Dragmorie schnitt durch den Stein wie durch Butter. Eine Klinge, die Drachenpanzer durchdringt, ist auch für Stein zu gebrauchen. Brocken flogen umher. Donbrut, der recht weit ab stand, wurde hart an der Stirn getroffen und sackte zu Boden. Fengrin schrie.
Turidin erkor sich den zweiten der Durbrocks zum Gegner. Der rannte auf den Alten zu. Hundert Längen, achtzig, sechzig. Der Weise richtete seinen Stab auf den lebenden Felsen und ein goldener Strahl hellen Lichts traf auf den Angreifer. Er verlangsamte sein Tempo, blieb fast stehen, kämpfte mit aller Macht gegen das Licht an. Seine Klauen stemmten sich in den Boden; doch der Strahl schob ihn langsam und stetig zurück. Stück um Stück verlor der Durbrock an Boden. Schneller und schneller drückte ihn das Licht weg. Dann schleuderte das Licht den Durbrock mit einem plötzlich aufflammenden Blitz gegen den Berg. Das Steinwesen zerbarst mit ohrenbetäubendem Lärm.

Der letzte der drei Angreifer hatte Rodegart erreicht. Der versuchte, ihn mit seinem Schwert zu verletztten. Ohne Erfolg. Verzweifelt wich Rodegart aus, lenkte den Durbrock von seinem verletzten Bruder ab.
Turidin war erschöpft, konnte nicht helfen, doch Quam rannte schon auf den Durbrock zu. Rodegart warf sich zu Boden, und Quam schlug dem Felsenwesen mit einem Hieb den Kopf ab.
„U´dragmorie!“, jubilierte Turidin. „Wer hätte geahnt, dass es so hart ist?“
Quam strich über die Klinge. „Kein Kratzer“, flüsterte er, hob sie gegen den Himmel und stieß einen Jubelschrei aus: „Dwerge!“
Fengrin indes kletterte von dem Felsen und begutachtete die Bruchstücke der leblosen Durbrocks. Nichts deutete auf das Leben hin, das eben noch in ihnen gesteckt hatte.
„Unsere Aufgabe hier ist erfüllt“, murmelte Turidin. „Brechen wir auf und suchen das Nimdarak.“
Stumm begannen sie den Abstieg in westlicher Richtung.

Hel´ hörte ein lautes Grollen der Feuerspitze und blickte nach Osten. „Halt! Der Berg grollt nicht ohne Grund. Wir rasten hier.“ Oft hatte er erlebt, dass die Feuerspitze auf das Geschehen um sie herum reagierte. Hel´ war sicher, dass dem Berg Leben und Bewusstsein innewohnten.
Cil´ war die letzten Tage immer mürrischer geworden. Es war schwer für ihn zu akzeptieren, vom Bruder geführt zu werden. Fast wären ihm die Rückkehr der Schwarzdrachen und ihre abwertende Art lieber gewesen. Doch kaum hatte er das zu Ende gedacht, da bereute er den Gedanken wieder. Über ihnen durchbrachen schwarze Schatten die rote Dunstkuppel. Die Drachen kehrten zurück. Auf einem größeren Felserker ließen sie sich nieder und blickten auf die Truppe in der Schlucht unter ihnen herab.

Hel´ trat hervor, und schrie nach oben: „Was gibt es Neues? Habt ihr sie gefunden?“ Viel leiser fügte er hinzu: „Arrogantes Pack!“
„Sie sind nicht allzu weit von hier. Einer ist verletzt. Sie müssen an dieser Stelle vorbeikommen. Errichtet einen Hinterhalt. Wir werden sie in eure Arme treiben.“
„Wann wird es sein? Wie viel Zeit bleibt uns?“
„Acht oder neun Stunden“, antwortete der Drache. Die Flugechsen erhoben sich und verschwanden im Dunst.
„Ihr habt gehört, was die Hochwohlgeborenen uns mitzuteilen hatten. Suchen wir eine Stelle für einen Hinterhalt und richten uns ein.“
Sie trennten sich. Uruk ging mit Hel´ tiefer in die Schlucht, in der sie sich befanden. Sie war zerklüftet und rau. So zerklüftet, dass hier und dort drei oder vier Wege durch sie führten. Etwa eine halbe Stunde später fanden sie allerdings eine Enge, die prädestiniert für einen Angriff aus dem Hinterhalt war. Pech quoll aus dem Boden und ließ nur einen knapp zwei Längen breiten Durchlass. Die Enge maß etwa zwanzig Längen, und die Wände stiegen steil an.
Der Plan war einfach. Ein Bogenschütze, am besten Cil´, sollte zur rechten Zeit den Pechtümpel in Flammen schießen. Wenn einer der Feinde das überleben sollte, wollten Hel´ und Uruk sich ihnen entgegenstellen. Wenn der unwahrscheinliche Fall eintraf, dass auch die beiden Kämpfer überwunden werden sollten, konnte der Regeul eine Steinlawine auslösen und sie erschlagen. So wurde es beschlossen.
Sie schleppten Steine auf einen Felsvorsprung, um die Lawine vorzubereiten. Hel´ spannte mit zwei Seilen ein breites Leder, hinter dem die Steine gestapelt wurden. Bei Bedarf musste nur ein Seil durchtrennt werden, und die Steine brachen los. Cil´ prüfte die Qualität des Pechs und präparierte einige Brandpfeile. Regeul lieh ihm seinen Bogen. Cil´ suchte sich eine Deckung und schoss ein paar normale Holzpfeile zur Übung. Spätestens der zweite Schuss musste sitzen. Uruk und Hel´ suchten

sich Schutz unweit des Pechtümpels und prüften ihre Waffen.
„Wir müssen uns mehr vor dem Feuer der Drachen in Acht nehmen als vor dem Gegner, glaube ich!“
Hel´ grinste zwar, doch wusste Uruk, dass Wahrheit in seiner Aussage steckte. Wahrscheinlich feuerten die Drachen auf alles, was sich bewegte, wenn sie erst mal angriffen. „Ich denke, sie können hier eh nicht tief genug runter, um gezielt zu treffen. Die Schlucht ist zu eng für sie.“
Hel´ wog seine Axt in der Hand und war zufrieden. Eine gute Waffe und ein guter Tag, um zu sterben.

Dann blieb ihnen nichts weiter als zu warten. Über ihnen waberte der rote Dunst, der so charakteristisch für die Feuerspitze und einige der Gipfel um sie herum war. Eine angenehme Stille herrschte in der tiefen Klamm.

Turidin erspähte als Erster die vier schwarzen Körper, die über ihnen kreisten. „Nein! Seht dort oben. Schwarzdrachen!“
Entsetzt blickten die Gefährten nach oben. Sie hatten, seit sie das Barog betreten hatten, immer mit dem Angriff eines oder mehrerer Drachen gerechnet und doch bis zuletzt gehofft, keinem zu begegnen.
Turidin beobachtete den Himmel. „Sie können nicht bis zu uns herunter. Die Schlucht ist zu eng.“
Doch wie zum Trotz tauchte in diesem Moment einer der Drachen ab, zog seine Bahn knapp am Rande der Klamm und spie einen Feuerball nach ihnen. Automatisch ließen sich die Freunde auf den Boden fallen, obwohl das Feuer gut drei bis vier Menschenlängen über ihnen erlosch.
„Wenn sich die Wände nur etwas weiter senken, verbrennen sie uns!“, stieß Fengrin hervor.
„Unten bleiben! Dort ist eine Senke, da sind wir auf alle Fälle sicher“, antwortete Quam.
„Zumindest sicherer“, grummelte Donbrut.

Bäuchlings robbten sie zur Senke. Quam erreichte sie als Erster. Auf dem Rücken liegend beobachtete er die Drachen, die immer noch über der Schlucht kreisten. „Hier werden wir nicht bleiben können. Kein Wasser, und unsere Vorräte werden nicht ewig reichen."
Nun waren alle in der Vertiefung.
Turidin grübelte. „Ich könnte uns eine Zeit lang schützen, doch bin ich noch zu schwach. Wir werden warten müssen, bis ich mich erholt habe."
Rodegart erhob sich und blickte in den Himmel. „Sie sind weg!", stöhnte er erleichtert auf.
Quam trat neben ihn und antwortete: „Sie sind nicht weg, du siehst sie nur nicht mehr. Die Viecher sind auf uns angesetzt, sie werden uns nicht mehr in Ruhe lassen, bis wir sie oder sie uns vernichtet haben!"

Doch die nächsten Stunden sah keiner der Freunde die Drachen. Turidin erholte sich zusehends, und bald traten die Gefährten ihren Weg nach Westen an. Immer auf der Suche nach Schutz, huschten sie von einem Überhang zum anderen oder verbargen sich in Senken.

Außerhalb des Gebirges war es wohl bereits Abend, als sie eine tiefe Kluft mit einer Frischwasserquelle fanden. Ermattet warfen sich Fengrin und Rodegart an das Ufer und tranken gierig. Turidin ließ sie gewähren, denn es war nicht zu befürchten, dass die Quelle vergiftet war.
Mit einer Wachablösung alle drei Stunden schliefen sie unruhig auf dem harten Boden. Fengrin warf sich die meiste Zeit hin und her und war fest davon überzeugt, nicht eine Minute geschlafen zu haben.
Quam hielt die letzte Wache und verbrachte die Zeit damit, sich über sein Leben bis heute Gedanken zu machen. Er hatte einst den Lindwurm besiegt. Hatte eine wunderbare Frau geehelicht und drei prächtige Kinder gezeugt, alle etwas älter als Fengrin. Sein Ältester hatte nun selbst schon Kinder. Quam hatte die letzten Jahre damit verbracht, Besuch zu empfangen oder zu tätigen, Holz zu hacken, den Boden zu bestellen

und so weiter. Er lebte das friedliche Leben eines alten Zwerges, ohne große Höhen und Tiefen. Früher war er anders gewesen. Er reiste und war immer auf der Suche nach Abenteuern und Wissen. Stellte vielen Fragen und bekam Antworten. Besonders die Elben hatten es ihm angetan. Dann kamen die Kinder, und er wollte mehr für seine Familie da sein.
Auf seinen Reisen hatte er sogar einmal einen Schatz erstritten, doch das ist eine andere Geschichte, die bis heute noch in Zwergenliedern besungen wird. Auf alle Fälle brauchte sich Quam seitdem um Gold und Silber keine Sorgen mehr zu machen. Für ein einfaches Zwergenleben mit dem Nötigsten an Komfort und Luxus würde es noch lange reichen, länger als Quam zu leben sich zugestand.
Dies war also sein letztes Abenteuer. Und was für eines. Mit dem vom Licht befähigten Turidin auf dem Weg, den weisen Metas zu befreien – schier unglaublich.
Er zog sein Schwert aus der Lederscheide und betrachtete es. U´dragmorie. Welch Glück, dass er es gefunden hatte. Dies war wohl die härteste Klinge auf Balior. Alt und sagenumwoben war dieses Schwert. Viele glaubten gar nicht an seine Existenz, doch er hielt es in seinen Händen! Stolz schob er es zurück an seinen Platz. Dann nahm er einen kleinen, spitzen Stein und fing an, ein Bild auf die Front seines schmucklosen Schildes zu ritzen. Als er am frühen Morgen die anderen weckte, prangten bereits die Umrisse eines Drachenkopfes auf dem Schutz.

Hel´ wurde unruhig. Eigentlich hätte die Gruppe, die es auszulöschen galt, seit einer Stunde den Schlund passieren müssen, doch nichts regte sich. Bald würden seine Männer unaufmerksam werden, und das würde den ganzen Plan gefährden. Die Drachen waren auch nicht wieder aufgetaucht, und Hel´ fragte sich, ob es den Gejagten gelungen war, die Jäger zu erlegen. Eine Mischung aus Freude und Ärger keimte in ihm auf. Er machte sich auf, seinen Bruder und Regeul zu mahnen, vorsichtig und wachsam zu bleiben. Doch er wusste, dass er seinen Posten eigentlich nicht verlassen durfte.

Die beiden Gruppen ahnten nicht, dass sie nur zweitausend Längen voneinander entfernt lagerten.

Da die Drachen nicht mehr über ihnen kreisten, verließ die Gruppe um Turidin die Senke, um sich ein Bild von der zerklüfteten Landschaft zu machen. Quam erklomm eine Felsspitze und betrachtete die Schlucht im Osten. Die anderen wagten sich ein paar Schritte tiefer in die Schlucht, die den einzigen Ausgang aus der Klamm bildete. Quam erstarrte. Hatte sich unweit seines Ausgucks nicht etwas bewegt? Wieder Durbrocks? Er duckte sich hinter einen Felsen und starrte angestrengt auf das Gewirr von Felsen. Da war etwas. Sicher kein Durbrock. Aber etwas Großes schlich um die Felsen geradewegs auf sie zu. Quams Herz pochte, pochte so laut, dass er meinte, jeder im Umkreis von einer Länge müsse es hören. Nur einen Steinwurf von ihm entfernt schlich ein Schwarzdrache durch das Geröll!
Lautlos pirschte sich die Ausgeburt der Schatten näher und näher, lugte hinter Felsen hervor, schob seinen gewaltigen Körper schlangenartig weiter. Stück um Stück kam er näher. Leise und tödlich. Der Drache hatte wohl Donbrut und Turidin im Visier, denn auf die beiden hielt er zu. Quam bemerkte er nicht. Hoch über der Echse lauerte der Zwerg auf seine Gelegenheit.
Der schwarze Leib schlich näher. Quam zog behände das Schwert U´Dragmorie aus der Scheide und wartete auf den passenden Augenblick. Gut zehn Zwerge lang war das Tier. Und es war schwerer als jeder Lindwurm. Das Blut des Zwergs brodelte. Quam schätzte das Gewicht der Echse auf gut dreißig Zwerge. Trotzdem musste dieser Drache der kleinste der vier Angreifer sein und wohl den niedrigsten Rang haben. Warum sonst hätte er allein den gefährlichen Fußmarsch auf sich nehmen sollen?

Noch vier Sekunden, dann würde Quam springen, drei, zwei, eine. Er stieß sich kräftig ab und landete, ganz anderes als geplant, am Flügel des Drachen. Zu allem Unglück verlor er beim Aufprall sein Schwert. Geistesgegenwärtig rutschte der Zwerg den schwarzen Drachenkörper hinunter, glitt über die dichten Schuppen, stürzte und knallte gut drei Längen tief auf den Boden. Er fluchte. Der Drache, im ersten Augenblicke noch erschrocken, fasste sich schnell und suchte den Boden nach dem Angreifer ab. Dem Schrecken der ersten Sekunde folgte Wut, die sich steigerte, da er sich hier in der Klamm nicht recht zu helfen wusste. Es war schwer für ihn, sich in der Enge zu bewegen, denn sein Körper füllte gut 2/3 des Felsdurchlasses. Eine Drehung war für ihn gänzlich unmöglich. Ein wütendes Fauchen entfuhr der Echse. Quam rappelte sich auf und griff nach seinem Schwert. Auch Turidin und die anderen hatten nun die Gefahr in ihrem Rücken erkannt. Schon wollten die Brüder Beredorn auf den Drachen eindringen, doch Turidin hielt sie ab. „Lasst Quam das bewältigen. Haltet lieber Ausschau nach den anderen Drachen!“ Turidin bewegte sich ohne große Hast auf das Untier zu.

Quam kroch indes unter den Leib der Echse, das Schwert bereit zum Stoß, doch mehr damit beschäftigt, nicht von dem Drachen zertrampelt zu werden, als eine Stelle für einen gut platzierten Hieb zu suchen.

Inzwischen hatte den Drachen Panik ergriffen und er trampelte wild auf den Boden unter sich. Staub und Kiessplitter flogen durch die Luft, und Quam rollte sich mal nach links mal nach rechts. Immer die riesigen krallenbewährten Klauen im Blick. Dann hörte er Turidins Stimme. Er konnte nicht verstehen, was er sagte, auch konnte er ihn nicht sehen, doch war es eindeutig Turidin, der zu dem Drachen sprach. Das Biest wurde immer ruhiger, und Quam konnte sich etwas entspannter zu Werke gehen.

Turidin schritt auf den Drachen zu. Eine Hand in seine Richtung gestreckt, in der anderen den Stab mit der

Insigne. Er murmelte eine alte und mächtige Beschwörung vor sich her. Den Blick starr zu Boden gerichtet, kam er dem Drachen näher und näher. Dieser wurde nun beinahe zutraulich und bewegte sich kaum. Gleichmäßiges Schnauben verriet Quam, dass der Drache nun vollkommen gelassen war. Still stand er da und wartete auf Turidin. Der Alte konnte ihn nun beinahe berühren.
Dann hob Turidin seinen Blick und starrte in die Augen des Drachen. Der Echse fuhr der Schreck in die Glieder. Sie richtete sich auf und stieß einen wütenden Schrei aus. Sie atmete tief ein, wollte Turidin mit einem Schwall ihres Feuers verbrennen, doch bevor sie die Flammen aus ihrer Brust pressen konnte, rammte Quam ihr den Drachentöter in den Brustkorb. Leise schmatzend bohrte sich die Klinge durch die dicken Hornpanzer bis hin zum Herzen. Blut quoll zäh und schwarz wie Pech aus ihm hervor. Tropfte auf Quam, zog sich wie Gelee über sein Gesicht. Fast meinte der Zwerg, ersticken zu müssen. Er rollte sich unter dem Drachen weg, und keine Sekunde später brach der Koloss zusammen. Ein letzter markerschütternder Laut drang aus seiner Kehle, dann schloss er für immer die Augen. Draginpar war tot.

Nun stürmten die Gefährten zu Turidin und Quam, der sich den zähen Blutschleim aus dem Gesicht wischte.
„Bist du verletzt, Quam?“, rief Fengrin seinem Freund zu.
„Mir geht es gut! Wenn nur dieser stinkende Schleim nicht wäre.“
„Dem Allvater sei Dank.“
„Wie hast du das gemacht, Turidin?“, fragte Rodegart.
Turidin hob die Brauen.
„Für ihn, und nur für ihn, habe ich mich für einige Sekunden in den Namses verwandelt. Er sah in mir seinen Vater, seinen Schöpfer. Das hat ihn beruhigt und gezähmt. Ich redete ihm ein, er müsse nur ruhig stehen bleiben, und alles würde sich zum Guten wenden. Ich

würde ihm beistehen. In dem Moment aber, als er meine Augen sah, durchschaute er den Trick und hätte mich beinahe doch noch getötet. Aber Quam hat schnell genug reagiert. Ich danke dir."
Quam lächelte verlegen. „Keine Ursache!"
„Wieso hat er deine Tarnung durchschaut?"
„Nun, ich kann meine Gestalt ändern, verschleiern. Doch nicht die Eigenschaften, die in mir wohnen. Sie spiegeln sich unweigerlich und klar in meinen Augen. Der Blick ist der Spiegel der Seele. Als wir uns ins Auge sahen, erkannte er den Trug!"

Sie richteten ihre Aufmerksamkeit auf den toten Drachen, der neben ihnen lag.
„Er ist schön", flüsterte Fengrin. „So edel und gleichmäßig."
„Er ist eine Bestie, die uns töten wollte und wahrscheinlich gefressen hätte", antwortete Donbrut.
Sie schwiegen, und das Rot der Feuerspitze brach sich wie in tausenden kleinen Edelsteinen auf dem Panzer der leblosen Echse.

Dann brach um sie herum die Hölle los. Zwei Drachen hatten sich durch die Schlucht geschlichen und griffen die überraschten Freunde von Osten her an. Ein Drache segelte, ebenfalls von Osten her, dicht über dem Boden auf sie zu. Seine gewaltigen Schwingen rammten ab und an die Felsen, doch zerbarsten diese, ohne Schaden an den Flügeln anzurichten. Das musste der mächtige Dragos´erem sein. Der Oberste der Schwarzdrachen seit mehr als dreitausend Jahren.
Alle, selbst Turidin, erschraken über die Maßen. Doch der Wächter fasste sich im selben Augenblick. „Flieht! Dort die Enge! Da hindurch!"
Sie rannten los. Erst Fengrin, dann Turidin gefolgt von Quam und Rodegart. Als Letzter kam Donbrut. Sie erreichten den engen Durchlass ins nächste Tal des Gebirges nur knapp und rannten weiter. Keiner der Drachen konnte folgen. Lediglich Dragos´erem hätte

aufsteigen und über den Gipfel fliegen können. Das verschaffte den Gefährten Zeit. Sie stürmten durch den tunnelartigen Durchlass.

Hel´ hatte den Kampf am anderen Ende des Tunnels gehört und lauerte nun mit seinen Männern auf die Beute. Cil´ stand schussbereit. Neben ihm rauchte ein kleines Feuer, um den Brandpfeil zu entzünden.
In wenigen Sekunden würde der Kampf beginnen. Hel´ atmetet schnell vor freudiger Aufregung. Endlich wieder töten. Unwillkürlich zuckten die Muskeln in seinem Gesicht. Der Jäger konnte die Aufregung nicht verbergen.

Die Gefährten rannten aus dem Schlund, liefen noch einige Längen und verharrten inmitten eines Pechtümpels, durch den ihr Weg führte.

Hel´ spähte aus seinem Versteck auf die Feinde. Ein kleines Stück nur noch und sie säßen in der Falle. Wenige Schritte trennten sie von ihrem Verderben.

„Bleibt zusammen und haltet nach einer Höhle oder tiefen Senke Ausschau."
Die Gruppe trat dichter zusammen. Die Gefährten suchten die Umgebung ab. Nur das Glucksen der zerplatzenden Pechblasen war zu hören.

Cil´ entfachte mit ruhiger Hand einen Pfeil, legte an und zählte leise bis drei. So hatte es ihm sein Vater beigebracht, wenn es galt, einen gut platzierten Schuss zu tun. Seine grünen Finger drehten die Sehne und entließen den Pfeil.

Fengrin vernahm noch ein Summen, bevor um ihn herum die Welt in Feuer verschwand. Hinter den Flammen sah er eine Gestalt: „Ein Ork", dachte er. „Sie sind gar nicht so groß."

Hel´ hielt sich die Hand vor die Augen. Gewaltige Feuerbälle schlugen gegen den Himmel, dicker Rauch pumpte sich in die Höhe und fürchterliches Brausen betäubte die Ohren. Selbst die Felsen schienen zu glühen. Er blickte nach hinten zu seinem Bruder Cil´, der zum Zeichen des Sieges den Bogen gen Himmel streckte. Hel´ nickte ihm kurz zu und wandte sich wieder dem flammenden Inferno zu. Regeul verließ seine Stellung auf dem Vorsprung und eilte zu Uruk und Hel´, der nicht erfreut darüber war, dass der junge Ork sich unerlaubt von seinem Posten entfernte. Gebannt sahen sie auf die rotgelben Flammen, die so hell waren, dass sie selbst das Rot der Feuerspitze verdrängten. Ja, fast schien das Licht golden zu sein. Hel´ schaute auf die brandenden Flammen, die schon weniger stark gen Himmel schlugen. Das konnte niemand überlebt haben.
Etwa so genau, wie man bei einem Zwinkern die Innenseite der Lider erkennt, sah Hel´, dass sich immer noch etwas in den Flammen bewegte. Doch was? Ein dunklerer Fleck inmitten eines goldenen Lichts?

Fengrin raubte es die Luft zum Atmen. Schon sank er, der Ohnmacht nahe, auf den Boden. Wie in Watte gepackt hörte er Turidin gegen das Tosen der Flammen anbrüllen. Donbrut und Rodegart verschanzten sich hinter ihren Schilden vor den Flammen; doch immer näher züngelten sie sich an die Gefährten heran. Quam stand hinter Fengrin, sprach zu ihm, doch konnte er die Worte nicht verstehen. Oder war es sein Hirn, das ohne Sauerstoff bereits im Begriff war, aufzugeben? Er schloss die Augen und ergab sich seinem Schicksal.
„Fengrin! Nicht einschlafen, bleibe wach!“ Quam rüttelte an ihm, doch vergebens.

Hel´ konnte es kaum fassen. In den Flammen wurde immer deutlicher ein goldenes Licht sichtbar. Je weiter das Feuer zurückging, desto deutlicher sah man es.

Turidin hielt seinen Stab in den Himmel und brüllte einen Schutzzauber gegen die Flammen. Langsam wichen die Flammen dem Licht. Wie unter einer Glocke standen die Freunde und sahen, wie die Feuerzungen um den Lichtkreis herum leckten, um doch noch einen Einlass zu finden. Wie eine Kugel umschloss der Schein die in den Flammen Stehenden. Der Wächter hielt seinen Stab, aus dessen Spitze das Licht kam, gerade in den Himmel.

Die Angreifer stierten ungläubig auf die Szene. Immerhin, zumindest einer der Gegner war dennoch zu Boden gegangen. Hel´ fluchte, es würde nun doch zu einem Kampf kommen.

Rodegart und Donbrut standen Rücken an Rücken neben Turidin. Quam kniete bei Fengrin, der reglos am Boden lag. Tränen stiegen in die Augen des alten Zwergs. War Fengrin tot?

Hel´ und seine Gruppe machten sich bereit. Cil´ eilte herbei, und so standen die vier Krieger kampfbereit und warteten auf den Feind. Cil´ feuerte einen weiteren Pfeil auf die Gegner, doch prallte dieser an der Lichtwand ab und verglühte in den Flammen.

Turidin sackte langsam zusammen, nur noch mit Mühe konnte er seinen Stab halten. Inzwischen umklammerte er ihn mit beiden Händen, doch je weiter er sich beugte, desto kleiner wurde die schützende Kuppel über ihren Köpfen. Erschöpft sank er auf die Knie. Der Stab fiel ihm aus der Hand und das Licht erlosch. Doch schlugen die Flammen rings herum nun bei Weitem nicht mehr so hoch.
Quam zog Turidin und Fengrin, die beide reglos am Boden lagen, weg von den ersterbenden Flammen und richtete sich auf. „Drei zu vier ist ein fairer Kampf, meine Freunde. Für Turidin und Fengrin!“ Den

Schlachtruf schrie er den Orks und dem Troll entgegen und zog U´Dragmorie aus der Scheide.
Auch die Brüder Beredorn zogen ihre Klingen und hoben die Schilde. Dann stürmten die Gruppen aufeinander los.
Quam traf auf Hel´, Rodegart stellte sich Uruk, und Donbrut wehrte die Angriffe von Cil´ und dem jungen Regeul ab. Schwerter krachten gegen Schilde, Klingen kreuzten sich. Die unbändige Kraft der Orks stand gegen den Verstand und die Taktik der Menschen. Ein lautes Kampfgetöse erhob sich unter dem unwirklichen Zwielicht der Feuerspitze. Schreie voll Wut und Anstrengung ertönten.

Uruk hatte große Probleme, den Schlägen Rodegarts standzuhalten, auch Hel´ gereichten die geringe Größe seines Gegners und dessen magisches Schwert zum Nachteil. Donbrut war bereits stark zurückgedrängt worden und focht nun etwas abseits seiner Freunde. Regeul, jung und wild, aber unerfahren und leicht zu durchschauen, drang mit Cil´ auf Donbrut ein. Dieser konnte nichts weiter tun, als die Schläge, die gegen seinen Schild prasselten, zu parieren und sich, so gut es ging, zu schützen.
Quam führte seine Angriffe immer gegen die Beine und den Unterleib Hel´s. Der Ork hatte große Mühe, nicht eines seiner Beine zu verlieren. Nach oben hin deckte der Zwerg sich mit seinem Schild, und Hel´ blieb nichts, als stupide auf den Schutz einzuschlagen.
Rodegart wehrte einen Schlag Uruks ab, und dieser stand plötzlich ohne Deckung vor ihm. Der Troll taumelte und musste alle Kräfte mobilisieren, um nicht zu fallen.
In einiger Entfernung gelang es gleichzeitig auch Donbrut, einen seiner Gegner, den Ork Regeul, auszutricksen. Regeul verlor seinen Schild und fiel vornüber. Ein Sieg der Gefährten schien immer sicherer. Erschrocken, mit vor Entsetzten geweiteten Pupillen kniete der junge Ork da. Donbrut hob seine Waffe, und

die Klinge durchbrach den Lederpanzer, der Regeuls Nacken schützte. Sie schnitt das Fleisch auf und trennte die Knochen von Sehnen und Muskeln. Der Kopf Regeuls fiel plump vor dem noch aufrechten Torso auf den Boden.
Wie in Zeitlupe drang Donbruts Siegesschrei an Rodegarts Ohr. Er sah, wie sein Bruder die Wucht des tödlichen Schlages mit dem Gewicht seines Schildes auspendelte. Der tote Ork sackte zusammen. Zähes Blut floss aus dem offenen Hals, troff auf den Boden und bildete eine Lache.
Cil´ jedoch nutzte den Moment, hob sein Schwert und setzte zum Stoß gegen den deckungslosen Donbrut an.
Rodegart schrie ihm eine Warnung zu, doch wusste er, dass es nutzlos war.
Mit offener Deckung stand Donbrut vor seinem Feind. Cil´ holte weit aus. Rodegart drehte sich von dem Troll weg, nahm sein Schwert und schleuderte es auf Cil´. Das Schwert sauste durch die Luft.

Cil´ stand ahnungslos und siegessicher vor Donbrut. Fleisch wurde von einer Klinge zerschnitten, das saugende Geräusch, wenn Stahl durch Blut und Körper gleitet, erklang. Rodegart riss die Augen auf und starrte an sich herunter. Eine Klinge trat aus seiner Brust, und Blut, erst hell und spritzend, dann dunkel und fließend, trat aus ihm heraus, füllte seinen Mund, färbte seine Kleider. Er spürte, wie der Troll hinter ihm seine Schulter ergriff und die Klinge in der Wunde drehte. Sein Schmerzensschrei vermischte sich mit dem Schrei Uruks. Dann drang nur noch blutiges Gurgeln aus seiner Kehle. Fassungslos starrte er auf den Ork und Donbrut, dann begriff er. Er sah noch, wie sein Schwert den Weg durch den Kopf des Orks fand. Wie die mit Hirn benetzte Klinge aus dem Schädel trat und der Ork von der Wucht des Aufpralls umgerissen wurde.
Donbrut starrte abwechselnd auf seinen Bruder, der immer noch an Uruks Waffe hing, und auf den Ork, der

tot vor seinen Füßen lag, noch ungläubig ob des Geschehens der letzten zwei Sekunden.
Rodegart jedoch sackte, dankbar, dass sein Bruder gerettet war, vornüber und rutschte von der Klinge des Trolls.
Wie in wilder Raserei ließ Donbrut seinen Schild fallen und zog das Schwert seines Bruders aus dem Kopf des Orks. Mit zwei Klingen in den Händen rannte er gegen Uruk an. Schwerter trafen sich, und Uruk sprang die Waffe aus der Hand. Wehrlos stand er vor Beredorn.
„Seid verdammt bis ans Ende der Zeiten", schrie der Mensch den Troll an. Dann rammte er dem Gegner eines der Schwerter ins Bein. Uruk fiel auf die Knie. Donbrut kreuzte die Klingen vor dem Hals des Trolls. Die Kämpfer blickten sich in die Augen. Ein Zwinkern später rollte der Kopf des Trolls über den Boden wie von einer Schere abgetrennt. Der Körper krachte in den Staub und zuckte noch einmal, bevor er den Todeskampf aufgab.
Donbrut rannte zu Rodegarts Leiche, sackte neben seinem toten Bruder auf die Knie, fuhr mit seinem Finger über die Narbe, die über das Gesicht Rodegarts verlief und ließ traurig seinen Kopf hängen. Noch konnte er die Endgültigkeit der Situation nicht begreifen.
Hel´ hatte das Geschehen aus dem Augenwinkel mit angesehen und betrachtete seine Lage nunmehr als ausweglos. Uruk, Regeul und Cil´ waren tot. Er stand alleine gegen die Feinde. Doch wenn er schon sterben sollte, dann nicht, ohne den alten Zwerg mit sich zu nehmen. Mit letzter Anstrengung verstärkte er die Hiebe auf den Schild des Zwergs. Er sah noch, wie Donbrut auf ihn zugelaufen kam, wich zurück, hieb seinem Gegner den Schild aus der Hand und führte einen Schlag gegen das magische Schwert des Zwergs. Seine Klinge barst. Hel´ blickte ungläubig auf das klingenlose Heft in seiner Hand. Beseelt von dem Wunsch, einen letzten Feind zu erschlagen, drosch er mit dem Knauf

auf den Zwerg ein. Da erreichte ihn Donbrut. Etwas riss Hel´s Arm in die Luft, und er wurde nach oben gezogen. Das Heft glitt aus seiner Hand und fiel erdwärts. Kleiner und kleiner wurden Zwerg und Mensch. Schon tauchte er in den Dunst über dem Gebirge ein. Da erst blickte er nach oben und begriff: Der oberste Drache, Dragos´erem selbst, hatte ihn errettet.

Quam blickte ihnen nach, bis sie hinter dem Nebel der Höhenzüge verschwanden. Dann spie er voll Verachtung auf den Boden. Er hob seinen Schild auf und betrachtete die Beulen und Risse. Die schöne Ritzarbeit war vollkommen zerstört. Er ging zurück zu den anderen.
Donbrut war bereits bei Turidin und Fengrin, die sich langsam erholten.
„Was ist passiert?", fragte Fengrin, und Quam berichtete ihm.

Eine Stunde später standen sie mit Trauer im Herzen vor dem Grab Rodegarts. Die Stimmung war am Boden. Turidin wirkte, seitdem er den Schutzzauber eingesetzt hatte, wie ein Schatten seiner selbst. Donbruts Herz war schwer vor Trauer um den Verlust seines Bruders. Auch Quam und Fengrin vermissten den Freund. Alle blieben stumm, und manch einer wischte sich Tränen aus dem Gesicht. Donbrut legte sein Schwert auf den Steinhügel, unter dem sein Bruder lag, und ging wortlos davon.
„Wir müssen versuchen, zum Portal zu kommen", stöhnte Turidin noch immer geschwächt. „Meine Zeit ist abgelaufen. Meine Kräfte sind verbraucht. Lange werde ich diese Hülle nicht mehr tragen können."
Mit Bestürzen vernahmen die Freunde diese Worte.

Auch die Leichen der Feinde mussten aufgeschichtet und mit Steinen bedeckt werden. Quam durchsuchte zuvor die Tasche der Gefallenen nach Hinweisen oder Nützlichem. Im Umhang des Trolldruiden fand er ein Lederstück in das ein seltsamer Stein gewickelt war. Er

zeigte ihm Turidin. Der staunte nicht schlecht, als er den Stein erblickte. Er betrachtet ihn lange und intensiv. Quam, Rodegart und Fengrin blickten ihn fragend an.
„Dies ist einer der Cel Fail. Ein magischer Stein.“ Turidin erklärte ihnen, was es mit den Cel Fail auf sich hatte. Zwei Cel Fail waren im Besitz der Elben im Norden, einer, soweit bekannt, fiel in die Hände des Namses. Sie stammten wohl aus der Welt Narion aus der Zeit des ersten Krieges auf Balior. Sie sollten, zumindest der Sage nach, die drei Bruchteile eines größeren Brockens sein, der aus dem Himmel gefallen und dabei zerbrochen war. Anscheinend gab es aber einen vierten Teil. Denn warum sollte der Namses sein Artefakt ausgerechnet einem Trolldruiden anvertrauen?
Die Steine waren so groß wie eine Menschenfaust und besaßen keine scharfen Kanten oder sichtbare Kratzer. Man legte sie sich auf die Stirn und konnte so mit den Trägern der anderen Stücke auch über weite Strecken hin kommunizieren. Stand ein Träger auf freiem Feld, hatte man den besten Empfang zu den anderen Cel Fail. Unter Tage, in Höhlen und Stollen, wurde ihre Kraft schwächer, in großer Tiefe erlosch sie ab und an sogar gänzlich. Es war große Willenskraft nötig, um sie zu beherrschen.
Turidin wickelte den Stein wieder ein und steckte ihn unter seinen Umhang. „Wir haben ein seltenes, nützliches Ding errungen, doch zu welchem Preis?“

So verließen die vier Freunde müde und voll Trauer die Schlucht und das Grab ihres Begleiters, wandten sich gen Westen, um ihrer Bestimmung, dem schwarzen Portal des Namses, entgegenzutreten.

Am achten Hornung 11 nach der großen Flut erreichten sie den westlichen Rand des Barogs.

8. In den Hügeln

Quam erreichte als erster die Quelle inmitten der Ebene, die zwischen den Hügeln im Süden und dem Barog im Norden lag.
Am ersten Abend im Freien zogen gut ein Dutzend Schwarzdrachen von Norden her über sie hinweg. Sie flogen hoch und achteten nicht auf die Gefährten, die unter Bäumen Schutz vor ihnen gesucht hatten. Als Fengrin am nächsten Morgen nahe des Lagers Holz für das Feuer suchte, brach wie aus dem nichts eine Rotte großer, bepelzter Wesen aus dem Dickicht hervor. Obwohl sie Furcht einflößend und wild wirkten, wusste der kleine Zwerg sofort, dies waren Freunde. Verbündete im Kampf gegen das Böse. Hier standen die mächtigen Mazarane. Turidin eilte herbei, und sie berichteten ihm, dass sie vor wenigen Tagen Lichtdrachen in den Hügeln gefunden hatten. Zu Stein erstarrt, leblos wie Statuen, die ins Leere blicken. Ratlosigkeit machte sich breit. Wie konnten die mächtigen Lichtwesen in die Falle des Namses geraten sein? Denn zweifelsohne war dies das Werk des dunklen Bruders. Da sie ohnehin auf dem Weg in die Hügel waren, beschloss Turidin, vor Ort Näheres zu erfahren. Fengrin war fasziniert von den eindrucksvollen Wesen, die zu ihnen gestoßen waren, halb Bär halb Mensch. Groß, stark und doch sanftmütig im Umgang mit den Gefährten und ihren Artgenossen.
Sie erinnerten ihn an die Zentauren, nur waren diese edler und auf ihre Weise vornehm.

Turidin erklärte der Gruppe nun, wo die Pforte zur Schattenwelt lag, und wie sie dorthin gelangen könnten. Er berichtete auch, dass er durchaus in der Lage sei, die Pforte zu öffnen. Doch was sie hinter dem Eingang zum Nimdarak erwartete, konnte auch er nicht sagen.
Am frühen Nachmittag verließen die Mazarane die Gruppe wieder und wollten ihr Volk zusammenrufen, das verstreut im Alierwald lebte.

Quam und Turidin rätselten bis in die Nacht, was den Drachen Caliors zugestoßen sein könnte. Doch solange der Wächter nicht mit eigenen Augen gesehen hatte, wovon die Mazarane berichteten, konnte er sich kein Bild der Situation machen.

Am nächsten Tag erreichte Grautier die Gruppe, oder vielmehr erreichte die Gruppe Grautier, der unter einer Tanne auf ihre Ankunft wartete. Besonders Fengrin freute sich, den Wolf wiederzusehen, und spielte, solange Zeit war, mit seinem vierbeinigen Freund.

Am Abend des 18. lagerten sie an einem Titanengrab der ersten Epoche. Zwölf solcher Gräber gab es, berichtete Turidin. Die meisten lagen weiter südlich, näher an der Bash. Dort, wo der erste Krieg der Zwerge gegen die Orks geendet hatte. Die Titanen entstanden, als Warsen, die in der göttlichen Hierarchie weit unter Calior oder dem Namses standen und sich mit verschiedenen Wesen auf Balior einließen. Warsen waren genau wie Turidin oder Metas Wesen des Allvaters oder seiner Söhne, doch in der Gestalt Tieren ähnlich. Sie zeugten mit den Urgeschöpfen dieser Welt die Titanen. Es gab Tantor, einen riesigen Stier mit flammenden Hörnern, ebenso wie Araklur, die Spinne, die gut sechzig Menschen schwer war, Tula, die Schlange, den dreiköpfigen Hund Trigor, den Riesen Denngrad, Seeschlangen und noch viele andere merkwürdige Wesen. Manche waren freundlich und wohlgesonnen, andere böse und hinterhältig, wieder andere gingen lediglich ihren eigenen Angelegenheiten nach.
Hier nun lag der Sage nach Arde, ein Adlerweibchen, groß wie ein Pferd, mit gewaltigen Schwingen. Arde wurde stets als schön und gewaltig beschrieben. Sie war im Leben freundlich und gerecht gewesen. Den Zwergen zugetan, die zu dieser Zeit begannen, Balior zu besiedeln.

Doch die Zeit der Titanen war tiefe Vergangenheit, und kein Sterblicher kannte mehr als die Sagen, die um sie herum gestrickt worden waren. Lediglich Turidin wusste, dass dies wirklich das Grab Ardes war, denn er weilte hier, vor unzähligen Jahren, als die Zwerge ihre Verbündete zur Ruhe betteten.

Hier wollten sie also die Nacht verbringen. Quam hatte die erste Wache, Donbrut die zweite. Es war tiefe Nacht, als Fengrin ein silbriges Licht weckte, begleitet von einer wundervollen Melodie. Donbrut saß mit dem Rücken zu Fengrin. Er schlief nicht, sondern starrte still in die Dunkelheit. Fengrin erhob sich von seinem Lager. Donbrut schien ihn nicht zu hören.
„Donbrut?“, flüsterte der Zwerg leise, nichts regte sich. „Donbrut?“, zischte Fengrin nun etwas lauter, aber weder Donbrut noch einer seiner Gefährten bewegten sich. Nur Turidin öffnete mit einem Schlag die Augen und setzte sich auf. Ansonsten war alles wie eingefroren. Selbst die Flammen züngelten nicht um das Holz, sondern verharrten wie gefangen in einem Moment, erstarrt in einer ewigen Sekunde.
Turidin betrachtet das Licht und lauschte der Melodie. Ein Lächeln lag auf seinem Gesicht. Erinnerungen kamen in ihm auf. Er nickte dem Zwerg aufmunternd zu. Die Melodie schien Fengrin zu rufen, ihn zu bitten dem Licht zu folgen.
„Geh nur, Fengrin. Geh, du hast nichts zu befürchten.“ Fengrin zögerte dennoch, dem Licht zu folgen. Ein weiterer, schneller Blick zu Turidin, und er raffte sich auf, stapfte dem Schimmer hinterher, der ihn immer näher an das Grab der großen Arde führte. Schon war der Schein des erstarrten Feuers nicht mehr zu sehen, als er an der Ostseite des Grabes eine Treppe entdeckte, die ins Innere führte. Er stieg die Steinstufen hinab und stand vor einem Altar, auf dem ein aus silbrigem Licht erschaffener Adler saß. Die Melodie schwirrte um Fengrin herum, ja, sie sprach mit ihm. Der Zwerg hatte

keine Angst vor der Erscheinung, nein, er fühlte sich ausgesprochen wohl in ihrer Nähe.
„Du, du bist Arde?“, stotterte er hilflos.
„Das war ich einmal, Fengrin.“ Die Stimme Ardes schmeichelte Fengrin. Umwehte seinen Kopf.
„Du bist tot und doch kannst du mit mir reden, wieso?“
Sie kicherte. „Wir sind in einem Augenblick zwischen der Zeit. Nur hier kann ich mit dir sprechen, nur hier kannst du mich sehen.“
„Warum rufst du mich, Adlerkönigin?“
„Weil ich dich beobachtet habe und dir ein Geschenk machen will.“
„Ein Geschenk?“ Fengrin staunte.
„Besser noch, drei Geschenke.“ Die flüsternde Stimme, die in der Melodie schwang, kicherte. „Für dich und alle, die dir folgen, für das Zwergengeschlecht, jetzt und in tausend Jahren.“
„Was ist es?“ Fengrin war neugierig.
Das Lichtwesen hob einen Flügel, und darunter kamen drei silberne Eier zum Vorschein.
Fengrin trat heran und tastete über die glänzende Schale der Adlereier. Fremde Zeichen schienen in ihre dicken Schalen geritzt. Eine Schrift, wie der Zwerg vermutete.
„Dieses Gelege soll der Grundstein sein für ein neues Geschlecht auf Balior. Es soll keines der sprechenden oder schreibenden Völker werden, doch soll sein Schicksal mit dem der Zwerge verbunden sein, wie das meine es war. Nimm es, Fengrin, nimm es und geh!“
Arde nickte dem jungen Zwerg noch einmal zu, das Licht flackerte kurz auf und erlosch.
Staunend stand Fengrin mit sich allein in der Grabkammer. Doch fasste er sich, griff nach den Eiern und stieg die Treppe hinauf ins Freie. Er blickte sich um, doch die Pforte und die Treppe waren verschwunden. Fast hätte er gemeint, er hätte geträumt, doch das Gelege in seinen Händen war real.

Als er zurückkehrte, flackerte das Feuer wieder, wie jedes Lagerfeuer es tut. Quam schlief, Grautier spitzte die Ohren, und Turidin saß auf seinem Lager. Nun hörte Donbrut die schnellen Schritte des Zwergs hinter sich und fuhr hoch, die Hand am Schwert.
„Lass ihn, es ist Fengrin“, erklärte Turidin.
Fengrin zeigte den Freunden Ardes Gelege, und sie rätselten, was damit zu tun sei. Für jetzt, beschlossen sie, sei es besser, sie zu vergraben und erst am Ende des Abenteuers zu holen. Selbst der weniger mystisch veranlagte Donbrut versprach, wenn den Zwergen etwas Schlimmes widerfahren sollte, zurückzukehren, um das Gelege den Zwergen im Norden zu übergeben.
Turidin betrachtete die Schrift und riet ihnen nach einer Weile, sie, wem auch immer die Obhut über das Gelege später oblag, in das Wasser des Vogelsees zu tauchen. Dies müsse dreimal geschehen, und zwar bei Vollmond. Erst dann könnten die Eier an einem warmen Ort ausgebrütet werden. Donbrut war der Einzige, der die Eier lieber gebraten als getragen hätte. Trotzdem wollte er im Fall der Fälle sein Versprechen halten.

Der 21. Hornung brachte Schauer und Kälte. Sie erreichten die Hügel gegen Mittag. Zäher Regen troff von den Gräsern und schwamm über den durchtränkten Boden. Grautier hatte die Rolle des Kundschafters übernommen. Mal stürmte er voran, dann kehrte er zurück zu Turidin und teilte ihm mit, was die Gruppe weiter vorn erwarten würde. Die Hügel lagen wie ein Ozean aus grünen Wogen vor ihnen. Obwohl sie nicht so hoch wie Berge waren, konnte man sie kaum überblicken. Ein kleiner Pfad führte sie mitten in das grüne Meer hinein.
„Wir müssen jetzt vorsichtiger sein“, mahnte Turidin. „Nicht nur, dass die Pforte in das Nimdarak hier liegt, auch die Wüste Bash beginnt auf der anderen Seite der Hügel, und die versteinerten Lichtdrachen werden hier ebenfalls irgendwo verborgen gehalten. Wenn ein Ort

auf Balior außerhalb der Bash bewacht ist, dann dieser."
Sie zogen ihre Waffen und schnallten die Schilde vom Rücken. Langsamer als zuvor setzten sie ihren Weg fort, hinein in das unübersichtliche Labyrinth der Erhebungen.
Turidin hatte sich etwas erholt, doch war er lange nicht mehr so agil wie an dem Tag vor einigen Wochen, an dem Fengrin das erste Mal auf ihn getroffen war. Fengrin sorgte sich um den Wächter. Die Anstrengung, sie vor dem Feuer zu schützen, hatte ihn endgültig ausgelaugt. Wenn er noch einmal eine solche Tat vollbringen müsste, würde es ihn auslöschen. Turidin hatte nur noch das eine Ziel, seine Aufgaben zu erfüllen und dann ins Licht zurückzukehren. Er wollte das Land und seine Bewohner versorgt wissen, ihnen zumindest eine reelle Chance gegen den Namses schaffen.

Sie stapften durch das nasse Gras. Schmatzend versanken ihre Füße in dem weichen Boden, und Wasser lief in ihre Schuhe. Sie froren, kalter Schweiß lief über ihre Gesichter. Nach dem Mittag kampierten sie unter einem Baum, einer Linde. An Feuer war nicht zu denken. Selbst das Essen schmeckte heute verwässert und fad. Glücklicherweise hatte Turidin noch trockenen Tabak, und es gelang ihm sogar, einen Span zu entfachen um die Pfeifen zu entzünden. Der Rauch des Tabaks war das einzig Warme, das ihren Körper erreichte.
„Bald schon kommen wir an die Pforte und dann werden wir den wirklichen Schrecken dieses Landes begegnen."
Turidin blickte in die Gesichter seiner Begleiter.
„Was meinst du damit?", fragte Donbrut.
„Allein die Gegenwart der Schatten hat schon manchen zu Tode gequält."
Fengrin überlegte. „Weiß einer von euch überhaupt, wie wir Metas befreien können?"
„Ich kann nur die Pforte öffnen. Was hinter der Tür liegt, ist auch mir verborgen!"

Quam erhob sich, streckte sich und schwang U´Dragmorie durch die Luft. In seinen Augen blinzelte die Lust auf Abenteuer. „Wir Zwerge schrecken uns nicht vor Höhlen und den Schatten, die in ihnen hausen, nicht wahr Fengrin?“
„Ich bin ein Waldzwerg, mir liegen Wälder mehr als Höhlen.“
Alle waren erstaunt, wie sehr Quam darauf brannte, die Schatten zu erreichen. Er sprudelte fast über vor Tatendrang. Die anderen hingegen hingen ihren unheilvollen Gedanken nach. Turidin wusste, dass er den nächsten Vollmond auf Balior nicht mehr erleben würde. Donbrut dachte an seinen Bruder Rodegart, der in seinem Grab unter der Feuerspitze lag, und an Anesia, seine Braut, die zu dieser Stunde weit von den Hügeln im Norden, im Nordland, in den Himmel blickte und an Donbrut dachte. Die Tristesse der Gedanken passte zu diesem Wetter.

Nach dem Rauchen brachen sie wieder auf. Der Regen ließ nach, und sie kamen gut voran. Sie gingen hintereinander, immer noch mit gezogenen Waffen. Grautier, gefolgt von Turidin, dann kamen Donbrut und Fengrin, und zuletzt Quam, der, wie so oft, die Nachhut bildete. Stunde um Stunde zogen sie durch die grünen Hügel.

Die Nacht brach herein. Sterne zogen am Himmel auf, und der Mond stand mit zunehmender Sichel hoch über ihren Köpfen. Hel´ und die drei Drachen lagerten in den Hügeln nördlich der Wüste Bash. Seit dem Vorfall in den Bergen warteten sie hier. Der Oberste der Drachen machte Hel´ dafür verantwortlich, dass der Hinterhalt in den Schluchten der Feuerspitze fehlgeschlagen war. Ihm war es egal, was die Drachen dachten oder meinten.
Er wusste, dass die Aktion hätte besser geplant sein können. „Mit weniger Drachen, dafür noch drei erfahrenen Orks an unserer Seite hätten wir gesiegt“,

dachte er. Warum der Namses die Gruppe zur Verfolgung der Feinde so zusammengewürfelt hatte, war ihm unverständlich.
Hel´ erhob sich und verließ die Gruppe der Drachen. Er erklomm einen Hügel und blickte nach Norden. Ganz klein zeichnete sich durch die Schwärze der Nacht ein Feuerschein ab. Zu weit, um Genaues zu erkennen, doch nahe genug, um sich sicher zu sein, dass dort irgendwer lagerte. Mazarane? Die Gruppe der Feinde? Hel´ überlegte, ob er den Drachen seine Entdeckung mitteilen sollte. Er ging zurück zum Feuer.
„Wir wissen, dass sie dort lagern", tönte Dragos´erem.
„Wer sind sie?"
„Unsere Beute von der Feuerspitze. Morgen Abend werden sie hier sein, am Eingang zum Nimdarak."
„Eingang zum Nimdarak? Ich sehe keinen Eingang hier."
„Du sollst ihn ja auch nicht sehen. Niemand soll ihn sehen, er ist mit Absicht verborgen."
„Was wollen sie im Nimdarak?"
„Ich nehme an, dass sie Metas befreien wollen. Aber genau wird es nur der Namses wissen."
„Sollen wir sie hier stellen?"
„Nein, wir werden ihnen in den Nimdarak folgen und sie gemeinsam mit den Schattenkriegern, die dort unten Metas bewachen, vernichten."
„Schattenkrieger? Hier?" Hel´ war verblüfft. Schattenkrieger waren praktisch nur ein Teil der Sagen um die Entstehung der Welt. Hel´ hatte immer angenommen, dass sie längst Vergangenheit waren oder ihr Dasein auf anderen Welten fern von Balior fristeten. Namses Blut nährte sie, so hieß es. Sie entstanden aus ihm heraus, doch schwächte jeder, den er erschuf, seine Kräfte. Er konnte einen einzigen erwecken oder tausende. Doch blieb ihre Kraft immer gleich verteilt. So war einer mächtiger als ein Dutzend. Doch egal ob zehn oder Hundert von ihnen, sie waren gewaltige Krieger.
Hel´ wusste nicht viel über die Schatten, und so raffte sich der Drache auf, ihm die Geschichte der Schatten zu erklären.

„Lange, bevor ich schlüpfte, waren sie schon in den Schatten. Nur die ältesten Wesen erinnern sich an sie und ihr furchtbares Tun.“
„Sind es viele dort unten?“
„Es können ein Dutzend sein und es können viele Hunderte sein, das weiß niemand. Doch je mehr es sind, desto schwächer werden sie. Eine einzige Energie speist ihr Dasein, und die ist nicht unerschöpflich. Ihr Panzer macht sie so gut wie unverwundbar. Jedenfalls können ihnen Hieb- und Stichwaffen nichts anhaben. Aber Drachenfeuer vernichtet sie. Lichtmagie ebenso. Sie bewegen sich beinahe geräuschlos und sind schnell.“
Hel´ suchte die Umgebung nach einem Eingang ab. Ein Loch im Boden, ein Einlass in den Hügel. Doch außer der kleinen Höhle, in der er sich tagsüber aufhielt, war nichts zu sehen.
„Du wirst ihn nicht finden“, lachte der Drache. „Die Mazarane durchstreifen diese Hügel seit Jahrhunderten und finden ihn nicht. Nur uns ist es bestimmt, ihn zu erkennen.“
Hel´ gab es auf. Der Drache hatte ihm ohnehin schon mehr gesagt, als Hel´ erwartet hatte. Die beiden anderen Drachen blieben stumm und teilnahmslos. Das Feuer knisterte leise und warf Funken in den Himmel. Der dünne Mond stand bleich über ihnen.
Hel´ zog sich zurück in die Höhle und begann, seine Waffen zu reinigen und zu schärfen.
Da er sein Schwert im Barog verloren hatte, blieben ihm die Axt und ein Dolch, den er an einem langen Stock befestigt hatte. Beides Waffen, deren Handhabe ihm lag. Er musste oft an den Zwerg denken und hatte sich gut überlegt, wie er diesem kleinen Gegner am besten begegnen konnte. Das Schwert hatte sich als die falsche Waffe erwiesen. Aber mit dem Speer konnte er ihn auf Abstand halten und seine Beine schützen. Dann ein gezielter Hieb mit der Axt ... Wenn nur dieses verfluchte U´Dragmorie nicht wäre. Es durchbrach fast jeden Panzer und brachte selbst Stahl zum Bersten! Er

müsste den Zwerg irgendwie aus dem Hinterhalt entwaffnen. Hinterhalt! So sollte es sein. Mit Feuereifer schärfte Hel´ die Klingen.

Turidin zog den magischen Stein, den sie vor wenigen Tagen erbeutet hatten, unter seinem Umhang hervor. Er betrachtet ihn lange und sorgfältig. Fengrin beobachtete, wie er ihn in seiner Hand wog und hin und her drehte. „Was denkst du, Turidin?"
„Zwei andere Steine liegen in den Händen der Elben im Norden. Weit weg von den Hügeln, in denen wir lagern. Auf ihre Hilfe brauchen wir nicht zu hoffen. Sie bräuchten über eine Woche, um hierher zu kommen. Und doch halte ich es für sinnvoll, sie zu unterrichten, was in den letzten Wochen geschehen ist, wenn sie es durch ihre Späher nicht schon wissen."
„Wenn sie es wissen, warum kommen sie dann nicht zur Hilfe?"
„Elben und ihre Gedanken ... Manchmal glaube ich, sie wissen sogar mehr als ich. Sicher aber wissen sie mehr als alle anderen auf Balior. Und sie werden auch mehr Weisheit besitzen als der Wächter, der mir folgen wird."
„Turidin, was passiert, wenn wir Metas nicht retten, oder wenn du stirbst, bevor du deine Aufgabe weitergegeben hast?"
„Meine wichtigste Aufgabe habe ich erfüllt. Es wird, egal ob wir Metas retten oder nicht, ein Licht der Hoffnung in der Welt geben." Er seufzte. „Und alles andere steht in den Sternen."
„Oder in den Prophezeiungen der Elben", mischte sich Quam ein.
Wieder fragte sich Turidin, woher der Zwerg nur so viel über Elben wusste. Gerade weil sie im Allgemeinen keinen großen Wert auf Kontakt zu anderen Wesen legten, erst recht nicht zu Zwergen. „Ja, viel von dem was wird und war, steht auch in den Schriften der Elben. Trotzdem werde ich versuchen, Kontakt zu ihnen herzustellen und auch ihren Rat einholen." Turidin legte sich den Stein auf die Stirn. Der Stein begann dumpf zu

glühen. Ein langsam pulsierendes Licht wallte in ihm auf, stärker und stärker. So sickerte der Wächter mit seinen Gedanken langsam in die Gedanken einer Elbin. Weit im Norden.

Dort, wo sich die Zackenflut in das Meer des Nordens ergießt, stand eine Elbin im an das Meer grenzenden Wald und trug einen der Cel Fail bei sich. Das langsame pulsierende Licht des Steins erweckte ihre Aufmerksamkeit, und sie zog ihn aus der Tasche ihres silbernen Gewandes. Sie trat aus dem Schatten der Bäume und stellte sich ins Freie, hielt den Stein an die Stirn und konzentrierte sich.
Langsam sickerten die Gedanken der beiden Steinträger ineinander und kurze Zeit später sahen sie die Vorstellung des anderen klar vor sich.
„Turidin, Freude erfüllt mich, dir noch einmal zu begegnen. Ich sehe, es gibt einen vierten Stein, oder irre ich mich?“
„Bist du es, Rael, Tochter des großen Uriel?“
„Ja, Turidin, ich bin Rael!“
„Du irrst nicht, es gibt vier Steine, ein Druide der Trolle hütete diesen!“
„Tatsächlich? Eigenartig. Aber, Turidin, du erscheinst mir schwach, schwächer als wir durch die Kunde unserer Boten annahmen.“
„Ihr kennt unseren bisherigen Weg und unser Ziel?“
„Wir Elben wissen fast alles, was auf Balior geschieht. Wir wissen seit einigen Tagen auch über den Verbleib der Lichtdrachen. Nur den Eingang in den Nimdarak haben selbst wir nicht finden können.“
„Was rätst du uns? Könnt ihr uns helfen?“
An der Küste schlug die Gischt gegen die Klippen vor den hohen Tannen. Raels goldenes Haar wurde vom Wind zerzaust. Es gab in diesen Zeiten wohl kein anmutigeres Geschöpf auf Balior. Falten legten sich auf ihre blasse Stirn. Das goldene Licht, das aus ihr herauszuströmen schien, wurde schwächer. „Wir können dir nur mit Rat, nicht mit Taten zur Seite

stehen. Doch dies mit Freuden. Höre meinen Rat, denn manch Wissen der Elben ist dem Wächter verborgen. Das Cadion Sollunon, welches Quam, der Zwerg, bei sich trägt, hat die Macht, die Drachen aus der Starre zu erwecken. Das Sonne-Mond-Zeichen deines Stabes, das Piaton Sollunon, hat die Macht, die Pforte zu öffnen. Doch erweckt erst die Drachen, um gegen die Dunkeldrachen zu bestehen. Ich spüre, wie schwach du bist, und wir wissen, dass dein Weg sich dem Ende zuneigt."
„Auch ich dachte daran, zuerst die Drachen zu befreien. Mit ihnen gemeinsam werden wir bessere Aussichten auf einen Sieg haben, als allein gegen diese Brut zu ziehen."
„So soll es sein. Turidin, eine Botschaft der Hoffnung bringe ich dir. Dein Erbe ist gefunden, und wir werden Sorge tragen, dass du die Zeremonie an ihm ausführen kannst, bevor du in das Licht zurückgehst."
„Wo werden wir ihn finden?"
„Die Brüder Grautiers werden ihm Geleit geben und ihn, wenn es an der Zeit ist, auch in Sicherheit bringen."
Ein dritter Gedankenstrang mischte sich ein, und Turidin war erfreut eine altbekannte Stimme zu hören.
„Uriel?"
„Ja, Turidin, ich bin es."
„Ich hätte nicht vermutet, in der Zeit, die mir noch bleibt, auch deine Stimme noch einmal zu hören."
„Die Zeit, die dir bleibt, treuer Freund, ist knapp bemessen. Schon macht Calior dir Platz in seinem Reich und an seiner Tafel."
Uriel war wie immer klar und direkt. Turidin mochte ihn trotz oder gerade wegen seiner Art. Sie beide hatten in Kriegen Seite an Seite die Schattenkrieger zurückgeworfen, hatten Leben erschaffen und Zeiten durchwandert. Uriel, der Urelb, einer der besten Freunde Turidins auf dieser und älteren Welten.

Die Drei sprachen lange. Die Gefährten indes schauten Turidin zu. Sie sahen, wie er mitten unter ihnen die

Augen geschlossen hielt. Nur hier und da ließ ein Zucken seiner Lider oder eine Falte auf seiner Stirn ahnen, welche Gemütsregungen ihn wohl gerade durchliefen. Er war ihnen so nahe und doch so weit weg.
Quam wandte sich ab und verließ die Gruppe. Gern hätte auch er mit Uriel und Rael gesprochen. Die Tage in Erinnerung gerufen, in denen er noch jung war und durch die Welt zog. Die Tage, in denen er den Elben begegnete und sie Freundschaft mit dem Zwerg schlossen. Quam war damals über ein Jahr bei den Elben im Norden geblieben und hatte viel mit Uriel über die Zeremonien der Völker und über die Philosophie der Elben gesprochen. Er war damals mit einigen der jungen Elbenkrieger ausgezogen, um einen Clan Oger, der sich an den alten Hünengräbern südlich der Sandklippen herumtrieb, zu stellen und zu vertreiben. Als Dank gewährte Uriel Quam einen Wunsch. Quam hatte in den Jahren danach seine Entscheidung, sich einen Schatz zu wünschen, oft bereut. Reichtum war schön und gut, machte das Leben sorgenfreier und angenehmer, doch hätte mehr Wissen sein Wunsch sein sollen. Er war ein junger Zwerg gewesen, und das Trachten nach Gold und Edelsteinen lag tief in ihm verwurzelt.
Quam setzte sich auf einen Stein und beobachtete die Landschaft. Grüne Hügel mit kleinen Sträuchern und wenig Wald. Farne wucherten am Boden, und kleinblütige weiße Blumen setzten hier und dort einen Akzent.
Eine Hand legte sich auf die Schulter des Zwergs. Es war Turidin. „Sie lassen dich grüßen. Sie gedenken deiner noch immer."
„Es war eine wundervolle Zeit bei ihnen. Ich befürchte nur, ich habe sie am Ende enttäuscht."
„Enttäuscht? Wieso sollest du sie enttäuscht haben?"
„Uriel ließ mir einen Wunsch frei ..."
„Und du hast dir Gold gewünscht?"
„Ja, doch Wissen hätte mein Wunsch sein sollen."

„Du hast niemanden enttäuscht. Du bist ein Zwerg. Du musstest so handeln. Ich denke, du hast sie stolz gemacht."
„Stolz?"
„Ja, stolz. Die Elben wissen viel, und sie werden auch wissen, dass heute Gewissheit dein größter Wunsch ist, und das wird ihre Herzen mit Stolz erfüllen. Sie nennen dich Freund!"
Quam traten Tränen in die Augen. Tränen der Erleichterung. Über Jahre hinweg hatten diese Zweifel an seiner Seele genagt. Und nun, mit einem Mal, war ihm eine Last vom Herzen genommen. Quam fasste sich und der Zwerg und Turidin umarmten sich. Dann ließ der Wächter Quam wieder allein.

Hel´ hatte beschlossen, allein auf die Jagd nach den Feinden zu gehen. Er schlich sich heimlich davon und verschwand geräuschlos in der Dunkelheit. Nichts an den Minen der Drachen, die um das Feuer saßen, verriet, ob sie Hel´s Aufbruch bemerkt hatten oder nicht. Selbst wenn, sie legten ohnehin keinen Wert auf die Gesellschaft irgendeines Wesens.

Viele Geschichten überschnitten sich in diesen Tagen und Nächten. Und es ist schwer, die Wahrheit zwischen den Berichten der Menschen und Zwerge und denen der Drachen zu finden.
Hel´ jedenfalls streifte nachts durch die Hügel und suchte nach der Gruppe um Turidin. Tagsüber hielt er sich in Höhlen verborgen. Die Drachen lagerten weiterhin vor dem geheimen Tor in das Schattenreich Nimdarak, um hier den entscheidenden Kampf zu erwarten. Grautier war in der Nacht des zwölften Natum verschwunden, doch berichteten einige Mazarane, dass sie ihn und ein Rudel großer, kräftiger Wölfe über die Hügel haben preschen sehen. Die Mazarane ihrerseits hatten von Turidin erfahren, wo sich der Eingang zum Nimdarak befand, und eilten nun, um den Wächter und seine Gefährten dort zu unterstützen. Turidin und die

anderen wandten sich nach Westen, um die versteinerten Lichtdrachen zu befreien und sie ins Feld gegen ihre schwarzen Brüder zu führen.
Hätte der Namses etwas genauer hingeschaut, er hätte in diesen Stunden den Bund Caliors und somit die Geschicke Baliors für Jahrhunderte ins Verderben stürzen können. Wenden wir uns aber den Geschicken um Turidin zu.

Am 23. erreichten sie die Senke, in der versteckt unter Bäumen die Lichtdrachen standen. Vorsichtig pirschten sie sich an die Versteinerten heran. Es dämmerte bereits, und Bodennebel kroch aus der Erde und wallte um die Farne, die den Boden bedeckten. Fengrin erschrak und musste unweigerlich an die Nebel bei den Totenschiffen denken, doch erwiesen sich seine Befürchtungen als grundlos. Es war ganz normaler Nebel.
Die riesigen Drachen standen stumm und regungslos in einer langen Zweierreihe unter den Bäumen. Sie schritten die Reihe ab, und Fengrin blickte hinauf zu den imposanten Wesen, die weise auf ihn herabblickten. Fengrin zählte 36. „Sind das alle?“
Turidin nickte stumm. „Wahrscheinlich. Es waren nie viel mehr. Ich hoffe, dass wir einige retten. Ich hoffe, dass sie innerlich noch nicht vollends zu Stein geworden sind. Dann wäre unsere Aufgabe hier vergebens. Wie hat der Namses es bloß geschafft, sie alle zu überlisten?“ Der Wächter ließ seinen Blick über die Drachen wandern. „Quam, kannst du den Wald um uns herum erkunden? Ich möchte jetzt in der Dunkelheit nicht von Orks oder Ähnlichem überrascht werden. Und ich brauche das Amulett. Es hat die Macht, die Drachen aus der Starre zu erwecken!“
Quam nahm sich ohne Umschweife das Amulett ab, betrachtete es kurz und überreichte es Turidin. Der griff unter seinen Umhang und gab Quam ein kleines Päckchen. Es enthielt den magischen Stein! „Irgendwas

sagt mir, dass du ihn einmal sehr dringend brauchen wirst, Quam, mein Freund.“
Quam runzelte die Stirn, steckte das Cel´ Fail jedoch ein und bedankte sich. Dann verschwand er wortlos zwischen den Zweigen und Ästen.
„Donbrut, du gehst bitte auf den Hügel dort und hältst nach den verdammten Schwarzdrachen Ausschau. Fengrin bleibt bei mir.“
Nachdem alle verschwunden waren, stellte sich Fengrin vor eine Statue. Ein besonders schöner und junger Drache stand hier.
„Dies ist Dahl´got. Und daneben steht sein Bruder. Doch zuerst will ich den Fürsten der Lichtdrachen, Erol Segat, erwecken. Nur er kann es wirklich mit dem Obersten der schwarzen Brut aufnehmen.“
Das Amulett, das Rodegart und Donbrut bei den Wracks gefunden hatten, funkelte auf, als Turidin es in den Himmel hielt. Ein weißer Schimmer, der klar vom düstern Himmel abstach. Der Wächter baute sich vor Erol Segat, dem Lichtfürsten, auf und begann zu flüstern. Leise, ebenso wie man einen liebgewonnenen Menschen weckt, sprach er auf ihn ein und rief immer wieder den Namen des Drachen.
Leises Knistern. Fengrin stand dicht hinter Turidin und staunte. Hatte sich da nicht ein erster Riss in der Steinhaut gebildet? Bröckelte der Stein nicht am Drachenauge hoch über ihm? Da! Eine Bewegung ließ sich an den Schwingen erahnen. Und immer größere Stücke platzten aus der grauen Steinhaut und gaben die perlenweißen Schuppen des Drachen frei. Kein Zweifel, es funktionierte. Turidin konnte den Bann brechen.
Fengrin trat einen Schritt zurück, denn inzwischen brachen bereits größere Platten aus der Felsumklammerung. Das Knistern wurde lauter und wich dem brachialen Ton berstender Steine. Endlich, imposant, wie es nur von einem Geschöpf des Lichtes kommen konnte, ertönte ein Schrei der Befreiung voller

Kraft und Wut über die Hügel. Der Fürst aller Lichtdrachen war erwacht!
Das riesige Wesen streckte sich, spannte seine Flügel auf und blickte sich um. Sein ganzer Körper zitterte unter der Anspannung seiner Muskeln. Dann erst wurde er Turidin und Fengrin gewahr.
„Der Wächter?“, erklang seine Stimme noch ungeschmeidig und trocken.
„Ja, ich bin es. Doch bevor wir uns Rede und Antwort stehen, sollten wir uns eilen, auch deine Geschwister zu befreien.“
So gingen sie zum nächsten Drachen, und Turidin wiederholte die Prozedur. Er kannte sie alle: Dahl´got, Seram, Salem, Regutos und so weiter und so fort. Die ersten drei konnte Turidin noch verhältnismäßig leicht erwecken, doch schon bei dem vierten, Gron´dahl, versagten ihm die Kräfte, und es dauerte merklich länger, bis auch dieses Kind Caliors den Panzer sprengte und zurück ins Leben trat. Es war abzusehen, dass bei Weitem nicht alle Drachen erlöst werden konnten. Bei einigen würden die Kräfte des Wächters nicht ausreichen, bei anderen hingegen war die magische Wandlung bereits bis in die Herzen gedrungen. Sie waren verloren, erloschen, tot!

Am Ende erlöste Turidin elf der Versteinerten. Beim Zwölften blieben seine Versuche erfolglos. So sehr er sich mühte, mit jedem Anlauf, den Fluch zu brechen, schwand mehr seiner Aura, seines Seins. Der Wächter sackte zusammen und kauerte sich auf den Boden. Er war wie ausgebrannt.
Ein seltsames Gemisch aus Freude und Trauer mischte sich in den Anwesenden. Es musste gehandelt werden. Was sollte man mit den nicht mehr zu rettenden Brüdern tun? Turidin war sich sicher, dass der Namses die Versteinerten irgendwann einmal für seine dunklen Zwecke missbrauchen wollte, und sprach sich dafür aus, die Statuen zu zerstören. Die Drachen, weise und

klug, erwägen den Vorschlag und gaben mit großer Trauer im Herzen ihre Einwilligung.
Nur, wie sollte es geschehen? Quam hätte mit U´Dragmorie sicherlich die Statuen zerstören, und Turidin mit Hilfe der Sonne-Mond-Scheibe den Gefangenen die Erlösung bringen können. Doch war der Wächter noch zu schwach, und Quam weigerte sich strikt, die wundervollsten Wesen, die Calior je erschaffen hat, zu vernichten. Er bot sein Schwert an, wollte es aber partout nicht führen. Doch wer sollte Hand an die Armen legen, sich die Seele mit ihrem Ende belasten? Auch wenn der Zweck edel war, es blieb eine Untat, sich an den Lichtdrachen zu vergehen.
Eine unangenehme Stille trat ein, und Seram begann leise, seine Geschichte zu erzählen. So erfuhren die Gefährten, wie der Namses die Drachen überhaupt hatte in Fesseln schlagen können.
Keiner der Drachen hatte eine Erinnerung an die Zeit der Versteinerung. Doch alle fanden als letzte Gedanken in ihrem Kopf einen unvergleichbaren Drang, eine bestimmte Quelle nahe der Feuerspitze aufzusuchen. Dann wurde es dunkel in ihrem Gedächtnis. Nur einer, Seram, erinnerte sich noch, aus der Quelle getrunken zu haben. Doch noch ehe er sich vollends aufgerichtet hatte, wurde seine Haut bereits zu Stein.
„Seelenwasser!“, entfuhr es Turidin. „Es hat auf die unterschiedlichen Wesen Baliors verschiedene Wirkung. Genau wie das Blut von Elben. Doch der Namses hat es lange nicht mehr eingesetzt. Ich hätte es wissen müssen! Schnell, wir müssen uns beeilen! Wenn wir die unumkehrbar Verlorenen nicht zerstören und vernichten, werden sie unweigerlich die willenlosen Diener des Namses.“
Alle schreckten auf. Die letzten Zweifel wichen aus ihren Köpfen, und so weh es jedem einzelnen auch tat, sie mussten die tauben Hüllen der Versteinerten vernichten. Quam schwang wortlos sein Schwert und fuhr mit der Klinge in die leblosen Körper, dass sie nur so zerbarsten. Er war beseelt vom Mut der Verzweiflung,

denn verzweifeln ließ ihn sein Werk. Die Drachen selber wandten sich voller Trauer ab. Die leblosen Körper starrten auf die Gefährten herab, und Fengrin meinte nun, Trauer in ihren Augen erkennen zu können. Eine so entsetzliche Bitternis ergriff ihn, dass er zu weinen begann. Und er weinte immer noch, als das grausame Werk bereits vollbracht war, und der letzte Staub der verwunschenen Körper sich auf die Farne rings herum gelegt hatte. Wie Puderzucker bedeckte er die Blätter rings herum.
Nach dem letzten Hieb warf Quam das Schwert von sich, als hätte er glühende Kohlen in der Hand. Stille trat ein. Finsternis umgab sie, und Kälte kroch aus den Hügeln zu ihnen herüber.

Die Schwarzdrachen schreckten hoch. Etwas hatte sie aus ihrem Dämmern gerissen. Der Namses! Seine Stimme sickerte in ihre Gedanken. Er rüttelte sie wach, klärte sie über die kritische Wendung in den Geschicken des Landes auf. Und nicht nur die drei Schwarzdrachen in den Hügeln, sondern auch jene, die in den Gipfeln des Barog lebten, erhielten seine Kunde. Alsbald erhoben sich gut ein Dutzend der gepanzerten Echsen aus dem Gebirge, um zu ihren Brüdern nahe der Pforte zum Nimdarak zu stoßen.
Sie trafen sich hoch in der Luft über dem Barog, drehten eine Runde um die Gipfel und richteten sich dann nach Süden. So waren es also noch 16 der Schwarzdrachen die gegen die letzten elf Lichtdrachen ins Feld zogen. Es würde einen erbitterten Kampf geben. Doch noch hielten die Schwarzen sich zurück.

Turidin würde die Seinen an die Pforte führen und dort mit der Unterstützung der Mazarane die Befreiung Metas' versuchen. Am frühen Morgen des 27. erreichten sie die Stelle, an der die Zentauren den Eingang in das Nimdarak vermuteten. Die Gefährten kamen von Nordwesten. Hoch über ihnen glitten die Lichtdrachen durch die Wolken. Von Norden her kamen auch die

Mazarane. Gut dreißig ihrer Krieger, Männer und Frauen, hatten sich auf den Weg gemacht, ihren Freund und Mentor Metas zu befreien. Rasend schnell bewegten sich die massigen Körper der Bären durch die Hügel.

Hel´ hatte sich östlich der Senke auf die Lauer gelegt und erwartete die Ankunft der Feinde. Schon kreisten einige Lichtdrachen über der Stelle. Hel´ starrte in den Himmel. Die Sonne würde bald in seinem Rücken aufgehen. Dann müsste er sein Versteck räumen und in die Höhle zurückkehren, in der er die Tage verbrachte. Ein ungünstiger Zeitpunkt für den Ork.
Kleine Punkte, wahrscheinlich die Zwerge und Menschen, erreichten die Senke am gegenüberliegenden Eingang ins Tal. Hel´ zählte vier Gestalten und etwa ein Dutzend Drachen über ihnen. Noch war die Zeit für einen Angriff nicht reif. Er wollte den Rivalen in die Schattenwelt folgen und sie dort einzeln aus dem Hinterhalt töten. Er hätte es vorgezogen, sie hinter dem Portal zu erwarten, nur konnte er es nicht finden. Für ihn lag dort nichts als eine Ebene, die dünn mit Gras bewachsen war. Kein Zeichen, kein Hinweis gab die Position der Pforte preis. Hel´ glitt zurück in seine Deckung, denn nun konnte er bereits Einzelheiten erkennen. Den Stab des Magiers, das Schwert des Zwergs ...

In der Senke war Turidin damit beschäftigt, nach einem Zeichen Ausschau zu halten. Und der Wächter fand was er suchte. „Dort! Da ist das Zeichen!“
Die Freunde starrten auf den Punkt unweit von ihnen, auf den Turidin mit dem Finger wies.
„Ich sehe kein Zeichen. Was ist dort?“ Fengrin war ungeduldig.
„Schau genau hin. Was siehst du?“
„Steine und Farn, Blumen und Erde.“
„Sieh genauer hin!“
Quam mischte sich ein: „Das ist das Zeichen.“ Er kniete sich hin und deutete auf eine Blume, die halb unter

einem Felsen versteckt wuchs. „Ich kenne Balior und seine Tiere und Pflanzen. Dies ist eine Blüte, die die Elben Flomortes nennen. Sie gedeiht nur auf Gräbern und Friedhöfen oder an Orten, wo der Boden mit bösen Gedanken und Böswilligkeit getränkt ist."
Turidin lachte auf. „Dann sind es zwei Zeichen, denn der Stein, unter dem sie wächst, ist nicht aus dem Barog oder von sonst einem Ort auf Balior, er stammt aus Narion, einer Welt, die weiter weg ist, als ein jeder von euch es sich vorstellen kann." Sein Gesicht nahm wieder einen ernsten Ausdruck an.
Gemeinsam rollten sie den Stein beiseite. Darunter befand sich eine flache Steinplatte, in die die Umrisse des Amuletts graviert waren. Quam legte es vorsichtig in die Vertiefung. Ein leises Klicken war zu vernehmen. Turidin rief eine mächtige Formel zur Öffnung des Portals. Seinen Stab mit der Sonne-Mond-Scheibe richtete er konzentriert auf die Stelle, an der das Amulett sich in den Fels gefügt hatte. Um sie herum wurde es dunkel. Wo eben noch die Sonne rot und fahl zu erahnen gewesen war, stand jetzt eine massige Wolkenwand aus schwarzem Nebel. Die Bäume wurden grau, dann durchsichtig. Die Welt um die Gefährten schien sich in ihr genaues Gegenteil zu verkehren. Nur die Insignien leuchteten golden. Grün verschwand, Licht verschwand, und überall rasten Nebelfetzen um sie herum. Fengrin war wie gebannt. Dumpfes Grollen und ein leichtes Erzittern der Erde kündigten an, dass sich die Pforte jeden Augenblick öffnen würde. Risse traten im Boden auf. Alle, bis auf Turidin, knieten inzwischen auf dem Boden, um nicht zu stürzen.
„Da oben!" Ein Schrei ließ die Freunde in den Himmel blicken. Über ihnen trafen die Drachen aufeinander!
Turidin versuchte noch immer mit aller Kraft, das Tor zu öffnen. Gebannt blickten die Gefährten indes in den Himmel, um auf die kleinen Punkte zu starren, die wirr in den Wolken umhertanzten. Zwischen den Wolken tobte ein entsetzlicher Kampf. Es war das Licht, das gegen den Schatten aufbegehrte. Wenig des Getöses

über ihren Köpfen drang zu den Freunden herunter. Doch ahnten sie, wie verbissen dort oben gekämpft wurde.

Hel´ hatte keine Zeit, sich um den Kampf der Drachen zu kümmern. Er wollte die Zweibeiner hier unten töten! Eigentlich war es ihm sogar egal, wer den Kampf in den Wolken letztendlich gewann. Je weniger der Schwarzdrachen es gab, umso besser für die Orks. Er glitt durch das Gelände und bewegte sich von Deckung zu Deckung. Nun war er so nahe an den Feinden, das er auf sie hätte spucken können. Hinter einem Busch suchte er Schutz.

Aus den Spalten im Boden flutete schwarzes Licht. Oder war es feinster Nebel? Donbrut hätte es nicht sagen können. Jedenfalls war der widerwärtige Gestank von Fäulnis deutlich präsent.
Im Boden erschienen Zeichen, alte Runen, die sich wie von selbst mit etwas Rotem füllten. Fengrin vermutete, es sei Blut. Es blubberte, als ob es kochte.
Dann tat sich inmitten der Runen ein Loch auf. Darunter entstanden Stufen. Eine Treppe in den Untergrund. Mit großem Gepolter reihte sich Stiege an Stiege.
„Schnell! Da hinein, aber vorsichtig. Wer weiß, was uns dort erwartet.“ Turidin schritt voran. Er erreichte die Treppe und schleuderte einen Blitz hellen Lichtes die Stufen hinunter. „Das gibt uns einen Moment Zeit, uns zu orientieren. Quam, nimm das Amulett.“
Das Licht hielt sich eine Weile im Raum. Nur langsam verlor es an Kraft. Es erhellte lang genug den Eingang, um sie sicher die ersten Stufen hinab zu geleiten.
Quam ging als Letzter. Sie zogen die Waffen und hielten die Schilde hoch. Auch Turidin trug außer seinem Stab, dessen Lichtspitze die Dunkelheit um sie herum erhellte, ein Schwert in der Hand. Dumpfe Stille umgab sie. Trotz Turidins Licht war es seltsam düster und beklemmend hier unten. Geräusche drangen wie mit

Watte umhüllt zu ihnen. Tropfte dort Wasser oder waren es Kriegstrommeln? So diffus drangen die Geräusche zu ihnen, dass man selbst alltägliche Klänge nicht genau bestimmen konnte. Sie stellten sich im Halbkreis auf und schritten die breiten, massiven Stufen weiter hinab. Über ihnen schloss sich das Gewölbe wie eine Kuppel, und man konnte das Ende nur erahnen.
Quam ging nun voran, da er sich in der Dämmerung am besten zurechtfand. „Langsam, Freunde. Ich fühle mich beobachtet“, warnte der Zwerg.
Etwas zischte durch die Luft. Gerade noch konnte Quam seinen Schild erheben, schon bohrte sich ein Pfeil hinein.
„Das war eher eine Warnung als ein echter Versuch, uns zu töten. Vorsichtig weiter!“, mahnte Turidin.
Am ersten Absatz machten sie halt.

Hoch über den Hügeln bohrte Dahl´got seine Krallen in den Panzer einer Schwarzen Echse. Deutlich hörte man das Knarren und Platzen der Schuppen, die durch die Krallen des Lichtdrachen barsten. Blut sickerte durch die Hornplatten, und ein wilder Schrei entfuhr der Bestie.
Der Kampf stand trotz der zahlenmäßigen Unterlegenheit nicht schlecht für die Lichtdrachen. Drei der Schwarzechsen waren bereits ausgelöscht, und lediglich ein Lichtdrache, das Weibchen Lararte, hatte eine ernstere Verletzung erlitten.
Die beiden obersten Drachen hatten ihren Kampf etwas abseits der eigentlichen Schlacht. Sie waren nicht zum ersten Mal Gegner in diesem endlosen Krieg der Götter. Nie war es einem von beiden gelungen, einen eindeutigen Sieg davonzutragen. Sie spieen große Feuerbälle auf einander, versuchten, ihre Krallen unter den Panzer des anderen zu rammen. Alles blieb vergebens, sie waren sich ebenbürtig.
Eine Schlacht unter Drachen konnte über Stunden gehen. Einige der Aufeinandertreffen dauerten sogar Tage, ohne dass ein Sieg zu erkennen war.

Feuerfontänen rasten auf Körper zu, Krallen zerfetzten Flügel. Wilde Schreie, die einen voller Wut, die anderen voller Schmerz, erklangen.
Tief unter ihnen klaffte die Pforte. Erol Segat, der Lichtfürst, drehte bei und flog nach Süden. Der oberste Schwarzdrache Dragos´erem folgte ihm. Sie rasten keine zehn Längen über dem Boden dahin. Zwei weitere Schwarze folgten ihnen, um ihren Führer zu unterstützen.
Im Hauptfeld der Schlacht hatte es einen weiteren Diener des Namses dahingerafft. Doch auch ein Lichtdrache war letztlich dem Kampf zum Opfer gefallen. Langsam zog sich das Feld auseinander. Immer größer wurden die Abstände der einzelnen Kämpfe. Niemand hätte sagen können, wie die Schlacht ausgehen würde.
Die Lichtdrachen schienen stärker, doch zehrte der Kampf stark an ihren Kräften. Die Dunkeldrachen hingegen warteten ab bis, einer der Feinde eine Schwäche zeigte und traten ihm dann erst gegenüber.
Weiter im Osten kämpfte Hort´gerl, ein Bruder Erol Segats, gegen drei Schwarzdrachen. Fest verkeilt mit einem seiner Gegner, gelang es ihm trotz allem noch, gezielte Feuerstöße gegen die anderen zu senden. Tiefer und tiefer rammte er seinem Feind Klauen und Zähne in Magen und Nacken. Fast hätte man glauben wollen, der Schwarze wäre bereits tot. Hort´gerl spie eine Flamme aus und sah zu seiner Erleichterung, dass die beiden anderen Drachen flohen. Schnell schraubten sie sich in die Höhe und verschwanden dann im Norden. Das war eine gute Wendung. Er widmete sich nunmehr ausschließlich dem Kampf gegen seinen bereits halbtoten Kontrahenten. Immer weiter gruben sich seine Klauen in den schwarzen Panzer. Da geschah es: Hort´gerl wurde an den Schwingen gepackt. Scharfe Klauen durchbohrten die Lederhaut seiner Flügel. Er blickte in wilder Panik nach oben. Die beiden Drachen hatten sich hinterrücks durch die Wolken geschoben und ihn überlistet. Hort´gerl riss, von Wut und Schmerz

angestachelt, dem Drachen in seinen Klauen große Brocken Fleisch aus Schulter und Brust, dann ließ er ihn fallen. Ein schauriges Wimmern drang aus der Kehle des Schwarzen. Hort´gerl blickte ihm nach, bis er auf den Felsboden weit unter ihnen aufschlug. Dumpf drang das saugende Rauschen des platzenden Körpers zu ihm nach oben. Zufrieden lächelte er. Einer weniger.
Schmerz riss ihn aus seinen Gedanken. Er hing wie an Fäden in den Fängen seiner beiden Gegner. Mit Schrecken wurde ihm gewahr, was diese mit ihm vorhatten. Sie wollten ihm die Flügel herausreißen. Der Lichtdrache spannte seine Muskeln an. Versuchte, so lange es ging, gegen den Zug seiner Feinde anzukämpfen. Doch war er zu geschwächt.
Wenn keines seiner Geschwister ihm zu Hilfe käme, wäre es aus mit ihm. Schon war der Schmerz der gespannten Muskeln und Sehnen stärker als die Schmerzen, die ihm die Wunden an seinem Körper bereiteten. Er stieß Feuer gegen seine Gegner, doch wichen diese so geschickt hinter seine Flügel aus, dass er sie nicht treffen konnte. Er hörte bereits, wie seine Muskelstränge rissen. Haut platzte, Blut sickerte. Er schrie vor Schmerzen. Ein brennender Stich durchzuckte seine linke Schulter. Dann sackte er durch, fiel eine Länge nach unten. Sein linker Flügel schien nun länger zu sein als der rechte. Einige der fürs Fliegen nötigen Muskeln und Sehnen mussten gerissen sein. Es war aus! Das wusste er.
Auch seine Gegner hatten erkannt, dass ihr Feind nun flugunfähig war. Sie schraubten sich in die Höhe. Wie eine Marionette hing der stolze Lichtdrache in ihren Klauen. Dann, ohne ein Kommando, ließen die beiden Schwarzechsen ihren schwer verletzten Gegner fallen. Klaglos sauste Hort´gerl auf den Boden zu. Er versuchte noch, den Sturz mit dem weniger beschädigten rechten Flügel zu bremsen, doch vergebens. Schon begann er zu trudeln, drehte sich schneller und schneller um die eigene Achse. Machtlos wie Laub im Herbst. Ein

Spielball des Windes. Hort´gerl schloss die Augen. Er machte sich bereit, in Caliors Hallen zu treten.
Dann spürte er, wie ein heftiger Stoß seinen Körper durchfuhr. Schmerzen stachen in seinen Rücken. Was war passiert? Er war nicht aufgeschlagen, das stand fest. Der Drache öffnete die Augen und blickte in den Himmel. Über ihm sah er Dahl´got. Der hatte Hort´gerl kurz vor dem Boden gepackt und setzte ihn nun vorsichtig ab. Die Drachen nickten sich zu, und Dahl´got erhob sich wieder in die Lüfte, während Hort´gerl Deckung unter einem kleinen Hain hoher Tannen suchte. Über ihm tobte der Kampf weiter, doch war er zu schwach, um seinen Kopf zu heben. Ihm wurde schwarz vor Augen und er sank in einen traumlosen Schlaf.

Die Schlacht dauerte Stunden, und als sich die Echsen trennten, waren nur noch neun Lichtdrachen am Leben. Die Schwarzdrachen verloren insgesamt sechs ihrer Brüder, es blieben also zehn der dunkeln Bestien auf Balior. Sie würden sich wieder begegnen, spätestens, wenn es in den Kampf um die Feuerspitze ging.
Vorerst aber wollten sich die Lichtdrachen in den Bergen nahe der Zackenflut, bei den Zentauren, niederlassen. Sie setzten ihre Gefallenen in den Hügeln bei und trauerten in aller Stille um sie.
Dann bereiteten die Drachen sich zum Aufbruch vor. Sie würden Monate brauchen, um ihre Verwundeten zu kurieren, denn einzig Dahl´got und Erol Segat, der Drachenfürst, blieben vollends unverwundet. Sein Kampf mit dem obersten Schwarzen hatte über der Dunstkuppe der Wüste Bash nahe der Stadt Orkfesta unentschieden geendet. Die von ihnen, die noch fliegen konnten, trugen ihre schwer verletzten Geschwister nach Nordosten. Die Drachen Baliors zogen sich zurück. Sie sollten noch einmal, in einigen hundert Jahren, eine wichtige Rolle in den Geschichten anderer Völker spielen, doch diese Geschichte füllt ein anderes Buch. Die Aufgabe der Lichtdrachen in diesen Tagen war

erfüllt. Dank Turidin hatten einige von ihnen überlebt und den Kampf gegen ihre ewigen Antipoden wieder aufgenommen. Das Gleichgewicht, das für Balior so lebenswichtig war, wurde gewahrt. Die Kämpfe der Jahrtausende hatten beide Drachenrassen so stark dezimiert, dass niemand die Hoffnung hegte, es würde jemals wieder mehr als einige Dutzend dieser prachtvollen Wesen geben. Die Brutzeit der Echsen war lang und heikel. Die Aufzucht, obwohl sie keine nennenswerten Feinde hatten, schwierig. Ein Weibchen konnte theoretisch alle drei- bis vierhundert Jahre ein bis zwei Junge ausbrüten. Dann dauerte es etwa drei Jahre, bis die Jungdrachen schlüpften. Weitere sieben bis acht Jahrhunderte brauchte die Aufzucht zu einem sich selbst versorgenden Drachen. Bis die Panzer jedoch ihre völlige Härte erreichten, die Krallen zu den messerscharfen Waffen der Erwachsenen wurden und ihr Feueratem sich voll entfaltete, vergingen noch einmal dreihundert Jahre. Es sah nicht gut aus für die Rassen der Drachen auf Balior. Irgendwann würden sie vollkommen ausgestorben und vergangen sein.

Bleich stach der Mond aus dem Dunkel des Himmels. Der Zug der Drachen glitt durch die Luft, und trotz ihrer Verwundungen wirken sie stolz und erhaben. Ihre weißgoldenen Körper zogen wie Kometen am Nachthimmel entlang. Unter ihnen klaffte die Pforte zum Nimdarak.

„Viel Glück, Turidin, viel Glück dir und deinen Gefährten!“, dachte Dahl´got, als er über die Pforte hinwegflog.

Um das Portal pulsierte immer noch das schwarze Licht. Wie kleine Tornados wirrten Nebel am Rand des magischen Einstiegs. Und bis zu den Drachen hinauf schlugen der Hass und die Bitternis, die den Schatten regierte.

9. Kampf im Nimdarak

Die Gefährten tasteten sich behutsam voran. Immer auf einen Angriff des Feindes gefasst, stiegen sie tiefer und tiefer in das Reich der Schatten. Nur Turidin und ein wenig wohl auch Quam hatten eine Vorstellung, welche Gegner sie hier unten erwarten würden: Schattenkrieger! Die Essenz des Bösen! Die absolute Elite des Namses. Gehorsam, grausam, blutrünstig. Keiner konnte sagen, wie viele von ihnen den Freunden begegnen würden. Sie wurden von einer Energie gespeist. Je weniger der Namses erweckte, desto stärker waren sie. Gepanzerte Hüllen voller Maden, Spinnen und anderem Gekreuch, zusammengehalten von der Macht des Schattens.

Die Gefährten schreckten zusammen, als hinter ihnen etwas wie Schritte zu hören war. Die schwer gepanzerten Schattenkrieger in ihren schwarzen Rüstungen konnten es nicht sein, sie bewegten sich beinahe lautlos. Rufe erklangen weit hinten im Dunkel. Wer es auch war, er wollte gehört werden. Die Gefährten verschanzten sich hinter einem Felsen, der ihnen zu beiden Seiten Schutz bot, und Turidin löschte das Licht seines Stabes fast vollständig. Nur ein kleiner Schimmer glühte noch in der Scheibe. Ihre Schatten zuckten auf den glatten, schwarzen Wänden, die jedes Licht und jedes Geräusch schluckten. Fengrin hätte schwören können, dass die Wände jedes positive Gefühl in sich aufsogen und Kummer, Angst und Leid wie Schweiß aus ihren Poren strömen ließen. Eine unbestimmte Furcht bezwang sein Herz, und je länger sie standen, desto schlimmer wurde es.
Auch Quam empfand die unheimliche Depression. Als ob man Sorgen und Leid in sich einsog. Mit jedem Atemzug, den sie taten, verschlechterte sich ihr Gemütszustand.
Die Schritte kamen näher.
„Wächter?“, zischte es durch die Dunkelheit.

Stille.
„Lucem altum!“, erklang plötzlich die Stimme Turidins. Der fahle Schein der Scheibe flackerte kurz auf und strahlte dann wie die Sonne an einem helllichten Tag. Die Dunkelheit verkroch sich bis in die kleinsten Ecken und Winkel. Wie lichtscheues Getier schlich der Schatten davon.
Fengrin hatte bei dem hellen Licht zunächst die Augen schließen müssen. Nun öffnete er sie einen Spalt, blinzelte, und da sah er sie: Vor den Freunden standen die Mazarane! Gut dreißig von ihnen hatten den Weg durch das Portal genommen, um Turidin zu unterstützen und Metas zu befreien. Fengrin betrachtete diese riesigen Tiere mit nicht weniger Interesse als bei seiner ersten Begegnung mit ihnen.
Farbad, ihr Anführer, wandte sich an Turidin. „Sagt mir, wie wir euch unterstützen können, Wächter!“
„So froh ich bin, euch zu sehen, doch bloße Kraft wird nicht reichen, um mit diesen Gegnern hier zu kämpfen. Farbad, hast du jemals von den Schattenkriegern gehört?“
Farbad schüttelte den massigen Kopf.
Turidin erklärte den Mazaranen, mit welchem Schrecken sie es aufnehmen mussten, um zu Metas zu gelangen. Doch keiner der Bärenmenschen zeigte Furcht oder war danach weniger entschlossen, ihren Freund und Mentor zu befreien. Sie hatten so lange Jahre gewartet. Generationen von ihnen. Diese Mazarane kannten Metas nur noch aus Geschichten und Sagen, und doch war ihre emotionale Bindung zu ihm stark wie zu einem engen Freund oder einem Familienmitglied.

Gemeinsam erkundeten sie den Tunnel, immer gefasst, einem Feind zu begegnen. Die Gefährten vorneweg, die Mazarane dicht hinter ihnen. Länge um Länge schlichen sie durch die Schatten. Die Beklommenheit in ihren Herzen wuchs ins schier Unermessliche. Der kleine Fengrin hatte die größten Schwierigkeiten, sich zu beherrschen. Sich nicht der Tristesse zu ergeben. Sich

nicht einfach hinsinken zu lassen und zu weinen, um nie wieder aufzuhören.
Der Weg fiel ständig ab. Quam schätzte, dass sie inzwischen dreihundert Längen unter der Erde waren. Quam war es auch, der außer den Schritten der Gruppe noch einen anderen Hall vernahm. Weit hinter ihnen hörte er das leise Schleichen eines schweren Körpers. Er tippte Turidin auf die Schultern. „Etwas folgt uns, hörst du nichts?“
Die Gruppe hielt, und sofort verstummten auch die Schritte aus dem Dunkel hinter ihnen.
Turidin lauschte angestrengt. „Ich bin nicht sicher, ob ich etwas höre oder ob mir die Schatten einen Streich spielen, Quam. Los weiter, hier können wir nicht bleiben!“
„Kein Streich, Turidin. Etwas ist hinter uns!“ beharrte Quam.
Sie gingen weiter.

Etwas später erreichten sie eine Art Tal. Die Wände an den Seiten öffneten sich, und die Decke hoch über ihnen zog sich aus dem Lichtkegel, den die Scheibe an Turidins Stab warf, zurück.
„Hier wollen wir rasten! Der Weg ist weiter als ich vermutete.“
Quam schüttete den Kopf. „Keine Gegner seit dem Pfeil aus dem Dunkel. Was sie wohl planen?“
Der Mazarane Farbad mischte sich ein. „Hier haben wir keine Deckung und keiner kann sagen, was über uns lauert. Ich sehe weder die Decke noch den Rand, dort drüben sehe ich aber einen Überhang!“
Sie fanden tatsächlich ein paar Felsen, hinter denen man sich einigermaßen sicher fühlen konnte. Turidin minderte den Schein seines Stabes auf ein leichtes Glimmen. Donbrut sah, wie erleichtert er war, als er die Anstrengung, die das helle Licht ihm abverlangte, aufgeben konnte. Die Mazarane sandten einige Späher zurück ins Dunkel. Sie sollten erkunden, ob jemand ihnen folgte.

„Er wird immer älter und schwächer“, flüsterte Donbrut zu Quam.
„Ja, man könnte meinen, er wird durchsichtig.“
„Das habe ich auch beobachtet, es ist als ob er langsam zu Licht würde.“
„Ich hoffe nur, dass ihm zumindest die Kraft bleibt, uns wieder herauszuführen. Die Phasen der Erschöpfung werden immer länger.“
Andere Mazarane verließen die Gruppe, um zu erkunden, was vor ihnen lag. Fengrin hingegen hatte sich unter einen Felsen gekauert, seine Knie an die Brust gezogen und seinen Kopf auf sie gelegt.
Leise weinte er in sich hinein. Dicke, heiße Tränen rannen über seine Wangen und tropften schwer auf den Boden. Alles erschien so ausweglos und schwer, so unmöglich und grausam. Er fragte sich, warum er überhaupt aus dem tiefen Schlaf der Schlafblumen gerettet worden war. Warum nur? Hätte man ihn nicht dort liegen und sterben lassen können? Was war der Sinn dieses Abenteuers, und warum sollte ausgerechnet er es bestehen? Alle Zweifel und Ängste, die sonst klein und unbedeutend in seinem Kopf warteten, brachen plötzlich als große unlösbare Hindernisse hervor.
Allen anderen ging es ähnlich in dieser Stunde. Es war die Umgebung, die Luft, die sie atmeten, die ihre Herzen schwach und anfällig werden ließen. Die gesamte Gruppe war voller Selbstzweifel. Nur Quam und Turidin erschienen mehr oder weniger immun gegen die Attacken der Schatten zu sein. Sie konzentrierten sich auf die Befreiung Metas’ und die Rückkehr ans Tageslicht.
„Sie werden schwermütig, Turidin, hast du es bemerkt?“
„Ja, Quam, habe ich. Das ist es, was den Nimdarak mehr schützt als alle Krieger und Fallen. Die Angst und der Zweifel, die hier unten herrschen.“

Die Kundschafter der Mazarane kehrten zurück. Ihr Anführer, er hieß Hergrumb, war ein stattliches

erwachsenes Männchen. Er wandte sich direkt an Farbad, der neben Turidin stand. „Etwa eine halbe Stunde von hier ist ein Wall. Man scheint uns zu erwarten. Dahinter ist es heller und die Luft wird auch besser. Es mag sein, das es dort einen zweiten Ausgang gibt.“
„Wie viele der schwarzen Krieger sind es?“, mischte sich Turidin ein. Das war unhöflich, denn die Meldung war an Farbad gerichtet.
Der Mazarane blickte stumm auf Farbad und erst als dieser nickte, antwortete er dem Weisen: „Wir können nur schätzen, aber der Wall ist gut drei Längen hoch und drei Türme staken aus ihm hervor. Alles in allem sollten dort nicht mehr als sechzig Wachen sein.“
Eigentlich gab es keine Befehlsstrukturen bei den Mazaranen, nur in Kriegszeiten wurden Führer gewählt, und dann gingen die Bärenmenschen auch extrem diszipliniert und geradlinig vor.
Ein weiterer Mazaran gesellte sich zu ihnen. Er hatte eine auffällige, weiße Zeichnung in seinem schwarzen Fell, die an eine Spinne erinnerte. „Wir sollten eine Nachhut bilden, denn wir werden verfolgt. Einer, höchstens zwei sind es. Er oder sie halten aber immer einen gewissen Abstand zu uns.“
Quam horchte auf. „Ich werde zurückgehen und unsere Verfolger begrüßen!“
Etwas in seiner Stimme sagte den anderen, dass er keinen Widerspruch zulassen würde.
Nur schweren Herzens willigte Turidin ein. Quam übergab ihm das Sonne-Mond Amulett. Der alte Zwerg verabschiedete sich von seinen Freunden. Eine eigenartige Mischung aus „Lebt Wohl“ und „Bis später“. Besonders Fengrin war ihm sehr ans Herz gewachsen. Und er verließ den Jungen nur ungern. Fengrin und Quam hatte seit dem ersten Tag etwas Besonderes verbunden. Es blieb wenig Zeit, doch das tat der Ehrlichkeit des Abschieds keinen Abbruch.

Quam und der Mazaran mit der auffälligen Zeichnung blieben zurück, die anderen machten sich auf den Weg zu dem Wall, den die Späher erkundet hatten.

Hoch über dem Wall in einem Turm lugte eine schwarze Gestalt durch eine Schießscharte. Schwere Panzer umhüllten seinen Körper und allerlei Gewürm kroch durch die Ritzen der Rüstung. Unten vor dem Wall, im Dunkel des vorderen Nimdarak, flackerte ihr ein zartes Licht entgegen. Bald würden sie hier sein, bald. Sollten sie sich noch ein wenig durch die Melancholie der Schatten quälen. Sollten sich ihre Ängste noch weiter steigern. Sie hätten den Feind bereits vor Stunden stellen können, doch je mehr Zeit die Gegner hier verbrachten, desto einfacher würde es für sie, für die Schattenkrieger. Die Besatzung des Walls bestand aus zwölf Kriegern je Turm. Zusätzlich patrouillierten immer zwei von ihnen zwischen dem Zugang zur Oberwelt und dem Wall. Diese waren es auch, die den Pfeil auf Quam gefeuert hatten. Im Allgemeinen waren diese Krieger nicht mit Bögen bewaffnet, sie bevorzugten Waffen wie den Kriegshammer und Zweihänder. Sie bewachten Metas schon über die gesamte Zeit seiner Gefangenschaft. Sie litten keinerlei körperlichen Verfall. Ohne Einwirkung von außen war ihre Existenz unendlich.
Der Namses hatte den Ersten der ihren erschaffen, nachdem die ersten Elben geboren waren. Denn erst die Ankunft der Elben hatte ihm gestattet, solch schwarze Konsistenz zu formen.
Insgesamt 38 Schattenkrieger erwarteten die Gruppe um Turidin. Sie standen auf der Brüstung des Walls und stierten ins Dunkel. Über ihnen in den drei Türmen hielten ihre Kameraden Wache. Der Alte, der nun als Mensch wandelte, war gefährlich. Man kannte sich. Man hasste sich. Mit dem Wall als Schutz und einer Übermacht von fast zwei zu eins konnte nichts schiefgehen. Eine Verzweiflungstat Caliors war das, nichts weiter. Sollten sie versuchen, Metas zu befreien.

Es würde ihnen nicht gelingen. Seine Kräfte hatten nachgelassen. Und schon bald wäre er nichts weiter als leblose Materie. Dann würden sie sich seiner annehmen. Kein Risiko. Kein unnötiger Heldenmut.

Einer der gepanzerten Krieger stierte nach oben in den Himmel. Tatsächlich war es hier heller, wie der Mazarane berichtet hatte, und auch die Luft war nicht ganz so durchzogen von den üblen Dämpfen. Metas hatte über die Jahrhunderte ein kleines Stück Hoffnung in seinem Kerker geschaffen. Ein kleines Wunder, wie es einem Lichtgeborenem würdig schien.
Der Schatten blickte nach oben. Über ihm, im Westen, schimmerte das Blau des Meeres. Die Magie Metas' hatte dieses Schauspiel möglich gemacht. Aus seinem Gefängnis heraus hatte er dieses Fenster ins Leben erschaffen.
Dort, wo eigentlich die Höhlendecke sein sollte, war Wasser. Durch einen Zauber seines Rings blieb das Meer wie von einer Glaskuppel abgehalten oben. Nur dafür hatte er ihn in all den Jahren genutzt und sonst verborgen gehalten. Der Anblick hatte dem Weisen über die Zeit hinweg die Einsamkeit und den Schmerz leichter gemacht. Tag ein Tag aus stierte er hinauf und nahm so wenigsten ein wenig am Leben unter der Sonne teil. Das Meer bildete die Decke dieses Teils des Nimdaraks. Und das würde auch noch für Jahrhunderte so bleiben, bis irgendwann einmal die Kraft des Bannes brach und sich der Fels wieder schloss. Wie ein gigantischer Saphir brach das Meer das Licht des Mondes. Es war so klar, so rein. Selbst die Schattenkrieger hatten Respekt vor der Schönheit dieses Schauspiels.

Alles hier war in ein wundervolles Blau getaucht.
Fische zogen vorbei, und ab und an konnte man sogar den Rumpf eines der großen Küstenschiffe erahnen, der sich dunkel über ihren Köpfen abhob.

Ein Stück hinter dem Wall der Schatten lag eine Insel inmitten des öligen Brackwassers, das wie zum Trotz zur reinen Klarheit des Meeres hier unten floss. Rund war sie und mit abfallenden Gestaden. Lediglich ein Weg führte durch ein Torhaus zu ihr. Auf der Insel stand ein rechteckiger Bau, flach und ohne Dach. Der Bau war komplett aus Bruchsteinen errichtet. Kein Fenster war zu sehen, keine Tür.

Inmitten des Raumes lag ein alter Mann auf einem Altar. Seine Kleidung war alt und verschlissen. Sein Haar zerzaust. Stumm blickte er in den Meereshimmel über ihm. Dieses Stück Freiheit konnten sie ihm nicht nehmen. Dafür war seine Macht auch nach all den Jahrhunderten der Gefangenschaft noch zu groß.

Sie konnten ihn hier festhalten, aber sie konnten ihn nicht zerstören oder ihn für ihre Zwecke missbrauchen. Er war Metas, einst einer der Drei, er war ... Ihm rannen Tränen über die Wangen. Was war er? Er war gefangen. Und selbst seine Brüder oder seine Ziehkinder, die Mazarane, hatten ihn nicht befreien können. Was ging in der Welt dort oben vor? Was war mit den Wächtern? Gab es noch Elben? Wie lange könnte er die Kraft zum Leben noch aufbringen? Wie lange wollte er sie noch aufbringen? Diese Prüfung Caliors war hart. Zu hart. Doch Metas war sich sicher, dass ein größerer Plan dahinter verborgen lag. Ein Plan der Götter, den selbst er nicht erkennen konnte. Calior griff nicht ein. Um des Gleichgewichtes Willen durfte er nicht eingreifen. Die Situation war ausweglos. Konnte irgendwer, außer dem Namses, diesen Ort besuchen, ihn überhaupt entdecken? Von wem durfte er nach all den Jahren noch Hilfe erwarten?

Metas war anfangs nicht davon ausgegangen, dass er noch auf Balior war. Er hatte befürchtet, dass ihn der Namses auf einen der dunklen Planeten verschleppt hatte. Erst als er die magische Öffnung über seinem Gefängnis erschuf und so das Meer sehen und durch das Meer die Gestirne beobachten konnte, wusste er, wo er sich befand. Sein Gefängnis lag an der Ostküste im

Dreieck zur Wüste Bash, dem Alier und dem Verduvil. Metas hatte bereits zweimal versucht, aus dem Karzer zu entkommen, doch beide Male schlug der Namses persönlich ihn zurück. Eine Macht, mit der sich der Weise nicht hatte messen können. Nicht einmal der Wächter konnte einen solchen Kampf überdauern. Aber auch der Namses hatte durch Erloin erfahren, welche Macht jeder der Drei in sich trug. Was auch immer passieren mochte, hier herauszukommen war nahezu unmöglich.
Metas blickte wieder nach oben. Ruhig zog ein Wal seine Bahn, ein Schwarm kleiner silberner Fische huschte vorbei und ganz oben durchzog der Kiel eines Schiffes die Fluten wie eine Egge das Feld. Der Mond strahlte satt zu ihm herunter.

Die Mazarane schlichen näher an den Wall. Turidin blieb mit Donbrut ein gutes Stück hinter ihnen. Das Licht der Scheibe war nunmehr wieder ein schwacher Schimmer, kaum zu erahnen. Dann rief der Wächter des Caliors die Wachen des Walls an: „Höret, Hüter des Walls! Hier steht Turidin, der Wächter. Ich rate euch, gebt Metas frei. Tut ihr es, soll euch für dieses Mal nichts geschehen. Weigert ihr euch, so werden wir diese Mauern niederreißen und euch vernichten!“
Eine verzerrte Stimme, die an das Getöse eines Wasserfalls erinnerte, antwortete Turidin: „Wir kennen dich, Wächter. Deine Zeit ist vorbei, du bist nur noch das Abbild deiner selbst. Sieh, das sterbende Flackern der stolzen Scheibe, sie ist Beweis genug für deine Schwäche! Kehre um und stirb in Frieden! Dein Bruder bleibt bei uns. Dein Kampf ist verloren. Caliors Kampf ist verloren. Keiner seiner Söhne ist uns nunmehr gewachsen. Nicht du und nicht Metas. Bald schon werden wir emporsteigen und das Land an uns reißen. Unsere Zeit bricht nun an. Das dritte Zeitalter kündet von seinem Beginn. Schon verheißen die Wolken Bashs unseren Sieg!“ Ächzend öffnete sich irgendwo im Dunkel ein Tor.

Stille. Es war gesagt, was zu sagen war. Turidin atmete tief durch. Es würde zu einem Kampf kommen. „Haltet euch die Augen zu“, flüsterte er. Dann pfiff er kurz. Das Zeichen für die Mazarane.
„Luce! Male disonerati!“, ertönte die Stimme des Wächters durch das Dunkel. Gebieterisch und ohne die Spur einer Schwäche. Ein heller Blitz zuckte auf. Gleißend durchfuhr er das Dunkel.
„Was ...?“ Die tosende Stimme des Schattenkriegers schlug in Schmerzgeschrei um.
„Selbst wenn ich müde bin, Schatten, die Macht der Insignien ist nicht von mir abhängig!“, schrie Turidin gegen den Festungswall. „Siehe und vergehe!“
Die Wachen in den Türmen schlugen Alarm. Sie hatten als Erste erkannt, dass die Mazarane bereits dicht unter der Schanze lauerten. Zu spät! Die Tore hatten sich bereits geöffnet und mehr als zwei Dutzend Schattenkrieger schritten aus der Pforte.
Nur schwer konnte man Einzelheiten erkennen, so ineinanderfließend wirkten die dunklen Gestalten in der Finsternis. Gewarnt von den Alarmglocken der Türme jedoch konnten sich die Schattenkrieger gerade noch vor dem Hinterhalt der Mazarane schützen. So entflammte ein böser und tödlicher Kampf. Eisenpanzer gegen Bärenkräfte, Schwarzmagie gegen unbändiges Leben. Die Schattenkrieger standen den Mazaranen in der Größe um nichts nach, doch waren die Bären bei weitem kräftiger. Mazaranenkrallen rissen Kettenpanzer in Stücke und gruben sich dann in das Gemisch zäher Masse, die unter den Panzern lag. War es Fleisch? Troff Blut oder Pech aus den Wunden? Angewidert sahen die Bären auf das Gemisch aus Egeln, Spinnen und Pech, das an ihren Tatzen haftete. Die Schatten aber droschen mit ihren Waffen aus Stahl auf die Mazarane ein wie Berserker. Klingen schlitzten Fell auf und zerschnitten Fleisch.
Donbrut hatte sich einem der Schatten gestellt und bestand den Kampf seines Lebens. Beide schenkten sich nichts, und immer dann, wenn ihre Klingen sich trafen

stoben Funken durch die Luft. Turidin schwang seinen Stab wild durch die Luft und schleuderte gleißende Flammen gegen seinen Gegner. Man hätte diesen Kampf nicht verbissener führen können.
Doch bald mussten die Gefährten erkennen, dass sie die Schatten zwar für kurze Zeit besiegen konnten, aber dass es nicht allzu lange dauerte, bis dort, wo ein Schattenkrieger tot zusammenbrach, ein neuer sich erhob. Immer wieder ordnete sich das Gewürm und das Pech in den leeren Panzern und beseelte sie von neuem.
Donbrut durchdrang die Rüstung seines Kontrahenten und drehte sein Schwert in der Wunde, die in der Brust des Schattens klaffte. Knirschend gab die Panzerplatte der Klinge nach. Röchelnd erlosch das unnatürliche Leben aus dem Schatten. Doch schon im Fallen gliederte sich das Gekreuch darunter neu.

Fengrins Taktik war eine andere. Er wich seinem Gegner aus, solange es nötig war, dann, als die Position günstig schien, schleuderte er seine Axt genau in die Aussparung des Helmes, der als Sehschlitz diente. Keuchender Atmen drang aus dem Panzer, als der Körper zu Boden sackte. Fengrin stellte seinen Fuß auf den leblosen Körper und zog mit einem Ruck die Axt aus dem Helm. Ihm blieb keine Zeit, seinen toten Gegner länger zu betrachten.
Turidins Stab erleuchtete den Nimdarak taghell. Allein dieses Licht schwächte die Schattenkrieger zusehends. Doch sie waren nahe an der Quelle ihrer Energie, sie regenerierten sich schnell.
Hin und her wogte die Schlacht, doch war kein Ende zu erwarten.

Weit hinten im Gang tasteten Quam und der Mazaran sich zurück in die Richtung, aus der sie gekommen waren, um sich ihrem oder ihren geheimnisvollen Verfolgern zu stellen. Sie kamen gut voran, da beide ausgezeichnet im Dunkel sehen konnten. Ab und an hörten sie sogar etwas von den Geräuschen hinter

ihnen. Dumpf drang der Schlachtentumult an ihre Ohren. Doch war keines der Geräusche klar zu definieren. Quam blieb stehen und lauschte. Hoffentlich passierte Fengrin nichts!
Sie kamen an eine Gabelung, die einen so steilen Winkel zum Hauptweg hatte, dass sie Quam auf dem Weg in das Nimdarak gar nicht aufgefallen war!
„Was nun, Zwerg?"
„Nun, wir müssen uns wohl trennen."
„Gut, wir trennen uns."
Quam blickte kurz zu dem Mazaranen hoch, nickte und verschwand im linken Gang. Der Mazarane blickte ihm hinterher.
Quam tauchte in die starken Biegungen des Weges ab. Dies konnte nicht der Gang sein, den sie gekommen waren. Dieser Gang stieg fast nicht an. Auf dem Weg hinunter war das Gefälle merklich stärker gewesen. Quam zog U´Dragmorie aus der Scheide und schritt voran. Wie nützlich wäre dieses Schwert nun gegen die dicken Panzer der Schattenkrieger.

Weit hinter ihm ließ die Intensität des Kampfes um keinen Deut nach. Turidin schleuderte Tod und Flammen gegen die Schatten. Die Mazarane waren wild vor Wut. Sie wollten ihren Mentor befreien. Sie wollten Metas!

Metas lag in seinem Gefängnis und hörte den Tumult. Hörte das Hallen des Kampfes, auf das er seit Jahrhunderten wartete. Hörte das wilde Schnauben der Mazarane. Sie kamen! Sie kamen, um ihn zu holen! Er erhob sich von der Bahre. Nicht zu hastig und mit der Würde, die einem Weisen zustand. Ein Lächeln lag auf seinem Gesicht. War es nicht auch die Aura Turidins, die er da spürte? Es war an der Zeit, sein Gefängnis zu verlassen! Er fischte den Ring aus den Tiefen seines Gewandes, den Ring, den er so lange verborgen gehalten hatte. Die dritte der Sonne-Mond-Insignien. Behutsam steckte er ihn auf.

Metas schloss die Augen und begann leise zu summen. Summte eine Melodie, die alt und mächtig war. In sich gekehrt, die Welt vergessend. Die Arme im Takt durch die Luft wiegend. Es dauerte nicht lange, bis etwas geschah: Die Fugen seines Gefängnisses platzten auf. Die Steine barsten auseinander. Die Trümmer wirbelten umher wie Blattwerk in einer Windhose. Im Zentrum des Sturms stand Metas, die Hände erhoben, und lenkte den Wind. Dann ein Donnerschlag, plötzlich und so laut, dass die Kämpfenden ihren Kampf unterbrachen. Das Gebäude, in dem Metas die Jahrhunderte hatte ausharren müssen, war nur mehr eine Ruine, und nichts weiter blieb als die Grundmauer.

„Metas kommt!“, jubelte Turidin.
Auch die Mazarane stimmten in den Jubel ein. Überall hörte man „Metas kommt!“ oder „Der Meister ist da!“. Die Schatten zogen sich merklich zurück und wurden zunehmend in die Defensive gedrängt. Auch erholten sich ihre Kadaver bei weitem nicht mehr derart schnell. Es kam vor, dass sie minutenlang nur noch gut ein Dutzend waren, bevor sich ihre Brüder regenerierten.
Aus westlicher Richtung erhob sich ein Licht – Metas! Die Schatten saßen in der Falle Der Wächter mit den gleißenden Flammen vor ihnen und der Weise mit der Macht des Rings hinter ihnen! Klagegeschrei drang aus der Wolke schwarzer Kämpen, und immer deutlicher vernahm man das eine Wort: Namses! Flehentlich riefen die Schatten ihren Vater.

Metas hatte sein Gefängnis verlassen und steuerte auf den Kampfplatz zu. Laut sang er, die Arme erhoben. Flammen schlugen hoch, Blitze zuckten und Sturm tobte. Der Schatten verging zwischen den beiden Obersten Caliors. Wo immer die Jünger des Namses auf Turidin oder Metas trafen, sandten die Söhne Caliors Blitz und Flamme gegen die Panzer der Feinde. Die schwarzen Rüstungen der Schattenkrieger glühten, und ihre Träger schmorten darin endgültig zu Tode.

Donbrut und Fengrin kämpften gemeinsam gegen zwei der Schatten. Donbrut hieb mächtig auf die Gegner ein und Fengrin wartete ab, um im passenden Augenblick eine seiner Äxte auf den Feind zu schleudern. Nur eine Frage der Zeit, wann sie den Sieg erringen würden. Die Wächter des Nimdarak zeigten Schwäche. Die Schatten befanden sich im Hintertreffen und schlugen sich mit dem Mut der Verzweiflung. Sie wurden müde. Etwas schien den Energiezustrom zu stören.

Der Wächter und Weise, Brüder des Lichtes, konnten sich bereits sehen. Wenn nur auch Erloin hätte hier sein können. Gemeinsam hätten sie sich ihrem Oheim, dem Namses, stellen können. Vollenden, was in der Schlacht nahe der Hügel vor so vielen Tausend Jahren scheiterte.
Es war beinahe so wie in den ersten Tagen der Schöpfung. Als die Götterkinder selbst zwischen den Zeiten fochten. Doch Erloin war vom Namses vernichtet, und Turidin und Metas waren schwach. Sie wussten, dass diese letzte Anstrengung sie viel kostete. Von diesem Kampf würden sie sich niemals mehr erholen. Sie besiegelten ihr Schicksal.
Turidin stieß seinen Stab in die Brust eines Gegners. Die schwarze Rüstung glühte hell auf, und der Krieger zerbarst zu tausend Funken. „Vergehe, Schatten!“, rief er ihm nach, wild entschlossen, alle zu vernichten. Ein Schwert zischte knapp am Kopf des Alten vorbei, doch sofort warf sich ein Mazaran gegen den Gegner, und Turidin hatte wieder freie Bahn.
Jetzt stand er Metas schon fast gegenüber. Die beiden suchten sich ihren Weg durch das Gewirr des Kampfgetümmels. Feuer und Blitz bahnten sich durch den Kampf. Dann endlich, nach Jahrhunderten, standen sie sich gegenüber! Metas der Weise und Turidin der Wächter.
„Mein Bruder!“ Turidin war sichtlich bewegt. Worte erschienen beiden zu schwach, um ihre Gefühle

auszudrücken. Lange verharrten sie stumm, lachten und umarmten sich.
Einige Mazarane bildeten einen Ring um sie. Die Kämpfe flauten ab. Es war keine Frage mehr, wer gewonnen hatte.
„Ich bin so froh, dich zu sehen!“ Metas rannen Tränen über die Wangen.
Fengrin fiel auf, wie ähnlich sich die beiden waren. Die langen, weißen Haare, die wachen Augen. Nur Metas’ Nase war breiter und knollig, so wie er im Ganzen etwas kleiner aber stabiler wirkte als Turidin. Die beiden großen Gefolgsleute Caliors, seine direkten Nachkommen, schlossen sich in die Arme, so fest und lange, dass es Fengrin erschien, als wollten sie sich nie wieder loslassen.

Die Schatten regenerierten sich nun gar nicht mehr. Die Verluste auf der Seite der Gefährten waren relativ gering. Vier Mazarane lagen tot auf dem Boden des Nimdarak. Weitere acht waren verwundet. Aber nach einem Kampf gegen die Schatten war mit weit Schlimmerem zu rechnen gewesen. Ohne die Macht der Insignien, wären sie bei Weitem nicht so glimpflich davongekommen.
Die letzten Feinde verendeten unter den wütenden Schlägen der Mazarane. Schwarzes „Fleisch“ und schwarzes „Blut“ spritzten umher. Donbrut und Fengrin gesellten sich zu Turidin, und Metas lächelte ihnen zu.
„Ich kenne euch, ihr seid Fengrin und Donbrut.“
„Woher …?“ setzte Donbrut an, doch Turidin kniff ihn in den Arm.
Farbad und ein paar andere Mazarane kamen auf die Gruppe zu. Scheu den Blick nach unten gewandt.
„Meister Metas?“, fragte Farbad und eine Sanftheit, wie man sie einem Mazaranen nicht hätte eingestehen wollen, lag in seiner Stimme.
„Ja, der bin ich! Und du, du musst Farbad sein, der Urenkel meines Freundes Grumbad aus den alten

Tagen.“ Metas legte ihm die Hand auf den gesenkten Kopf.
Der Mazaran überschlug sich beinahe. „Ja, Meister. Es tut uns entsetzlich leid, dass wir nicht in der Lage waren, den Ort Eurer Gefangenschaft früher zu finden, und Euch zu befreien!“
„Ihr habt bestimmt euer Möglichstes getan, mein Freund. Und nun lasst uns von hier verschwinden, denn ich will die Sonne sehen!“ Sanft streichelte der Weise dem Bärenwesen über den Kopf. „Ein bedeutender Tag wird das“, raunte er.
„Ja, Meister, es ist ein bedeutender Tag. Für uns alle!“
Metas nickte stumm. Er wies die Mazarane an, den Aufbruch vorzubereiten. Die Mazarane luden ihre Toten und Verwundeten auf, und sie schritten zum Ausgang. Inmitten des Tales hielt Turidin sie an. Er wollte die Sonne-Mond-Scheibe hier lassen, um mit ihrem Licht ein für alle Mal den Schatten aus dem Nimdarak zu vertreiben. Für Jahrhunderte würde ihre Kraft ausreichen, nicht den kleinsten Schatten hier unten zuzulassen. Wenn der Namses wieder Schattenkrieger aussenden wollte, musste er sie schon von einem anderen Ort herbeirufen. Diese Brutstätte wäre ausgemerzt. Obwohl das Opfern der goldenen Scheibe auch den Verzicht der nachfolgenden Generationen auf eine mächtiges Werkzeug bedeutete.
Gerade setzte er an, den Stab in den Boden zu rammen, als Wind aufkam. Faulig und rau wehte er aus allen Richtungen gleichzeitig auf sie zu. Turidin runzelte die Stirn, die Mazarane blickten unsicher umher. Donbrut zog sein Schwert aus der Scheide. Es war inzwischen schartig und drohte zu brechen.
Metas blickte auf, schüttelte den Kopf und sagte: „Mit einem Schwert kannst du hier nichts ausrichten, Donbrut Beredorn. Eure Aufgabe hier ist beendet. Flieht aus den Höhlen und schaut nicht zurück!“
Alle starten auf Turidin und Metas. Die beiden blickten ernst und streng auf die Mazarane, den Menschen, und Fengrin, den Zwerg. Der Wind zerrte an Kleidern und

Fellen. Nervös starrten die Mazarane umher, sahen Rat suchend zu den Wächter und Metas.
Dann grollten die Stimmen der beiden Söhne Caliors gemeinsam durch die Höhle: „Flieht! Hier kommt der Tod! Namses mischt sich ein!“
Die Erde bebte. Alle stürzten los. Kopflos. Die Mazarane griffen sich Fengrin und Donbrut, da die Bärenmenschen schneller waren als Zwerge und in der Dunkelheit besser sahen als Menschen. Sie rasten den Weg hinauf und nur Fengrin wagte einen kurzen Blick zurück auf Turidin und Metas.
Der Wind drang weiter auf die beiden ein, dichter jetzt, wurde zu Nebel. Einen Moment später konnte man ihn schon fühlen. Wie ein dünner Stoff glitt er über die Ersten Caliors, strich drohend um sie herum, glitt über ihre Gesichter.
Rücken an Rücken standen sie. Bereit dem mächtigsten Gegner von allen zu trotzen. Dem Urvater der Schatten im Universum. Dem Namses!
Der rasende Schatten verdichtete sich über ihren Köpfen, und aus der dunklen Wolke blitzte etwas wie Augen. Drohend und glühend. Ein Schädel schälte sich aus den Schwaden. Dann erklang eine Stimme, so entsetzlich, dass manch ein Lebender allein bei ihrem Klang gestorben wäre. „Endlich! Endlich werdet ihr bezahlen. Bezahlen für euer ständiges Einmischen, für den Schaden, den ihr an meinen Kindern angerichtet habt, für den Schaden, den ihr in meinem Reich angerichtet habt.“
„Du sprichst zu viel und tust zu wenig, Namses, Oheim! Du hättest Calior und den Allvater nicht betrügen und dich zufrieden geben sollen mit dem, was dir zugeteilt war.“ Metas blickte stolz und ungebrochen zum Namses auf, der immer noch nebulös und ohne klare Kontur über ihnen schwebte. Triumphierend hob er die Hand mit dem Ring, den er so lange verborgen hatte.
Turidin richtete den Stab gegen den Namses und ein Feuerball schoss empor. „Zurück in den Schatten, den du dir erschaffen hast, Namses!“

Das Feuer durchfuhr die Wolke und trat, ohne Schaden anzurichten, aus ihr heraus. Dann verglühte es mit lautem Brausen an einer Wand weit hinten am Wall.
Schallendes Gelächter ertönte. „Du kannst mich nicht verbrennen, Wächter!"
Turidin richtete seinen Stab erneut gegen den Schatten, und ein weiterer, hellerer Feuerball raste auf den Namses zu. Dieser traf, und die Wolke begann zu glimmen.
Ein Schrei, ohrenbetäubend und voller Zorn brauste auf.
„Ich kann dich treffen, Namses! Und ich kann dich vernichten!"
Metas konzentrierte sich. Ein rhythmisches Summen drang aus seinem Mund, kehlig und ohne erkennbare Worte. Schneller wurde die Melodie und komplexer. Dann erhob er die Hände gegen den Namses und acht kleine Blitze zuckten aus seinen Fingern, um sich zu vereinigen und dann als einer gegen den Namses zu schlagen. Die Wolke zerbarst für eine Sekunde in viele Teile doch fügte sie sich sofort wieder nahtlos zusammen.
Es war nun reiner Zorn, der aus dem Namses brodelte. Für Schmerzen hatte er keinen Platz mehr in seinen Gedanken. Er wollte diese Handlanger seines Bruders vernichten. Genau wie er den Dritten im Bunde vernichtet hatte. Schnell, schneller als ein Blinzeln, schossen aus dem Nebel Beine, Arme, Hände und ein Kopf. Der Namses manifestierte sich.
Wie aus schwarzem Granit stand er dort. Ein Schwert aus Flammen in der einen und eine Axt aus Onyx in der anderen Hand. „Nun, lasset es uns beenden!"
Metas und Turidin starrten fassungslos auf den Giganten vor ihnen. Der Namses hatte die Gestalt eines Steindämons Narions angenommen. So hoch wie fünf Männer stand er inmitten seines eigenen Reiches. Flammende Hörner ragten aus seinem Stierschädel. Rote Augen versprühten Hass. Turidin wurde klar, dass sie ihn so nicht bezwingen konnten. Dies war sein

Reich, seine Macht war hier schier unantastbar. Diese Hülle war zu stark für sie.
Der Namses schwang die Axt hoch über seinem Kopf und ließ sie auf Turidin niedersausen.
Turidin sprang zur Seite und die Onyxklinge schlug in den Boden. Es krachte wie ein Erdbeben. Wütendes Schnauben drang aus der Stiernase des Dämonen. Metas stellte sich Namses entgegen, und dieser wuchtete das Feuerschwert gegen den Weisen. Metas ließ sich fallen und entkam so der Wucht der Klinge. Turidin hatte sich hinter Namses geschlichen und sandte eine Salve von sieben Feuerbällen gegen den Erzfeind. Schnell glitten sie aus der Spitze seines Stabes. Alle trafen den Namses. Am Nacken, am Kopf. Er trudelte und krachte mit seinem massiven Körper gegen die Felsen.
Dann aber löste sich der Namses auf. Erst wurde er fahl und durchsichtig, dann verwehte er träge in alle Richtungen.
Turidin eilte zu Metas und richtete ihn auf.
„Es ist noch nicht vorbei, mein Freund", warnte Metas den Wächter. „Er wird sich nur eine andere Gestalt suchen!"
„Wir müssen fliehen, bevor er seine wahre Gestalt annimmt!"
Kaum waren diese Worte gesprochen, da formierten sich die Schatten neu. Kleiner und kompakt materialisierte sich der Namses vor dem Wall. Dieses Mal war er nicht größer als ein erwachsener Mann. Ganz in einen schwarzen Umhang mit einer schwarzen Kapuze gehüllt wartete er auf seine Gegner. Einen schlichten Stab der aus Diamanten gefertigt schien, hielt er in seiner Hand.
Turidin stürmte los, doch ehe er ihn erreichen konnte, raste schon eine Feuerwalze, so groß, dass er weder nach links noch nach rechts ein Ende sah, auf ihn zu. Turidin blieb gerade noch die Zeit, die magische Schutzkuppel zu errichten, die ihm und seinen Freunden bereits unter der Feuerspitze das Leben

gerettet hatte. Unter ihr stand er und sah wie die Flammen an ihm vorbeirasten.
Metas hingegen erreichte den Namses. Sie standen sich gegenüber, blickten sich an.
„Ich hätte dich sofort vernichten sollen, Metas."
„Du hättest mich vernichtet, wenn du gekonnt hättest."
„Ich kann es und ich werde es!" Mit den letzten Worten stieß der Namses den Stab nach vorn und traf Metas hart am Kopf.
Nicht von der Wucht des Schlages, sondern von der schwarzen, magischen Kraft, die Metas wie einen Stromstoß durchfuhr, wurde er niedergeworfen. Metas schlug hart auf den Boden. Ein Stöhnen drang aus seinem Mund. Sein Körper zuckte unkontrolliert. Namses holte aus und der Stab sauste auf den Weisen herab. Turidin wollte ihn noch warnen, doch es war zu spät. Der Stab knallte auf Metas' Rücken. Metas schrie auf. Wie tausend Klingen zog sich der Schmerz über seinen Rücken.
„Divente Pietra!", lachte der Namses.
Dies war ein Fluch, den nur die Götter brechen konnten. Metas war verloren! Seine Haut spannte sich, wurde hart, zog sich zusammen. Die Schattenmagie des Namses war zu stark für den Weisen. Alle Sehnen und Muskeln erstarrten. Sie platzten auf, rissen und zerfielen zu Staub. Schon war er halb versteinert.
Turidin stolperte los. Konnte er seinen Bruder noch retten? Seine Kräfte waren aufgebraucht, er hatte kaum noch die Energie, sich aufrechtzuhalten, wie sollte er Metas helfen? Noch wenige Längen trennten ihn vom Namses. Der war derart auf Metas und seine Schreie voller Schmerz und Verzweiflung konzentriert, dass er Turidin gar nicht bemerkte. Der Namses weidete sich an der Ausweglosigkeit des Weisen. Dessen Zucken nahm ab, wurde immer schwächer. Dann erlosch Metas. Turidin sah es hilflos mit an. „Nein!" schrie er voller Schmerzen. Nach Jahrhunderten der Gefangenschaft hatte Metas zumindest für einen Augenblick den süßen Geschmack der Freiheit kosten dürfen. Ein schwacher

Trost. Calior würde vergeblich auf ihn warten. Metas war erloschen bis in die Unsterblichkeit seiner Seele.
Turidin blickte nur kurz auf den Körper, der immer weiter zu Stein und Staub zerfiel. Er konnte es nicht begreifen.
Namses baute sich provozierend vor Turidin auf. „Nur noch du, Wächter!“, spottete er verächtlich.
Dann brachen sie los. Halb meinte man, sie flögen. Hier krachten Blitze in den Boden, da schlugen Flammen gen Himmel. Schnell wie das Licht waren sie mal hier, dann dort. Keiner hätte ihrem Treiben folgen können. Immer heftiger wurden die Explosionen um sie herum, immer größer ihr Zorn.
Turidin hatte nichts mehr zu verlieren, er kämpfte mit der Kraft, die ihm die Trauer gab. Er würde vergehen, doch vielleicht könnte er den Namses für Jahrhunderte schwächen.

Quam erreichte eine Biegung. Dahinter erstreckte sich eine große Tropfsteinhöhle, deren Stalaktiten und Stalagmiten sich im Laufe der Zeit zu mächtigen Türmen erhoben hatten. Wie eine weiße Stadt in der Ferne mit Treppen und Mauern wirkte sie. Weit hinten im Raum erhob sich eine Plattform, auf der jemand auf Quam zu warten schien. Der Zwerg trat näher und erkannte ihn. Es war der Ork aus dem Gebirge. Es war Hel´.
Das Zwielicht in der Höhle war etwas klarer als das matte Licht im Gang. Quam schritt zügig auf den Ork zu. Er hatte im Stillen gehofft, dass es dieser Ork war, der ihnen ins Nimdarak gefolgt war. Er wollte den Kampf zu Ende führen.
Quam erklomm die Plattform.
„Ich hoffe, wir können es diesmal ungestört zu Ende bringen, Zwerg.“
„Wenn deine Freunde dich nicht wieder retten, bestimmt, Ork!“
Hel´ lachte. Der Zwerg hatte eigentlich Recht, ohne die Drachen wäre er wahrscheinlich bereits tot. Sie warfen

ihre Umhänge fort und zogen die Waffen. U´Dragmorie klirrte leicht, als Quam es aus der Scheide zog. Hel´ schwang eine gewaltige Axt und trug einen selbstgebauten Speer. Quam trug das Schwert und seinen Schild. Die Zeichnung darauf war inzwischen kaum noch zu erkennen, so verbeult und abgenutzt war er durch die Kämpfe der letzten Tage.

Sie umkreisten sich wie hungrige Tiere, jeder wartete darauf, dass der andere den Anfang machte. Quam war sich seines Vorteils dem Ork gegenüber durchaus bewusst. Er war kleiner, wendiger, und er hatte das Schwert. Der Grüne war behäbig und so überall angreifbar, doch könnte ein einziger Hieb von ihm Quam zerquetschen.

Hel´ hatte genügend Zeit gehabt, sich eine Taktik gegen die Angriffe des Zwergs gegen seine Beine zu überlegen. Er stand mit weit nach vorn gebeugtem Oberkörper da und wartete auf den Angriff des Zwergs. Seinen Speer hielt er tief und die Axt hoch über seinem Kopf. Der Kampf an der Feuerspitze hatte gezeigt, dass der Zwerg gegen einen gezielten und mit aller Wucht geführten Angriff keine Chance hatte.

Lange Sekunden umkreisten sie sich stumm. Hel` stocherte mit seinem Speer nach dem Zwerg, doch eher um ihn aus der Ruhe zu bringen, als dass er dachte, ihn so ernsthaft zu verletzen.

Immer wieder drang dumpfes Dröhnen von dem Kampf tief im Nimdarak zu ihnen.

Plötzlich rannte Quam los. Direkt auf Hel´ zu. Er sprang nach links, trat auf Hel´s Speer, sodass dieser zerbrach, und tauchte dann unter der Axt Hel´s hindurch. Funken sprühten, als die Klinge des Orks über den Boden streifte. Der Zwerg stieß sein Schwert nach vorn, doch Hel´ sprang geschickt nach hinten, und die Klinge schrammte nur seine Rüstung. „Gush!“ Hel´ spuckte aus.

Die beiden umkreisten sich wieder. Hel´ suchte den Blick des Zwergs, doch Quam blickte nicht in die Augen des Orks. Sein Vater hatte ihn gelehrt, dass es oftmals

ratsam sei, sich auf die Brust des Gegners zu konzentrieren. Ein Blick konnte einen schnell in die Falle tappen lassen oder sogar so fürchterlich sein, dass man abgelenkt wurde.
„Achte besser auf die Arme und Beine eines Feindes. Wenn du jemandem in die Augen schauen willst, such dir ein Mädchen!", hatte sein Vater gescherzt.
Quam und Hel´, so unterschiedlich sie auch schienen, hatten einiges gemeinsam. Sie standen beide im Herbst ihres Lebens. Sie hatten über die Jahre viel Wissen gesammelt, das den meisten ihrer Rassen ein Leben lang verborgen blieb. Sie waren überzeugt davon, im Recht zu sein, was ihre Religion und Kultur anging. Der riesige Ork und der kleine Zwerg.
Es war der Kampf David gegen Goliath in seiner ursprünglichsten Form.
Ein Wechsel von Schlägen und Paraden folgte, doch konnte keiner den anderen ernsthaft verletzen. Kreisen, warten, kreisen.
Dann griff Hel´ an. Horizontal sauste die Axtklinge auf Kopfhöhe auf den Zwergen zu. Doch Quam war vorbereitet! Er trat einen Schritt zurück und führte sein Schwert gegen den Schaft der Axt. U´Dragmorie tat seinen Dienst. Der Schaft der Axt splitterte. Fassungslos starrte Hel´ ihr hinterher. Ihm blieb nur ein Stück des Griffes als Waffe gegen den Zwerg.
Quam trat zufrieden ein Stück zurück und stützte sich mit beiden Händen auf sein Schwert.
„Sieht nicht gut für dich aus, Ork! Wo bleibt der Drache?"
„Wir sind noch nicht fertig, Zwerg. Und ich gebe noch nicht auf!" Was blieb Hel´ auch anderes übrig?

Turidin und der Namses kämpften immer verbissener, doch war der Namses klar im Vorteil. Turidin konnte meist nur abwehren, selten setzte er selbst zum Angriff an.

„Du hättest dir eine andere Gestalt wählen sollen, Wächter“, spottete der Namses, und ein weiterer Blitz aus seinem Stab raste auf Turidin zu.
Diesmal konnte er nicht ausweichen, diesmal schützte ihn das Piaton Sollunon nicht. Die negative Energie traf ihn und warf ihn nach hinten, schleuderte ihn an die Wand. Ohne ein Anzeichen von Leben sackte er auf dem Boden in sich zusammen. „Ha, alter Mann!“ spottet der Namses. Dumpf drangen die Geräusche um ihn an sein Ohr, verzerrt und unwirklich nahm er die Umgebung wahr. Verschwommen sah er die Höhlenwände und den Schatten.
Der Namses richtet seinen Stab auf den sterbenden Wächter und ging langsam auf ihn zu. „Nun ist auch der Dritte nur noch eine Geschichte“, spottete der Namses.
Er hob den Stab ...
„Du bist zu voreilig, Bruder!“
Der Namses fuhr herum. Diese glockenklare Stimme ... eine Stimme, die er seit Jahrtausenden nicht mehr gehört hatte, und niemals wieder hören wollte! Es war sein Zwilling und Antipode, Calior! „Du?“ Ungläubig fuhr er herum. Vor ihm stand eine ganz in Gold gekleidete Lichtgestalt. Langes, silbrig glänzendes Haar wallte ihr über die Schultern. Caliors Strahlen übertönte das der Elben um ein Hundertfaches, Menschen oder Zwerge wären bei diesem Anblick unweigerlich vergangen. Dies war das Strahlen des Kampfes, keiner konnte ihm widerstehen. Die Ärmel und die Enden seiner Hosen waren weit und ausladend, sein Umhang mit den ältesten Zeichen der ersten Schrift bestickt. In den Händen hielt er einen Stab, weiß und wie aus Elfenbein gewirkt. Auf der Spitze thronte eine Sonne ähnlich wie auf dem Amulett, dem Ring oder der Scheibe.
Calior warf den Umhang ab und richtete den Stab auf seinen Bruder. Das Leuchten aus seinem Körper verstärkte sich noch um ein Vielfaches. Nur die Ersten und der Allvater konnten dem Strahlen in dieser

Intensität widerstehen. „Ich denke, du hast genug Unheil angerichtet auf dieser Welt!“
„Ich denke, das geht dich nichts an!“
„Ich will nicht gegen meinen Bruder kämpfen, doch wenn du es provozierst, dann kann auch ich nicht mehr anders.“
„Dies ist mein Reich, das Nimdarak habe ich erschaffen. Du bist der Eindringling, genau wie deine Marionetten!“ Er deutete auf Turidin.
„Ich warne dich, Namses, lass Turidin gehen. Seine Aufgabe auf Balior ist noch nicht erledigt. Der Allvater trug mir auf, dich zu stoppen, wenn es sein muss.“
„So, so. Tat er das? Und nun? Was soll ich jetzt machen, Bruder? Wie du an seinem Rock kleben und über die Zeiten sein Diener sein? Ich bin sein Sohn, ich bin erschaffen, um zu herrschen wie er, nicht um zu dienen wie du!“
„Du bist mein Bruder, und mein jüngerer dazu. Wo nimmst du das Recht her, dich gegen den Schöpfer aufzulehnen?“
„Woher nimmt er das Recht, mich zu einem Sklaven seiner niederen Kreaturen zu machen?“
„Du solltest ein Hirte sein, doch bist du nichts weiter als ein Schlächter!“
„Calior, tu du mit deinen Völkern, was immer du willst, und lass mich die Geschicke der meinigen lenken!“
„Du weißt, dass du die Regel hier auf Balior gebrochen hast. Hier sollte keines deiner Völker überhaupt existieren.“
Verächtlich schnaubte der Namses und brachte sich in Kampfposition.
Beide Brüder wussten, dass sie den Konflikt hier und jetzt nicht gewinnen konnten, sie würden sich lediglich auf Jahrhunderte hin schwächen.

Doch der Kampf begann. Explosionen, so stark, dass ganze Felsen aus der Decke brachen und zu Boden polterten, Feuer, so heiß, dass Quarz aus den Wänden floss und zu Glas erstarrte. Ein Stein, groß wie ein Kopf,

schlug neben dem immer noch am Boden liegenden Turidin ein.
Der Kampf fand außerhalb der Zeiten statt. Die Brüder bewegten sich mal wie in Zeitlupe, mal rasend schnell.
Mal erschien Calior unterlegen, dann wieder drängte er den Namses zurück. Es war kein Sieger zu erkennen, es würde keinen geben!
In dem Wirrwarr aus Blitzen und Feuerkugeln erwachte Turidin aus seiner Ohnmacht. Einem Unwetter im Herbst gleich, mit Blitzen und Donner, toste der Kampf hoch über seinem Kopf. Er sah, was kein Wesen vor ihm je gesehen hatte und was niemals wieder in aller Zeit geschehen sollte: Den Kampf der elementarsten Dinge des Seins, der Kampf des Guten gegen das Böse, unverhüllt und direkt, kein Mittelsmann, kein Deckmantel. Hier prallten sie aufeinander.
Der Wächter richtete sich auf. Immer noch benommen. Jetzt erst bemerkte er, dass er neben dem zu Stein und Staub zerfallenen Körper Metas lag. Und zwischen den Steinen lag der Ring! Er nahm ihn an sich.
Turidin beobachtete die Szene. Verschwommen konnte er Einzelheiten erkennen, doch schwach war er. Zu schwach, um einzugreifen. Zu schwach? Konnte er nichts tun? Konnte er seinem Schöpfer nicht helfen?
Doch, eine Möglichkeit gab es!
Turidin kroch voran, robbte über den vom Kampf aufgewühlten Boden. Er zog sich an einem Felsvorsprung in der Wand hoch und tastete sich weiter zum Wall, dem Eingang zum inneren Nimdarak. Über ihm führten die beiden Brüder den Kampf inzwischen mit aller Kraft. Turidin erreichte unter starken Schmerzen den Wall. Er blickte in das Meer hoch über ihm im Süden. Wie schön es war. Metas war wirklich ein Weiser und ein Künstler gewesen. Turidin riss sich aus der schmerzfreien Schönheit des Augenblicks zurück in die Realität, spürte den Zerfall seines Körpers, und die Qual, die er mit jeder Bewegung ertragen musste. Er blickte auf Calior, seinen Vater und Freund, dann schloss er die Augen.

Fengrin und Donbrut waren inzwischen an der Oberfläche angekommen. Dort wartete bereits der Mazaran mit der auffälligen Zeichnung. Doch Quam hatte niemand gesehen. Dumpfe Geräusche drangen aus dem Schlund zu ihnen herauf. Sie hatten keine Ahnung, dass Calior selbst sich im Nimdarak dem Namses gestellt hatte. Die Erde unter ihnen zitterte, und sie befürchteten das Schlimmste.
Fengrin starrte gebannt auf die Pforte in den Untergrund. Bewegte sich dort nicht etwas? Kam Quam? Nein. Niemand entstieg dem Gang.
Enttäuscht drehte sich Fengrin um, und da sah er ihn! Grautier! Er kam mit seinem gesamten Rudel direkt auf sie zu.
„Sieh, Donbrut, da! Grautier kommt zu uns!“
Donbrut legte seine Hand auf Fengrins Schulter. „Du hast Recht. Ich hätte nie gedacht, mich mal zu freuen, wenn ich einen Wolf sehe. Doch diesen hab ich in mein Herz geschlossen. Aber was trägt er da für ein Bündel?“
Grautier erreichte die Gruppe. Wölfe und Mazarane betrachteten sich als Brüder im Geiste. Auch wenn die Wölfe keine Sprache entwickelt hatten, achteten die Bärenmenschen sie sehr. Grautier war vor wenigen Tagen von den Elben mit einer wichtigen Mission entsandt worden. Das Rudel hatte die ganze Strecke zwischen den Ländern der Elben im Nordosten und den Hügeln, in denen das Portal lag, in acht Tagen zurückgelegt. Immer gefasst auf den Feind zu stoßen. Kein Wesen außer den Drachen hätte dies in ähnlicher Zeit bewältigen können.

Hel´ wartete auf sein Ende. Er wusste, dass er keine Chance mehr gegen den Zwerg hatte. Dieser hingegen machte keine Anstalten, seinen Vorteil auszunutzen und Hel´ zu töten. Was wollte der Zwerg? Wollte er ihn demütigen und seine Ängste schüren? Wollte er sich selbst beweisen, wie leicht der Ork sich hatte überlisten lassen?

Die Erschütterungen um sie herum wurden größer. Steine fielen von der Decke auf sie herab.
Hel´ sackte auf die Knie. „Beende es endlich, Zwerg!“
Eine irritierende Ruhe lag auf der Plattform.
„Mach deinen Frieden mit deinem Schöpfer, Ork!“
„Mein Name ist Hel´!“
„Gut! Mach deinen Frieden mit deinem Schöpfer, Hel´!“
Quam sprach diesen Satz, und er meinte ihn genau so. Er wollte diesem Ork die Zeit lassen sich vorzubereiten, wollte ihm den Übertritt nach seinen Riten ermöglichen.
Hel´ verstand, kniete sich auf den Boden. Und dann surrte er die Weise einer alten orkischen Totenmesse in die Stille:

Den Kampf um die endgültige Gerechtigkeit,
Den Kampf um unser Land
Habt ihr mir in die Wiege gelegt für Freiheit, Volk und Stand.
Das Leben neigt sich schnell, der Dienst ist nun vollbracht.
Ein Leben für den Schatten, ein Leben für die Nacht.
Die Aufgabe ist bewältigt, die Rolle ist gespielt.
Was auch immer mich erwartet, ich lebe ...“

(Übersetzt aus dem Orkischen in Balia und dann in unsere Sprache.)

U´Dragmorie zischte durch die Luft. Muskeln wurden zerteilt, Haut platzte und Knochen barsten auseinander. Blut troff auf den Boden. Dann sackte der Körper Hel´s vornüber und blieb ohne eine Regung liegen, noch ehe der Kopf weit hinten im Dunkeln auf den Boden klatschte. Quam wischte die Klinge an Hel´s Umhang ab. Ein heftiger Stoß ließ in diesem Moment die Erde erbeben. Die Höhle drohte einzustürzen.
Trotzdem suchte der Zwerg nach dem abgetrennten Orkkopf, legte ihn zu dem Torso, verschränkte die Arme des Toten auf seiner Brust und richtete die Kleider. Quam verneigte sich, dann verließ der Zwerg die Höhle.

Turidin keuchte vor Anstrengung. Hätte er noch genügend Kraft? Würde er den Willen in sich finden, seinen Plan umzusetzen? Er raufte sich noch einmal zusammen. Dann rammte er seinen Stab in den Boden und keuchte: „Luce!“
Die Scheibe strahlte wie tausend Sonnen! Kein Schatten, nicht der Kleinste, war zu erkennen. Dann zerbarst die mächtige Insignie in einen Funkenregen. Das Licht aber blieb. Es blieb bis ans Ende aller Geschichten an diesem Ort.
Lautes Donnern drang durch die Höhlen und Tunnel. Der Namses verschwand, von einem Zwinkern aufs andere. Wilde Verwünschungen gegen den Wächter und Calior brüllend.
Er hatte viel seiner Existenz verloren, doch aus der tiefen Konsistenz erhielt sich immerhin noch ein fahler Schimmer Schwarz. Der reichte ihm, um zu überleben, auch wenn er Jahre, wenn nicht Jahrhunderte brauchen würde, sich zu regenerieren, einen neuen Körper zu bilden. Für diese Zeit müssten die Völker des Namses ihre Geschicke selber leiten.

Calior aber raste zu Turidin, der am Boden lag und seine letzten Atemzüge tat. „Turidin?“
„Ja, Vater?“
„Warum hast du das getan? Du hast deine Seele verbraucht!“ In der Stimme Caliors lag Güte, Milde und Mitleid. Das kämpferische Strahlen seines Körpers war nunmehr ein warmes Leuchten.
„Dafür wird der Nimdarak nie wieder ein Ort der Schatten sein.“ Turidin lächelte, seine Stimme aber war müde und gebrochen.
Calior und der Wächter befanden sich inmitten eines gleißenden Lichtermeeres. Es war, als ob alle Sterne der Galaxie in dieser Höhle schienen. Das alles passte jedoch nicht zu der Finsternis in Caliors Gemüt. Er sah auch seinen letzten Sohn von dieser Welt gehen. Calior kniete halb auf dem Boden, hielt seinen ersten Wächter, seine stärkste Schöpfung in den Armen. Sah wie Turidin

schwächer und schwächer wurde. Er würde auf keiner Welt des Allvaters je wieder wandeln können. Verdammt dazu, die Geschicke der Völker aus der Zwischenzeit zu beobachten. Calior hob den leblosen Körper auf und schwebte mit ihm zum Ausgang.

Das Nimdarak hatte sich in einen hellen Raum, mit einer Decke aus Meer verwandelt. Nicht der Hauch eines Schattens konnte sich in dem gleißenden Licht halten. Und von der Küste und den Schiffen aus, konnte man zumindest in klaren Nächten noch eine Ewigkeit ein goldenes Glühen aus den Fluten erahnen. Seefahrer aber mieden diese Küsten seither und wilde Sagen rankten sich seit diesen Tagen um sie.

Calior erreichte den Eingang und trat ins Freie. Eine friedvolle Stimmung und Glück machten sich in den Herzen der Anwesenden breit. Das Licht Caliors verdrängte die Schatten um das Portal herum. Und die Luft wurde klar und lieblich.
Die Mazarane, Fengrin und Donbrut sahen ihn zum ersten Mal. Begegneten ihrem Schöpfer! Stumm standen sie da.
Die Bären wendeten scheu ihre Blicke ab. Allein die Aura, die er versprühte, reichte, um ihnen einen Einblick in die unendliche Liebe und das reinste Licht zu geben, das ihn umgab.
Calior sah auf sie herab. Grautier und sein Rudel trabten an ihn heran. Die Tiere schienen weit weniger Scheu zu empfinden. Der Fürst der Wölfe legte ihm das Bündel vor die Füße und Calior kniete sich daneben, im Arm immer noch den vergehenden Turidin haltend.

Der Stoff, der das Bündel umhüllte, war mit feinen Goldfäden durchwirkt, und gelehrte Wesen hätten in den Linien die Schrift der Elben erkannt. Für andere war es ein wundervolles Muster.

Der Wächter zwinkerte Fengrin und Donbrut zu. Calior schlug den Stoff zurück. In dem Bündel lag ein Kind. Ein kleiner Junge, kaum ein Jahr alt.
Turidin nahm mit letzter Kraft das Kind. Er hielt es in einem Arm, stolz wie ein Vater. Turidin streifte das Amulett über den Kopf des Säuglings, dann hielt er ihn nahe an sein Gesicht und hauchte ihm den letzten Rest seiner Existenz ein. „Dein Name soll Sapies sein", flüsterte er kaum noch hörbar. Dann erlosch Turidin, erlosch die älteste Existenz nach den Göttern. Der Freund der Elben und Menschen, Zwerge und Mazarane war fort.
Fengrin schrie auf, Donbrut traten Tränen in die Augen. Sie hätten gern die Möglichkeit gehabt, sich von ihrem Freund zu verabschieden, ihm zu sagen, wie dankbar sie ihm waren. Doch es war zu spät. Als schliefe er friedlich, lag er in den Armen Caliors.
„Er kannte seine Bestimmung, und er wusste, dass er den heutigen Tag nicht überdauern konnte. Letztlich kann niemand seiner Bestimmung entgehen. Er wird mit mir als letzter meiner Söhne die Geschicke Baliors beobachten. Und ihr werdet euch wiedersehen. Das verspreche ich." Calior zeigte auf das Kind und sprach feierlich: „Dies ist sein Erbe: Sapies! Er soll erzogen werden von einer der ältesten und mit der Magie der Götter vertrauten Familien auf Balior. Bis er alt und stark genug ist, seinen Platz in dieser Welt zu bestreiten!"
Der Säugling gluckste zufrieden. Grautier nahm das Bündel und lief ohne zu zögern nach Osten ins Gebirge.
Fengrin schaute dem Wolf enttäuscht hinterher, doch Calior wandte sich direkt an den Zwerg. „Keine Sorge, kleiner Fengrin, er wird dir noch oft begegnen, und ihr werdet noch viele Abenteuer bestehen. So steht es seit Anbeginn der Zeit fest im Buch des Lebens."
Fengrin zuckte mit den Achseln und schaute hinter dem Wolfsrudel her. „Mich wundert gar nichts mehr", seufzte er. Der Zwerg kniete sich vor Calior hin und legte seine

Hand auf Turidins Stirn. Ein letzter Gruß für den gefallenen Freund. Dann trat er einen Schritt zurück.
Calior aber stieg langsam in die Luft auf, schraubte sich höher und höher und verschwand schließlich mit Turidin in den Wolken.
Kaum waren sie verschwunden, begann die Pforte ins Nimdarak sich langsam zu schließen, während die wirbelnden Winde sich beruhigten.
Schmaler und Schmaler wurde die Öffnung, die in den Schlund führte.
„He! Helft mir!" Eine Fengrin wohlbekannte Stimme erklang aus dem Schlund
„Quam?" Fengrin rannte zum Eingang, und tatsächlich konnte er ein Stück unterhalb der Pforte den alten Zwerg sehen.
„Zieht mich rauf, Fengrin!"
„Donbrut, komm her, Quam braucht unsere Hilfe!"
Immer mehr der Stufen ins Freie verschwanden und immer enger wurde die Öffnung in das Nimdarak. Donbrut und einige Mazarane kamen herbei. Aufgeregte Geschäftigkeit kam auf. Quam stand hilflos einige Längen unter ihnen und der Spalt schloss sich von Sekunde zu Sekunde weiter. Kein Seil oder Tau war zur Hand, keiner erreichte den Zwerg mit seinen Händen. Immer weiter schloss sich der Spalt.

So angestrengt die Freunde auch nach einer Lösung suchten, nichts schien Quam retten zu können! Der Spalt war inzwischen gerade noch so groß, dass ein Zwerg durchgepasst hätte. Quam war verloren und er wusste es. Traurig und stumm blickten Donbrut und Fengrin in das Loch.
Quam winkte ihnen zu „Sagt meiner Familie, dass ich sie liebe. Ich will versuchen, einen anderen Ausgang aus dieser ..."
Der Boden verschluckte Quam und seine Stimme erlosch. Dort, wo eben noch der Eingang zur Höhle des Nimdaraks gewesen war, bot sich wieder das Bild einer ganz normalen Wiese mit Blumen und einigen

Sträuchern. Alles lag still da, als wäre keines der Geschehnisse der vergangenen Stunde jemals passiert.
Fengrin traten dicke Tränen in die Augen. Er hatte seine beiden wichtigsten Freunde und Begleiter der letzten Wochen verloren. Wie gern er Turidin und den alten Zwerg doch gehabt hatte. Es war, als wären zwei große Stücke seines Herzens zu Stein geworden, als würde ein Teil seiner Gefühle nie wieder so ehrlich sein können wie in den letzten Tagen.
Donbrut nahm ihn in den Arm und zog ihn sachte weg. „Vielleicht findet er ja einen anderen Ausgang!“

Was aus Quam geworden ist, bleibt strittig. Einige behaupten, er hätte nie wieder einen Ausgang aus dem Höhlensystem gefunden, andere jedoch sagen, er wäre von den Elben errettet worden und hätte noch Jahre mit ihnen gelebt. Fest steht hingegen, dass in späteren Tagen einige Landkarten auftauchten, auf denen Balior nach der Flut zu sehen war, und die seinen Namen trugen. Ebenso tauchte U´Dragmorie auf mysteriöse Weise bei den Nachfahren Quams und Fengrins auf. So spielte dieses Schwert noch lange Jahre eine Rolle in den Geschichten Baliors. Die ganze Wahrheit aber kennen wohl nur die Elben des Nordens.
Ein Denkmal zierte noch lange ein kleines Grab an den Sandklippen. Doch der Name Quam tauchte außer auf den Karten nirgendwo auf.
Ich für meinen Teil würde mich freuen, wenn Quam es geschafft und seinen Weg zurück zu den Elben gefunden hätte.

Es war der frühe Morgen des 28. Hartungs des Jahres 11 nach der großen Flut.
Balior verlor seine beiden mächtigsten Beschützer, und Fengrin verlor die liebsten Freunde, die er je hatte. Diesen Tag hielten alle in Ehren, Menschen und Zwerge, Zentauren und Mazarane.
Calior hatte seinen Bruder für lange Zeit aus Balior verbannt. Die Saat in den Köpfen seiner Anhänger

jedoch keimte weiter, das war jedem klar, der Orks oder Oger kannte. Doch gäbe es eine Zeit des Friedens ehe sie sich erheben würden, um erneut zu versuchen, Balior zu unterwerfen.

Am 28. zog der Frühling endgültig in das Land. Wie zum Beweis für die Niederlage des Namses blühte das Land auf, und die Natur strahlte in den schönsten Farben.
Tiere waren so schön und gesund, wie sie es sonst nur in Fabeln und Märchen sind. Und die Ernte der Bauern suchte vor und nach dieser Zeit ihres gleichen. Selbst die Dunstkuppe über der Bash verlor für einige Jahre etwas von ihrer bedrohlichen Dunkelheit.

Balior und seine Bewohner atmeten auf.

10. Abschied

Die Mazarane verließen Fengrin und Donbrut noch in den Hügeln. Donbrut überredete Fengrin, ihn nach Osten zu begleiten in eine junge Stadt, die sich Lazerum nannte. Es war kein großer Umweg, es sei denn Fengrin wollte alleine mitten durch das Barog ziehen, und das lag ihm fern.
Sie machten sich zu Fuß auf. Bevor sie die Hügel hinter sich ließen, holten sie das Gelege, das Arde dem Zwerg überreicht hatte, aus seinem Versteck. Danach wandten sie sich nach Osten. Sie sprachen viel auf ihrem Weg über die letzten Monate. War es die Zeit, die Freunde machte, oder waren es Situationen, die Freundschaften erstarken ließen? War alles vorherbestimmt gewesen oder hatten sie die Wahl gehabt? Konnten ihre Freunde und Gefährten sie in diesem Augenblick sehen oder blieb ihnen der Blick auf das Leben Baliors verborgen? Nur in einem waren sich der Mensch und der Zwerg sicher: Sie würden ihren Freunden eines Tages wieder gegenüberstehen. Und dann hätten sie alle Zeit, um Geschichten zu erzählen, Lieder zu singen und Gedichte zu zitieren.

Sie passierten die Ebene östlich der Hügel und sahen in der Ferne die Dunstkuppe, die über der Bash lag.

Um ihre Vorräte aufzubessern, suchte Fengrin Tannenzapfen, in denen wohlschmeckende Kerne lagen. Er brach sie auf und sammelte die nussig schmeckende Saat.
Als sie am Abend des 1. Natum in einer Senke lagerten, erhob sich Fengrin. „Lass uns an dieser Stelle fünf der Samen säen, einen für jeden von uns." Er kniete nieder und grub mit seinen Händen im Abstand einiger Längen rund um die Senke kleine Löcher. Dann legte er in jedes von ihnen einen Samen.
„Für Turidin den ersten!" Donbrut goss etwas Wasser aus der Lederflasche darauf und bedeckte die Saat mit

Erde. So verfuhren sie an jedem der fünf Löcher. Dann beteten der Zwerg und der Mensch, jeder auf seine Art, in Gedenken an den Bund der Gefährten.

Am nächsten Tag brachen sie früh auf. Ihre Reise stand unter einem guten Stern. Sie fanden eine Furt über den Geradestrom und erreichten den Kreissee. Inzwischen war es der späte Abend des 8. Natum. Fengrin saß am Ufer des Kreissees und versuchte, mit einer selbst gebauten Angel einen Fisch für das Abendessen zu fangen. Donbrut entfachte ein Feuer und packte das letzte Dörrfleisch und Brot aus. Gut, dass sie morgen Mittag in Lazerum sein würden. Donbrut hatte immer noch einiges der Weißminze in seinen Taschen verstaut. Er war gespannt, was er dafür in Lazerum bekommen würde. Auf alle Fälle genügend, um einige Zeit gut leben zu können.

Fengrins Versuch zu angeln blieb erfolglos. Sie aßen Dörrfleisch und Brot. Auf ein Frühstück würden sie wohl verzichten müssen. Die klare Luft verdrängte die trüben Gedanken aus ihren Köpfen. Sie hatten ein großes Abenteuer bestritten. Lieder und Sagen würde es über sie geben! Bei Calior, sie hatten Grund, stolz auf sich zu sein! Sie hatten geholfen, das Land zu retten. Es war traurig, dass sie ihre Gefährten verloren hatten, doch war es nur ein Abschied auf Zeit. Beide glaubten an ein Wiedersehen des Bundes an Caliors Tafel. Ein Abschied auf einige Jahrzehnte, eventuell ein bis zwei Jahrhunderte, zumindest in Fengrins Fall. Schmerz gehörte zum Leben. Wie sollte man ohne ihn die Freude schätzen?

Nach dem Essen teilten sie sich den letzten Rest Tabak, wickelten sich in ihre verschlissenen Mäntel und schliefen ein.

In Orkfesta hingegen war dieser Abend ein Abend großer Trauer. Es war der Abend, an dem Tara, Hel´s Frau, ihren Kindern mitteilte, dass ihr Vater nie mehr wiederkehren würde. Dass die Sklaven Caliors ihn

gemeuchelt hätten. Nicht einmal beerdigen konnten sie ihren Mann und Vater. Tara war seit Tagen klar, dass Hel´ nicht mehr lebte. Sie hatte sein Hinscheiden deutlich gespürt. Sie hatte geahnt, dass er nicht in der Feste am Rande der Wüste auf Sklaven warten würde. Sie hatte geahnt, dass etwas Schreckliches passieren würde.
Sie plante die Totenzeremonie, lud einige Freunde und Verwandte ein und legte die schwarze Kleidung der Trauer an. Und sie nahm an diesem Abend ihren Kindern das feierliche Versprechen ab, niemals und aus keinem Grund der Welt, auch nur einen der Jünger Caliors am Leben zu lassen, wenn sie auf sie trafen.
Das sollte für sie und für jede Generation nach ihnen gelten.

Fengrin betrachtete die Sterne hoch über ihm, hörte das leichte Schlagen der Wellen des Kreissees und sog tief die klare Luft der Nacht in seine Lungen. Wie es Quam wohl ergangen war? Hätte es nicht doch eine Möglichkeit gegeben, ihn zu befreien? Hätte man nicht nach ihm graben können? Nein, hätte man nicht. Es hätte Wochen gedauert, den Boden zu öffnen, noch länger, die nötigen Arbeiter zu beschaffen. Wer konnte wissen, wie weit der Gang verschüttet worden war. Wie fest die Magie den Eingang schloss? Wenn es der Götter Wille war, so würde Quam errettet.
Fengrin hatte Heimweh, und das Gefühl wurde stärker nun wo die Abenteuer bestanden und die Gefahren hinter ihnen lagen. Er vermisste so viel. Seine Eltern, Fin´, die Hütte am Berg.
Donbrut schnarchte leise. Er war fast am Ziel seiner Reise. Er hoffte auf eine gute Arbeit oder ein gutes Stück Land in Lazerum. Er wollte so bald wie möglich nach seiner Verlobten schicken und sie nachkommen lassen. Die Weißminze in seiner Jacke würde ihn diesem Ziel schnell näher bringen.

Fengrin war gerade dabei, in einen sanften Schlaf zu gleiten, als ihn ein Flackern aus dem Wald, der nahe ihres Lagers begann, stutzig machte. Es war ein goldenes Licht von angenehmer Helligkeit. Der Zwerg richtet sich auf und starrte in Richtung des Lichts. Was konnte das nur sein? Dann erkannte er ihn: Es war Turidin! In Licht gehüllt stand der Wächter still zwischen den Bäumen und winkte Fengrin zu, wie zum Abschied. Ein letzter Gruß. Ein „Auf bald!" Im ersten Moment wollte der Zwerg noch Donbrut wecken. Doch dann, als der Schimmer wieder verschwand und sich Fengrin selbst nicht mehr sicher war, ob er wirklich gesehen, was er gesehen, oder ob er es nur geträumt hatte, ließ er Donbrut schlafen. Fengrin winkte in die Nacht. „Bis bald, mein Freund!"

Der Morgen graute, und Fengrin erwachte fröstelnd.
Raureif hatte sich über die Gräser und die Bäume der Umgebung gelegt, und es war kalt.
„Sei froh, dass du nicht bei uns im Norden lebst, Fengrin. Bei uns gibt es richtige Winter, mit Schnee so hoch wie ein Mensch, und ab und an gefriert der Atem, wenn man spricht."
„Ich kann verzichten, möge der Schnee den Beredorns gehören, doch lass mir die Sonne."
Donbrut lachte. Er liebte Schnee, besonders kurz vor dem Jahreswechsel, wenn er weiß und in dicken Flocken vom Himmel fiel. Eigentlich mochte er von jeder Jahreszeit etwas, den Schnee im Winter, den warmen Regen im Frühling und die schönen Gewitter im Herbst. Nur vom Sommer hielt er nicht viel. Aber was mag man von Menschen aus dem Norden auch anderes erwarten?
Fengrin hingegen freute sich auf die bevorstehenden Monate voller Sonne und Wärme. Er konnte nicht genug davon bekommen. Am liebsten saß er mit einer Flasche Wein und etwas Käse im Schatten eines großen Baumes und ließ sich die Sommerluft um die Nase wehen.
Während sie ihre sieben Sachen packten, diskutierten sie viel über das Für und Wider einer bestimmten

Jahreszeit. Und sie diskutierten immer noch, als sie aufbrachen.

Die Sonne erhob sich blass über dem See, als sie sich Richtung Norden wandten. Bald würden sie in Lazerum sein. Warum Donbrut so euphorisch einer Stadt entgegenging, die er noch nie im Leben gesehen hatte, war Fengrin ein Rätsel. Aber: „Was auch immer die Menschen in ihren Bann zieht, ist ihr Himmelreich", wie Fengrins Onkel Fin´ immer wieder gerne zitierte.
Die beiden Freunde unterhielten sich angeregt. Donbrut sprach viel über seine Verlobte, Fengrin über die Wirtstochter. Doch tief in seinem Inneren war er sich schmerzlich bewusst, dass er nicht die besten Chancen bei ihr hatte. Obwohl, als gefeierter Held, Veteran des Kampfes im Nimdarak ... Wer konnte schon die Herzen der Frauen ergründen?
So erreichten sie Lazerum. Fengrin konnte deutlich die Begeisterung in Donbruts Augen erkennen. Ein Palisadenzaun aus Holz umspannte eine Art Feste, die auf einem Hügel stand. Der kleine Bergfried war aus dicken Bruchsteinen errichtet. Dort musste wohl der Führer dieses Dorfes leben. Vielleicht ein Graf oder Fürst?
Fengrin sah sich um. Bauern schoben Karren durch Straßen, Kinder spielten Fangen und lachende, Frauen sortierten Hülsenfrüchte auf großen Decken, die auf Tischen ausgebreitet waren. Etwa sechzig Familien lebten hier, schätzte Fengrin. Es gab einen Gemeinschaftsstall für das Vieh, zwei Brunnen und sogar einen separaten Stall für Pferde. Fengrin sah eine Schenke und etwas wie einen Tempel.
„Das wird einmal eine prächtige Stadt!", lachte Donbrut, und noch ehe der Zwerg etwas antworten konnte, erklang hinter ihnen eine Stimme: „Das wird sie, bei Calior, das wird sie!"
Die beiden fuhren herum. Vor ihnen stand ein älterer Mann, gut fünfzig Jahre alt schätzte Fengrin, mit kurzen schwarzen Haaren, braungebranntem Gesicht

und einer auffälligen Hakennase. Er trug eine beige Tunika und aufwendig gearbeitete Stiefel.
„Gestatten, Elsarion. Ich bin der König dieser Stadt!"
„König?", platze Fengrin heraus, und auch Donbrut konnte sich ein Lachen nicht verkneifen.
Doch schafften sie es zumindest, der Höflichkeit wegen, sich vorzustellen.
Elsarion lächelte selber, doch bekräftigte er: „Ja, ich bin König, der erste König von Lazerum! Nun, ich weiß ja, dass das alles noch nicht so viel hermacht, aber ich bin mir sicher es wird sich alles finden."
Donbrut wurde ernst.
„Einige Dutzend Hütten und ein paar hundert Menschen sind doch kein Königreich." Donbrut fühlte sich veralbert. Er blickte sich um. Ihm gefielen die gerade gezogenen Wege, die Brunnen, einer auf dem Hügel, der andere abseits der Häuser. Alles war strategisch, bestens durchdacht und solide ausgeführt. Er sah, wie einige Männer dabei waren, einen Kreis abzustecken, der, wenn er fertig wäre, mehrere tausend Längen im Radius messen würde. Alles hier war genau durchdacht. Es gefiel ihm, die Entstehung einer Stadt zu sehen. Doch auch eine Stadt war lange kein Königreich!
„Siehe Freund", mischte sich Elsarion in die Gedanken Donbruts und deutete auf den Kreis. „Dies wird einmal unsere Stadtmauer. Calior selbst hat uns gezeigt, wie und wo sie zu errichten sei. Alle Menschen, die hier leben, kamen, so wie du, nicht durch Zufall hierher. Ich bin sicher, dass auch du eine interessante Geschichte zu berichten hast."
„Das haben wir allerdings!", mischte sich Fengrin ein.
Der König ging einige Schritte auf den Bergfried zu. „Jeder Mensch, der hierherkam, ist etwas Besonderes." Er drehte sich wieder zu den beiden Freunden und fuhr fort: „Calior erschien mir einige Jahre nach dem Rückgang der Fluten und wies mich an, eine Feste zu errichten auf eben diesem Hügel hier. Ich tat, wie mir geheißen. Dann holte ich Frau und Kinder, und wir

lebten Wochen alleine hier, bis eines Tages der alte Saaran mit seiner Sippe kam. Ein Bauer und Viehzüchter. Auch ihn hatte Calior angewiesen, sich aufzumachen und den Platz der sieben Hügel zu suchen. Und so ging es weiter. Nach Saaran, dem Bauern, kam der Schmied, nach dem Schmied der Bäcker, der Sattler, der Waffenschmied, und nun kommst du, allem Anschein nach ein Soldat." Elsarion blickte die beiden siegessicher an. Er wusste, dass er zumindest Donbrut überzeugt hatte.
„Calior, sagt ihr?" Donbrut kratzte sich am Hinterkopf.
„Ja, Calior!"
„Was wäre meine Aufgabe?"
„Du sollst der erste Heerführer der Armee sein."
„Es gibt keine Armee."
„Du hast es nicht verstanden, Donbrut. Jetzt, wo du da bist, wird Calior uns eine Armee senden." Der König freute sich zusehends. Er war ein fröhlicher Mann, gerecht und milde. Nichts konnte ihn davon abbringen, dass Lazerum irgendwann einmal eine bedeutende Stadt, ja ein bedeutendes Königreich würde. Und Donbrut glaubte ihm. Ließ sich in seinen Bann ziehen.

Er beschloss, bei ihm zu bleiben und der erste Führer der zukünftigen Armee Lazerums zu werden. Er war ohnehin aufgebrochen, um ein neues Leben zu finden. Lazerum kam ihm da gerade recht. „Ich werde bleiben. Ich stelle mich in euren Dienst. Mir gefällt es hier. Und wenn Calior es so bestimmt hat ... Ich meine das ist bei weitem nicht das seltsamste was ich in den letzten Wochen erlebt habe!"
„Recht so, Beredorn! Ich nehme dankbar an."
„Ich werde den Norden und den Schnee vermissen."
„Schnee gibt es hier auch, wenn auch nicht so wie im Nordland oder den Sandklippen!"

Auch Fengrin forderte der König auf zu bleiben. Es wäre egal, ob ein Wesen schwarz oder weiß, Mensch oder Zwerg wäre. In Lazerum seien alle willkommen. Doch

Fengrin lehnte ab. Er wollte sich nur einige Tage hier ausruhen, um dann weiter nach Norden zurück zu seinen Eltern zu ziehen.
Donbrut durfte sich auf einer Karte ein freies Grundstück wählen. Die gesamte Stadt schien bereits bis ins kleinste Detail geplant zu sein. Alles, Brücken, Kanäle, Straßen, eine Burg ... Er wählte ein Stück Land auf dem der Feste gegenüberliegenden Hügel. Es lag leicht erhoben und so zentral, dass man alles recht gut erreichen konnte.
Dann tranken sie Tee aus Eicheln, und es gab herrliches Gebäck, noch warm und knusprig. Die Königin Dara selbst hatte es gebacken. Fengrin und Donbrut Beredorn berichteten von ihren Abenteuern mit Turidin und Quam, erzählten wie sie Calior trafen, und von ihrem Kampf mit den Orks und Trollen. Der König hörte zu, nickte ab und an oder fragte nach, wenn er etwas nicht recht glauben konnte. Die Königin saß neben ihm und war genauso wie Elsarion in den Bann der Geschichte gezogen. Dann berichtete der König von der Entstehung Lazerums. Wie Calior ihm die Pläne zum Bau der Stadtmauer und der größeren Gebäude überbrachte, wie er selbst die Grundrisse einiger Bauten in den Boden markierte. Und wie seitdem immer im rechten Augenblick die richtige Frau oder der richtige Mann erschienen war, um die Stadt weiter voranzubringen. Lazerum gedieh prächtig.

Was bleibt mir hier noch über Lazerum zu sagen? König Elsarion behielt Recht, und zwar in jeder Hinsicht.
Lazerum wuchs und wuchs. Kein Jahr nach der Ankunft von Fengrin und Donbrut war die Bevölkerung Lazerums schon auf über dreitausend Menschen, einige Zwerge und sogar eine Elbenfamilie angewachsen. Beredorn hatte knapp hundert Soldaten unter sich, und die ersten Grundsteine der Stadtmauer waren gelegt. Die besten Steinmetze aus Balior, Zwerge und Menschen, arbeiteten daran. Der Handel mit den anderen Völkern blühte. Die Pferdezucht war eine der

Haupteinnahmequellen. Der Bergfried wurde langsam zu einer richtigen Burg, und auch Donbruts Haus war fast fertig. Gebaut für eine Ewigkeit, mit Fundamenten, die nicht einmal der Namses hätte erschüttern können.
Im Jahr 38 nach der Flut, in dem Jahr, in dem Donbrut in einem Grenzscharmützel mit einigen Orks fiel, war Lazerum bereits die größte Stadt der Menschen auf Balior. Viele Dörfer schlossen sich dem jungen Reich an, um Schutz und Sicherheit zu erhalten. Donbruts Sohn Geerfried übernahm die Aufgaben seines Vaters und erhielt den Oberbefehl über die Truppen.
Im Jahr 57 wurde der erste Ring der Stadtmauer geschlossen. Im Jahr 59 der erste der geplanten großen Türme errichtet. Einer an jedem Stadttor sollte es werden.
Ein Senat wurde bestimmt, das war im Jahr 61, und dieser erließ im Hornung desselben Jahres die ersten Gesetze für die wachsende Stadt. Ein Senat musste alle fünf Jahre neu gewählt werden. Er verwaltete die Stadt und das Reich für den König. Ebenfalls im Jahr 61 verstarb Elsarion, der erste König von Lazerum, im hohen Alter von achtundneunzig Jahren.
Lazerum wurde zum Symbol und zum Mythos für Fortschritt und Sicherheit. Bald schon sandte der Senat auf Geheiß des neuen Königs Varion, Elsarions einzigem Sohn, Männer aus, um Kolonien zu gründen. Auch wurden die Gefechte um Land und Grenze mit den Orks immer heftiger. Doch nichts erschütterte die Stadtmauern Lazerums, nie in der über tausendjährigen Geschichte sollte ein Feind die Mauern der Stadt nehmen. Nie, wenn auch ab und an unter größten Opfern, die Bevölkerung unterjocht werden.
Der Traum des ersten Königs Elsarion hatte sich erfüllt, und das nicht zuletzt durch die Hilfe von Familien wie den Saarans und Paternern oder den Separs´ und Beredorns.

Doch bis dahin war es noch ein weiter Weg, voller Geschichten und Heldentaten. Vorerst saßen Donbrut und Fengrin Tee trinkend in einer besseren Hütte, und die Königin reichte ihnen wieder einmal Selbstgebackenes.

Der Tag des Abschieds rückte näher, und eines Abends saßen Donbrut und Fengrin in der Hütte, die der König von Lazerum Donbrut bis zur Errichtung seines Hauses zugewiesen hatte. Sie war einfach ausgestattet, doch sauber und praktisch eingerichtet. Sie tranken Wein aus großen Tonkrügen.
„Du willst also morgen aufbrechen?"
„Ich muss, Donbrut, ich bin schon so lange von zu Hause weg, dass ich mich kaum an die Augenfarbe meiner Mutter erinnere."
Lange saßen sie am Tisch und schwiegen. Das Feuer prasselte im Kamin, und die beiden hingen ihren Gedanken nach. Wilde Lichter zuckten über ihre Gesichter, mal tauchte der Feuerschein alles in tiefes Rot, mal in goldenes Gelb.
„Blau!", unterbrach Donbrut die Stille.
Fengrin sah ihn verwundert an.
„Die Augen meiner Verlobten, Anesia, sind blau! Ich hatte es fast vergessen!"
„Wann willst du sie holen?"
„Sobald ich die Minze verkauft habe und eine sichere Besoldung erhalte, werde ich einen Boten schicken, um sie zu holen. Gestern erst sind einige Reiter nach Norden aufgebrochen, ich habe sie gebeten, einen Brief für mich zu überbringen."
„Glaubst du, dass Anesia kommen wird?"
„Es war so abgesprochen, und sie liebt mich, so wie ich sie liebe! Ich denke, sie wird kommen und bleiben. Was ist mit dir, Fengrin, hast du eine Braut?"
Fengrin lachte. Die Zwerge der Wälder lebten momentan so weit auseinandergezogen, dass man nur selten andere als die eigene Familie zu Gesicht bekam, gerade darum waren ja Feste wie die in Erlenhof so beliebt. „Nein, Donbrut, ich habe keine Braut, obwohl es schon

ein Mädchen gibt, das mir gefällt. Ich war auf dem Weg dorthin, als mein Abenteuer begann."
„Wie ist sie?"
„Sie ist die Tochter des Festwirtes zu Erlenhof. Ein Traum! Es gibt wohl keinen Jungzwerg im Umkreis von einer Tagesreise um Erlenhof, der sie nicht begehrt."
„Na dann, viel Glück", schmunzelte Donbrut. „Deine Chancen scheinen ja recht gut zu stehen."
Sie lachten beide laut auf und gossen sich noch etwas Wein nach.

Am nächsten Morgen, sehr früh, brach Fengrin auf. Die Sonne und der Mond standen gleichzeitig am Himmel und tauchten den Morgen in kühles Licht. Der König, die Königin und viele Menschen Lazerums kamen, um ihn zu verabschieden. Elsarion hatte Fengrin ein Pferd geschenkt, eines der Pferde, die Lazerum züchtete. Es war riesengroß. Fengrin hatte noch niemals ein so gewaltiges Tier gesehen. Sein Name war Dertrogal, was etwa „Sanfter Wille" bedeutete. Und das passte auch zu dem Tier mit dem pechschwarzen Fell. Er war die Ruhe selbst und transportierte den Zwerg so vorsichtig wie nur irgendwas. Trotzdem packte Fengrin das Gelege der Adler besonders sorgfältig ein.
Er umarmte Donbrut, den letzten lebenden Gefährten des Abenteuers, und ihm fiel wieder ein, dass er sich von keinem der anderen hatte verabschieden können. Donbrut dachte wohl ähnlich, man sah eine Träne in seinem Auge. In beiden tauchten die Bilder des erlebten Abenteuers auf.
„Du kommst nicht so schnell wieder, oder?"
„Das habe ich nicht vor, Donbrut, doch nur der Allvater weiß letztlich, was wird. Ich habe genug von Abenteuern. Denke, meine Aufgabe liegt im Zwergenwald. Wir, die wir wissen, wie der Namses und seine Scharen agieren, sollten unsere Aufgabe in der Errichtung großer Festen und schlagkräftiger Armeen sehen. Aber wer weiß, was Calior wirklich plant?"

„Mich würde es freuen, dich eines Tages wieder zu sehen, Fengrin, Knorrs Sohn. Fengrin der Wanderer!“ Er drückte Fengrin einen beinahe schwarzen Stein in die Hand. „Aus diesem Fels wird die Mauer Lazerums errichtet. Ich glaube, er ist ein würdiges Geschenk für deine Mutter.“ Er lächelte.
„Woher ...“, begann Fengrin, doch dann hielt er inne und sagte: „Danke, mein Freund, und viel Glück!“
„Und ein langes Leben!“
Ein fester Händedruck, das war das Ende.

Der Zwerg verließ Lazerum und Donbrut Beredorn, und sie sahen sich nur noch einmal in ihrem Leben wieder. Fengrin lenkte sein Pferd nach Norden auf den großen Wald Albri zu. Er ritt bis in den späten Mittag hinein. Dann rastete er unter einer Tannenschonung, die wohl schon zum Albri gehörte. Er packte etwas gebratene Gans und Brot, Wein und Käse aus dem Beutel, Dinge die ihm die Bewohner Lazerums als Wegzehrung mitgegeben hatten.
„Freundliche Menschen“, dachte Fengrin. „Ich hoffe nur, dass sie ihren Traum erfüllen können.“
Er aß und trank bis er satt war, mehr als satt, so wie es Zwerge immer zu tun pflegen, wenn genug zu essen da ist. Als er sein Mahl beendet hatte, packte er die Sachen zusammen. Dann entzündete er seine Pfeife und rauchte zufrieden. Dertrogal suchte den Boden ab. Er hatte ihn lang und locker angebunden, so konnte das Pferd ungehindert grasen. Der Zwerg betrachtete das Tier. Er hätte beinahe unter seinem Bauch stehen können. Wie zur Verdammnis sollte er jemals ohne Hilfe wieder auf den Rücken des Pferdes kommen? In Lazerum hatte zumindest eine Fußbank gestanden.

Wenn er ein Seil am Sattel befestigen würde ...
Fengrin nahm einen Stock und malte eine Skizze in den Boden. Entwurf nach Entwurf wurde verworfen, er saß bereits zwei Stunden und kritzelte Sättel in den Staub. Sein Pferd sah ihn verständnislos an. Dann hatte er

das, was er wollte. Man musste nur zwei Haken an jeder Seite des Sattels anbringen und oben einen Griff in seine Mitte, so könnte man sich ohne große Mühe auf den Rücken des Pferdes ziehen.
Diese Erfindung, aus der Not eines Zwergen entstanden, ermöglichte es den Reitern von Lazerum in späteren Tagen, ihren Feinden zu Pferde haushoch überlegen zu sein. Ein fester Stand im Sattel ermöglichte den Gebrauch von Lanzen. Man konnte gezielter mit Pfeilen auf seine Gegner schießen und sie selbst im Fall eines Rückzuges weiter attackieren.
Nun, für Fengrin war wichtig, dass Zwerge mit der Hilfe der Bügel einigermaßen ehrvoll auf große Pferde kamen, ohne sich zum Gespött der Anwesenden zu machen. Er schickte in einem seiner ersten Briefe einen Konstruktionsplan an Donbrut. Leider aber war es bis hier nur ein Entwurf und half ihm jetzt recht wenig. Der Zwerg war genötigt, den Rappen an einem Baum zu stellen und dann in voller Montur auf einen Ast zu klettern, um sich von dort auf den Rücken des Pferdes gleiten zu lassen, ein Glück nur, dass Dertrogal über ein wirklich sanftes Gemüt verfügte.

Heftiger Regen zwang ihn, am Abend früher als geplant ein Lager für die Nacht zu errichten. Er fand Schutz in einer Höhle, die groß genug war, dass auch Dertrogal mit hinein konnte. Calior zum Dank war sie unbewohnt. Der große Pferdeleib und der kleine Körper des Zwerges heizten die Höhle so gut auf, dass es fast gemütlich war. Fengrin rollte sich in seine Decke und schlief ein. Der Regen schlug fast waagerecht gegen die Felsen und Bäume, kleine Bäche spülten loses Laub und Blätter fort. Der Wind heulte um Wipfel und Äste. Fengrin jedoch schlief tief und fest.

Es war die Nacht zum 16. Natum des Jahres 11 nach der großen Flut.

Fengrin machte auf seinem Weg zurück nach Hause noch einen Halt bei den Zentauren. Er berichtete Perseus vom Ende Turidins und dem Erscheinen Caliors, vom Erben des Wächters, den Grautier irgendwo zu einer auserwählten Familie gebracht hatte. Er erzählte ihm von Lazerum und den Plänen der Menschen, ein großes Reich zu errichten, und von Arde und dem Gelege, das er - wie ihm aufgetragen - im Vogelsee weihen wollte.
Drei Tage blieb er bei den Pferdmenschen bevor er wieder aufbrach.
Dann schlug er seinen Weg nach Westen ein. Er umging den Schiffsfriedhof, in dem sie beinahe ihr Leben verloren hatten, und überquerte die Zackenflut genau dort, wo die Gefährten es auch schon vor Monaten getan hatten. Einmal meinte er, in der Ferne die übrigen Sklavenfänger erkannt zu haben, doch schienen sie es eilig zu haben und verschwanden gen Norden.
Als er an das Gebirge kam, hinter dem das Haus seiner Eltern lag, verlangsamte er unbewusst das Tempo.

Es war der 21. Natum des Jahres 11 nach der großen Flut.
Drei Monate hatte sein Weg nun gedauert. Unglaubliche Abenteuer hatte er bestanden. Als Krieger mit Schild und Äxten auf einem Schlachtross kehrte er zurück. Fengrin war erwachsen geworden.
Wie würden seine Eltern reagieren? Früher wäre seine größte Sorge eine kräftige Ohrfeige seines Vaters gewesen, doch nun hatte er größere Angst vor den vorwurfsvollen Blicken seiner Mutter, vor der Trauer in ihren Augen.
Er ritt weiter. Die jungen Bäume waren gerade so hoch, dass er bequem über sie hinwegsehen konnte. Er überblickte, hoch zu Ross, das Tal und sah den Steg des Hauses seiner Eltern, der nicht weniger grotesk als bei seinem Aufbruch ins Nichts ragte. Langsam lenkte er das Pferd den Berg hinauf. Doch oft hielt er an und überlegte, ob es richtig sei, jetzt und unverhofft seinen

Eltern entgegenzutreten. Er überlegte, ob es nicht sicherer war, erst einmal eine Nachricht zu senden. War seine Nachricht der Birkenluftpost überhaupt angekommen? Hielten sie ihn nicht für tot? Wäre es nicht ein großer Schock für alle, wenn er plötzlich lebendig vor ihnen stünde?

Zu spät für weitere Überlegungen! Man hatte ihn entdeckt. Eine Gestalt stand auf dem Steg und spähte zu ihm hinunter. Noch war er so weit weg, dass sie ihn nicht erkennen konnte. Er hätte umdrehen und in einigen Tagen wiederkehren können.

Eine weitere Gestalt kam an den Steg und blickte hinab. In ihr erkannte Fengrin seine Mutter Eibe. Und sie erkannte ihren Sohn. Ein heller Schrei drang an sein Ohr. Fengrin konnte nicht erkennen, ob es Freude oder Entsetzten war. Dann rannte seine Mutter los, direkt auf ihn zu, den Hügel hinunter.

Fengrin drückte die Fersen leicht in die Flanken des Rappen, und dieser trabte los. Auf einmal fragte er sich, wie er jemals an der Freude seiner Eltern hatte zweifeln können. Sicher freuten sie sich, so wie auch er sich freute, wieder zu Hause zu sein.

Er erreichte seine Mutter, sprang vom Pferd und umarmte sie.

„Junge!“, schluchzte sie unter Tränen. „Ich dachte, schon, ich sehe dich nie wieder.“

„Es tut mir leid, Mutter. Ich hatte es nicht geplant.“

Mutter und Sohn standen lange so da, bis endlich Knorr, Fengrins Vater, hinzukam.

„Junge!“, ertönte die knorrige Stimme des alten Zwergs streng und unnachgiebig. „Ich verlange eine Erklärung!“

Fengrin löste sich von seiner Mutter und trat vor seinen Vater. „Ich kam vom Weg ab, Vater, ich konnte nicht anders. Es tut mir leid!“

Knorr blickte in die Augen seines Sohnes, dann lange auf den Ring mit den gekreuzten Äxten an seinem Finger und sagte: „Ich weiß, mein Junge, ich weiß.“

So kehrte Fengrin in den Kreis seiner Lieben zurück. Er brachte das Pferd vor den Stall, denn in den Stall der Zwerge passte es nicht.
Am Abend saßen Eibe, Knorr und Fengrin bei einer zünftigen Zwergenmahlzeit zusammen, und Fengrin erfuhr, dass seine Eltern außer dem Brief von ihm auch einen von Turidin erhalten hatten. Darin standen viele Einzelheiten aus seinen Abenteuern und viel über die Gefährten. Auch ein Brief an Fengrin war gekommen. Er erfuhr, dass Onkel Fin´ erst nach drei Tagen den Weg zu ihnen gefunden hatte, um sich nach Fengrin zu erkundigen. Und mit viel Stolz vernahm er, dass der Wegweiser seinen fehlenden Hinweis erhalten hatte: „Fengrins Schlafblumenfeld. Sehr gefährlich!“ Eibe und Knorr waren vor einigen Tagen zusammen mit Fin´ aufgebrochen, das Feld zu betrachten, doch nur aus sicherer Entfernung.
Fengrin griff nach einem weiteren Stück Wildschwein und klappte es zwischen zwei Brotscheiben. Egal, was es die letzten Monate zu Essen gegeben und wie gut es auch geschmeckt hatte, das hier war doch das richtige Nachtessen für Zwerge. Die ausländische Küche war eine nette Abwechslung, doch das Wahre war Wildschwein.
Bei einer Pfeife begann Fengrin seine Geschichte zu erzählen, und es war nicht im Geringsten nötig, auch nur einen Deut hinzuzufügen. Fengrin war hin und her gerissen von seinen Gefühlen. Er durchlebte alles noch einmal. Genauso aufgewühlt wie er war auch das Wetter draußen. Wind kam von Westen heran, und Wetterleuchten zuckte durch die dicken Wolken über den Zwergenbergen. Fengrin war völlig in die Geschichte eingetaucht. Mal platzte er fast vor Stolz, dann ergriff Trauer sein Herz, und ab und an konnte er sogar wieder dieselbe Furcht spüren, die ihn während des Abenteuers ergriffen hatte.
Er erzählte von Rodegart und Donbrut, und besonders Quams Schicksal rührte seine Mutter zu Tränen. Als er dabei war, zu berichten, wie die Orks und Drachen sie

im Barog überfielen, stieß der Wind, ganz leise und sachte die Tür auf. Gerade wollte Knorr aufstehen, um sie wieder zu schließen, da tapste ein Wolf herein. Knorr blieb wie angewurzelt stehen. „Beim Bartfloh, was ist denn das?“
Fengrin aber stand auf und rannte auf den Wolf zu. „Grautier!“
Grautier schlabberte Fengrin durchs Gesicht! Übrigens hatte Fengrin den Teil seiner Geschichte, in der er hätte berichten müssen, wie genau er den Wolf beziehungsweise dessen Zunge kennenlernte, verschwiegen.
Später, es war fast Mitternacht, überreichte Eibe Fengrin den Brief, den Turidin bereits vor Wochen an ihn gesandt hatte. Fast andächtig öffnete er den Umschlag. Betrachtete die schöne, ausdrucksvoll geschwungene Schrift.
Dann las er:

16.Hartung 11, Viliat

Mein lieber Freund,

sicherlich wirst du dir unseren Abschied etwas anders vorgestellt haben!
Glaube mir, auch ich wünsche mir, mehr Zeit mit euch allen verbracht zu haben. Leider sind die Wege des Allvaters selbst für mich nicht immer zu erkennen oder gar zu ändern.
Mit diesem Brief wollte ich dir danken, danken für deine Begleitung auf unserer Reise. Aus dem jungen Zwerg Fengrin ist in den Wochen und Monaten nun Fengrin der Wanderer geworden.
Und deine Aufgabe ist noch nicht beendet. Schare Zwerge um dich und gründe eine Stadt, genau dort, wo heute euer Haus steht, am Berg. Bereitet euch vor, denn auch ohne den Namses werden die Scharen aus Bash und den Sümpfen euch bedrohen. Es ist deine Aufgabe, die erste

große Stadt der Zwerge zu begründen. Vertraue auf dich und die Kraft, die in dir steckt.
Ich nehme an, dass von meiner göttlichen Macht nach den zu bestehenden Kämpfen nichts übrig sein wird. Das heißt leider, dass ich mich niemals wieder in eine Gestalt, die du oder ein anderer Lebender auf Balior sehen oder berühren könnte, verwandeln kann, ich werde vor dem Ende erloschen sein. Doch warte ich auf dich an der ewigen Tafel des Lichts.
Bis dahin, sei tapfer. Du bist zu Großem geboren!

In tiefer Freundschaft, Turidin.

PS: Kümmere dich um Grautier, so wie er sich um dich kümmern wird, denn ihr werdet euch in den Jahrzehnten noch brauchen!

Fengrin faltete den Brief und flüsterte leise zu sich selbst: „Das werde ich, Turidin!“

Grautier blieb einige Tage, doch wurde er täglich angespannter. Je weiter die Mondphase sich ihren Höhepunkt näherte, desto unruhiger wurde der Wolf. Hektisch rannte Grautier durch das Haus oder um Fengrin herum, immer im Kreis. Am späten Abend wurde Fengrin von Grautier vor die Hütte gezogen.
„Was ist denn mit dir, Dicker? Was stimmt nicht?“
Der Wolf zog den Zwerg einige Längen vom Haus weg und setzte sich dann neben ihn. Sie blickten über das Tal, und am Horizont stand dick und satt, doch noch nicht ganz rund, der Mond. Da begriff der Zwerg, was der Wolf wollte. Das Gelege der Adler! Es musste noch bei Vollmond in die Wasser des Vogelsees getaucht werden! Knappe zwei Tage reiste man von hier bis zum See, und in drei Tagen war Vollmond!
Fengrin streichelte den Wolf hinter den Ohren und flüsterte: „Das hätte ich ja beinahe vergessen. Guter Grautier. Danke!“

Nur ungern trennte sich Fengrin wieder vom heimischen Herd und seiner Familie. Zu allem Überfluss regnete es am Morgen seiner Abreise wie aus Kübeln. Grautiers Fell war triefnass, und auch Fengrin krochen Nässe und Kälte schon unter die Kleider noch ehe sie sich von seinen Eltern verabschiedet hatten. Nach einem kurzen und intensiven Abschied machten sie sich auf den Weg, der Zwerg auf seinem Pferd, der Wolf trottete nebenher. Fengrins Eltern winkten stumm hinter ihnen her.
„Hoffentlich bleibt er diesmal nicht wieder so lange“, seufzte Eibe.
Dann verschwand der Reiter mit seinem vierbeinigen Begleiter hinter dem Vorhang aus Regen. Die Eltern wandten sich ab und gingen zurück ins Haus. Eibe betrachtete die kleinen Steine, die ihr Fengrin von seiner ersten Reise mitgebracht hatte. Einen von Turidins Haus, einen von den Zentauren, einen von der Feuerspitze und einen aus Lazerum. Sie sah sie lange an und sagte dann zu Knorr: „Er wird wiederkommen, ganz sicher!“

Fengrin hätte, um direkt zum Vogelsee zu kommen, wieder durch das Schlafblumenfeld gemusst. Er hoffte, dass Grautier ihm einen Weg drumherum zeigen konnte und er so ungefährdet die tödliche Schönheit umgehen könne. Als sie an den Wegweiser kamen, sah Fengrin das erste Mal den Arm, auf dem stand: „Fengrins Schlafblumenfeld. Sehr gefährlich!“ Stolz zeigte er es Grautier. Ob der Wolf es jedoch lesen konnte, bleibt ungewiss.
Der Regen troff zäh vom Wegweiser herab, plumpste in dicken Tropfen in große Pfützen. Die Wolken am Himmel kündigten an, dass es noch Stunden dauern würde, bevor sie sich zurückziehen und der Frühjahrssonne Platz machen wollten. Die beiden Wanderer hatten es längst aufgegeben, unter Bäumen Schutz zu suchen. Nasser hätten sie nicht werden können, selbst wenn sie im Vogelsee tauchten.

Es war der 28. Natum des Jahres 11 nach der großen Flut.
Immerhin hatte das Wetter nun in seinen alten Rhythmus gefunden. Die starken Niederschläge und die milde Temperatur waren normal für den Frühling.
Grautier übernahm die Führung und zeigte Fengrin einen Weg durch das Unterholz, der ihn einige hundert Längen am Rande des Feldes gen Norden brachte. Ab und an musste Fengrin absteigen, um das Pferd zu führen, doch fand er immer einen Baumstumpf oder niedrig hängenden Ast, auf den er klettern konnte, um wieder auf Dertrogals Rücken zu gelangen. Am Abend ließen sie das Feld hinter sich, und auch der Regen hörte endlich auf. Auf ein Feuer mussten sie verzichten, und so saßen sie frierend und zusammengekuschelt unter einer knorrigen Drake, die einsam auf einem Hügel wuchs. Es schien der einzige Baum der Umgebung zu sein, einer der bereits vor der Flut gewachsen war. Die Nacht war ungemütlich und kurz.

Am folgenden Tag erreichten sie den Teil, der zu dieser Zeit den Hauptteil des Zwergenwaldes ausmachte und trafen auf eine kleine Siedlung. Dort erregte das seltsame Paar eine Menge Aufregung. Fengrin kümmerte sich nicht um das Getuschel, er wollte lediglich an ein wärmendes Feuer und einen Schluck heißen Eicheltee trinken. Er band das Pferd vor dem Haus fest, das er für die Schenke hielt, und stieg ab. Glücklicherweise war die Veranda des Holzhauses so hoch, dass er beim Wideraufsteigen keine nennenswerten Probleme haben würde.
Die Schenke war gemütlich und nach Zwergenart eingerichtet. Urig und rustikal. Der Raum wurde von einem Kamin dominiert. Dieser war rund und in der Mitte des Raumes platziert. Die Theke war eher klein und in eine Ecke gedrängt. Einige Zwerge saßen um das hell lodernde Feuer herum, tranken Bier oder Tee und schwatzten. Die Gruppe verstummte, als sie den Zwerg mit dem Wolf bemerkten. Immerhin war ein Wolf für

einen Zwerg wohl die seltsamste Begleitung, die man sich in diesen Tagen in den Ländern der Zwerge hätte denken können.
Aber etwas Seltsames geschah. Gerade als Fengrin sich beim Wirt einen Tee bestellen wollte, trat ein Zwerg, kaum älter als Fengrin, auf ihn zu. „Verzeiht, Herr, aber ich ... ich würde gern von Ihnen wissen, ob Sie ... ob Sie Fengrin der Wanderer sind und das dort der Wolf Grautier?"
Fengrin starrte ihn fassungslos an.
Als er sich immer noch nicht zu einer Antwort aufraffte, hakte der Zwerg nach. „Verzeihung, sind Sie es?"
Fengrin staunte nicht schlecht, er war noch nie in diesem Dorf gewesen. Und woher kannten sie Grautier? „Der Wanderer ...", murmelte er geistesabwesend. „Ja, der bin ich wohl." Er schwieg einen Moment und sagte dann überzeugter: „Ja, mein Freund, ich bin es!" Er strahlte.
Woher auch immer, aber diese Leute kannten die Geschichten des Bundes. Und nicht nur hier bei den Zwergen, nein, bestimmt auch bis zum Ende des Zwergenwaldes und eventuell sogar bis zum Erlenhof!
Fengrin platzte vor Stolz. Wie sehr er sich immer gewünscht hatte, sich ein wenig Ruhm zu verdienen. Und nun erkannte man ihn und sprach ihn an! „Was kann ich für dich tun, mein Freund?", fragte er seinen ersten „Anhänger" möglichst freundlich, schließlich will man ja als bekannte Persönlichkeit seinem Ruf als fürsorglicher Held gerecht werden.
Der Zwerg bat Fengrin, sich zu ihm und seinen Freunden zu setzen und ihm einige Geschichten aus seinen Abenteuern zu erzählen.
Fengrin tat, worum er gebeten wurde, und erzählte vom Kampf unter der Feuerspitze und vom Angriff der Durbrocks. Nach und nach gesellten sich mehr Zwerge, Männer und Frauen, Kinder und Alte, zu ihnen und hörten schweigend zu. Und Fengrin erzählte und unterbrach nur, wenn er sich einen Bissen des Nachtmahls oder einen Schluck Tee gönnte.

Als er seine Geschichte schloss, war es bereits nach Mitternacht. Die Zuhörer saßen stumm, teils mit offenen Mündern da. Sie waren immer noch gefangen in Fengrins blumiger Erzählung. Der Wirt trat an Fengrin heran und erklärte ihm, dass ein Zimmer für ihn bereitet wäre und das Pferd, so gut es ging, versorgt war. Leider passte es nicht in den Stall, aber es stand, vor Wind und Regen geschützt, auf der Veranda der Schenke und hatte einen Sack Futter bekommen.
Fengrin verabschiedet sich, und der Wirt zeigte ihm sein Zimmer. Grautier huschte an ihnen vorbei in den Raum und legte sich geradewegs auf eine Matte, die am Fußende des Bettes lag. Fengrin bedankte sich, und der Wirt ließ sie alleine. Es dauerte keine fünf Minuten, da schlummerte Fengrin tief und fest.

Die Sonne stand bereits am Himmel, als Fengrin die Siedlung verließ. Nicht ohne zu versprechen, wiederzukommen, wenn er seine Aufgabe am Vogelsee erfüllt hatte. Er ritt schnell und ohne lange Pausen bis zum Abend durch. Die Nacht über kampierte er bei einer zerfallenen Hütte, die wohl zu Zeiten der Flut unter Wasser gelegen hatte. Er traute sich nicht, in der Hütte zu schlafen, da das Holz morsch und faul wirkte, doch gab es eine Quelle in der Nähe, und etwas trockenes Holz fand er auch. Die Westseite der Hütte wirkte stabil, und genau hier wollte er ruhen.

Am nächsten Abend, es war der 1. Wandelmond 11, erreichte er kurz nach der Abenddämmerung den Vogelsee. Hier irgendwo musste die Flucht Rodegarts stattgefunden haben. Der Vogelsee lag gewaltig vor ihm. So groß hatte Fengrin ihn sich nicht vorgestellt. Fast sah man das gegenüberliegende Ufer nicht.
Der Mond ging gerade auf, und Fengrin packte die Eier aus, die Arde ihm übergeben hatte. Er tauchte sie vorsichtig nacheinander dreimal in die Fluten. Keine Veränderung war zu erkennen. Fengrin war verunsichert. Hatte er etwas falsch gemacht? Und was

hatte er erwartet? Er beobachtete den Mond. Es war Vollmond, so viel stand fest. Es war der Vogelsee, auch das war sicher. Und er hatte, wie ihm geheißen, jedes der Eier dreimal in den See getaucht. Nein, alles war so, wie es sein sollte.
Vorsichtig packte er sie wieder ein. Er würde sie einem Clan Waldzwerge übergeben, wie er es von Anfang an vorgehabt hatte. Sie hatten seit jeher einen besseren Bezug zur Natur als Bergzwerge, denen der Sinn eher nach Erz und Edelstein stand. Und da Fengrin zwar der Abstammung nach ein Waldzwerg war, aber Zeit seines Lebens auf einer Insel und später auf einem Berg im Wald gelebt hatte, meinte er, das Gelege sei besser in den Händen eines anderen Clans aufgehoben.

Er kampierte die Nacht über am See. Grautier trat an ihn heran und leckte ihm vorsichtig das Gesicht.
„Was ist, Dicker? Du willst mich verlassen, hm?"
Ein Wolf heulte weit hinten abseits der Ufer des Sees, und Grautier spitze die Ohren.
Fengrin war traurig, doch wusste er, dass der Wolf, wann immer er ihn brauchte, wieder zur Stelle sein würde. Erneut heulte es durch die Nacht. Grautier rannte los, drehte sich noch einmal um, und verschwand in der Dunkelheit. Fengrin blieb allein mit seinem Pferd zurück und blickte in den Sternenhimmel.
„Wieder allein", dachte er.
Lange beobachtete er die Sterne. Quam hatte einmal behauptet, dass Sterne Sonnen seien, zu denen andere Planeten gehörten, auf denen andere Kontinente, ähnlich wie Balior, lagen! Einige hatten sogar zwei oder drei Sonnen. Und Fengrin fragte sich, ob irgendwo da draußen gerade ein anderer Zwerg in den Sternenhimmel blickte und das Gleiche dachte wie er jetzt. Gab es überhaupt noch andere Zwerge dort oben? Elben, ja, das wusste er von Turidin, aber Zwerge so wie er? Darüber schlief er ein.

Ein Vogel flog hoch über den See gen Westen. Er blickte auf das Glimmen des ersterbenden Feuers und auf den kleinen Körper, der in eine Decke gekuschelt lag und schlief. Wolken zogen sich zusammen und trennten sich wieder, türmten sich auf und zerfielen. Sternschnuppen rasten über den Horizont, bevor sie verglühten. Friedlicher konnte in dieser Stunde kein Ort auf Balior sein.

Fengrin brachte das Gelege der Adler zu den Zwergen des Waldes. Und wie durch ein Wunder schlüpften nach dreihundert Tagen drei kräftige Jungadler, der Grundstock zu einer erfolgreichen Zucht und einer neuen Waffe gegen das Böse: Die zwergischen Adlerreiter! Aber bis dahin gingen noch einige Jahre ins Land. Sie sollten erst viele Jahre später eine Rolle in der Geschichte und den Geschichten um Balior bilden.

Fengrin besuchte Quams Familie und wurde aufgenommen wie einer der ihren. Eine der Töchter Quams begleitete ihn sogar zum Zwergenberg und half ihm, dort, wo bis dahin nur eine Hütte stand, eine Stadt zu errichten. Sie heirateten und gründeten eine Familie. Und in den Jahren, als die Zwerge ihren Familien Namen gaben und nicht mehr nur Knorrs Sohn oder Eschers Tochter hießen, gaben sie sich den Namen Steinbeißer, einen Namen, der noch oft in der Geschichte Baliors auftauchen würde und mit dem viele ruhmreiche Taten verbunden würden.
Grautier kam ab und an zurück und erlebte, wie Fengrin und Quams Tochter heirateten. Er war sogar dort, als Fengrin die Geburt seines ersten Kindes feierte. Es war eine Tochter, und sie trug den Namen Reisa.
Daragstarg nannte Fengrin die Stadt, die er und seine Frau Fehe gegründet hatten, und sie wurde ein gewaltiges Bollwerk. In den Jahrhunderten nach seinem Tod wuchs sie immer noch, und irgendwann fingen die Zwerge an, sie sogar in den Berg zu hauen, sodass sie halb in und halb vor ihm lag.

Fengrin lebte noch einhundertundsechzig Jahre, bevor er friedlich im Kreis seiner Söhne und Töchter, Enkel und Urenkel starb. Am Tag seiner Beisetzung lebten beinahe dreitausend Zwerge in Daragstarg.
Selbst aus dem kleinen Erlenhof erwuchs langsam eine richtige Stadt. Daragshire wurde sie in späteren Jahren genannt.
Ganz wie es Fengrins Wunsch war, wurde zu seiner Bestattung ein gewaltiges Fest abgehalten. Seine Gruft wurde tief, tiefer als jeder Stollen oder Gang zuvor, in den Berg gehauen, und die Zwerge schmückten sie mit den herrlichsten Bildern und Reliefs. Über der Gruft schufen die Fürsten, die ihm folgten, die mächtige Burg der Stadt.
Auf seinen Sarg war in alten Runen gemeißelt:

„ Quin Amici in viad, quin Amici in moris"

(Fünf Freunde im Leben, fünf Freunde im Tod)

Mehr nicht.

Eines noch war merkwürdig und gab lange Anlass zu Spekulationen auf Balior: Genau in der Nacht, in der Fengrin starb, es war der 8. Nebelung, sahen viele der Wesen des Landes vier Sternschnuppen am Horizont. Wie auf eine Schnur gezogen rasten sie über den Himmel. In den Hügeln des Westens erhoben sie sich. Dann beobachteten die Zwerge von Daragshire sie, bevor die Lichter am Nachthimmel über Daragstarg verharrten und eine fünfte Sternschnuppe zu ihnen emporstieg. Als nächstes überflogen sie die Menschen im Reich Lazerum. Später zogen sie im Norden über die Elbenländer und verschwanden schließlich über den Sandklippen in den dunklen Weiten des Universums.

Doch die Geschichte Baliors und seiner Bewohner war damit noch lange nicht zu Ende. Und keiner glaubte, dass die zerbrechliche Waffenruhe mit den Orks und Ogern, Trollen und den anderen Anhängern des Namses ewig halten würde. Eifrig bereiteten die Völker Baliors sich auf eine neue Episode des Kampfes und der Entbehrung vor. Denn: Was heute noch ein lauer Wind scheint, ist morgen bereits ein Orkan!

Quin Amici in viad, quin Amici in moris

Aus Balior sind folgende Werke ganz oder in Fragmenten überliefert:

Zwergenaufstand (Von der Entstehung der Zwerge)

&

Die „Balior Chroniken“:
1. Fengrin der Zwerg
2. Der Bund der Freien Völker
3. Licht und Schatten

Zeichnungen von: D. Betz

Gian-Franco Messina, Jahrgang 1972, lebt und arbeitet in Paderborn als Tattoo Künstler und Musiker.
www.balior-chroniken.de
www.facebook.com/ baliorchroniken

3821749R00160

Printed in Germany
by Amazon Distribution
GmbH, Leipzig